Barbara Hansen

Autumn‘s spring

Ein Herbst voller Frühling

Ein Roman.

Der zweite Band „Endless summer. Sommersehnen“ ist in Vorbereitung, voraussichtliches Erscheinen im Sommer 2025

Impressum:

Verlag:
Barbara Hansen, Drosselweg 6, 83533 Edling
Email: autorin.barbara@gmail.com
Insta: spring.barb

Herstellung:
Epubli- ein Service der neopubli GmbH, Köpenicker Str. 154a, 10997 Berlin
Kontaktadresse nach EU-Produktsicherheitsverordnung:
produktsicherheit@epubli.com

Inhalt

Prolog	5
I Wurzeln	7
II Frühlingsgefühle	23
III Schockzustand	43
IV Ohnmacht	62
V Pausenglück	85
VI Musikzauber	108
VII Help?	129
VIII Help!	153
IX Engel	189
X Auszeit	215
XI Verbotene Früchte	247
XII Andere Welten	273
XIII Liebesernst	308
Epilog	338
Playlist “Autumn’s spring”	340

Für Tanja

Prolog

„Musik hat eine wunderbare Kraft, in einer unbestimmten Art und Weise die starken Gemütsregungen in uns wieder wach zu rufen, welche vor längst vergangenen Zeiten gefühlt wurden."

Charles Darwin

Für alle, die mich und meine Familie persönlich kennen und nun endlich – nach einer langen Wartezeit – das Buch in Händen halten, muss ich gleich etwas klarstellen: Dies ist NICHT meine persönliche, eigene Liebes- und Adoptionsgeschichte: fast alle Romanfiguren sind fiktiv – frei erfunden.
Es ist ein Liebesroman, der viele Grenzen überschreitet – geographische wie kulturelle, ethische wie religiöse, und hoffentlich viele von Euch zum Schmunzeln, Schwelgen und Sinnieren anregt.
Natürlich habe ich meine Erfahrungen in Kenia und Erlebnisse meiner Kindheit miteingeflochten, natürlich steckt in diesem Buch ganz viel von mir, meinen Einstellungen, meinem Glauben und natürlich findet die empathische Leserin, der interessierte Leser und tiefer blickende Leser*** mein Herz in den Erzählungen. Aber ich ließ meiner Phantasie freien Lauf und erschuf an mir bekannten Orten neue Figuren und unbekannte Geschichten.

In diesem Roman spielt die Liebe die Hauptrolle. Neben ihr jedoch hat die Musik eine fast ebenbürtige Bedeutung.
Wer nicht nur mit den Augen, sondern auch mit den Ohren in die Gefühlswelt der Protagonistin eintauchen möchte, der sehe und höre sich meine Playlist am Ende des Buches an und lasse sich auch akustisch durch die vielsaitigen Musikstücke und -stile in andere Gefilde und Zeiten entführen.
Einen link zur Playlist gibt's auf Insta:

Viel Spaß beim Lesen und Hören!

Barbara Hansen

I
Wurzeln

„Sind die Wurzeln tief, braucht man die Stürme nicht zu fürchten."
Aus China

Wenn man sie nach ihrer Kindheit fragt, dann taucht vor ihrem geistigen Auge sofort ein Bild auf: ein Haus voller Menschen und Musik. Beides prägte sie und beides liebte sie vorbehaltlos, vertrauensselig - bis heute.

Unser Haus, das wir von meinem Urgroßvater geerbt hatten, war ein typisches, kleines Vorstadt-Häuschen und stand in Reih und Glied mit anderen seines Schlages an einer Ausfahrtstraße der Stadt. Ich war knappe Vier, als mein Urgroßvater starb, und kann mich nur vage an den weißhaarigen, großen Mann mit buschigem Schnauzbart und einem strengen Gesichtsausdruck, der Respekt einflößte, erinnern. Als einziger Junge inmitten von drei Schwestern erschien mein Opa dem Urgroßvater als Erbe für sein altes Haus würdig. Opa hat unserer Familie das Haus „vermietet", da er ja noch weitere drei Kinder hatte und nicht ungerecht sein konnte. Ich habe da nie so recht durchgeblickt, wie Opa das regelte, ich weiß nur, dass alle immer sagen, ich hätte meinen extremen Gerechtigkeitssinn von ihm geerbt – insofern liegt es auf der Hand, dass schon alles fair und für alle zufriedenstellend geregelt war.

„Unser" Haus, das ich als Kind als solches betrachtete, hatte auf der Straßenseite einen kleinen Erker in der Mitte, rechts und links davon zwei Flügelfenster und darüber einen Giebel. Genau besehen hatte es auf jeder Seite eine Art Giebel, was mir enorme Schwierigkeiten einbrachte, als ich in der Grundschule „mein Zuhause" von allen Seiten zeichnen sollte – wieder einmal bekam ich unterstellt, dass meine Phantasie mit mir durchginge. Durch diesen Überreichtum an Giebeln hatten wir aber im oberen Stockwerk drei wunderbare Zimmer, zwei mit großen Fenstertüren und meines, über dem Erker zur Straße hinaus, hatte über dem normalen Fenster ein kleines rundes. Paps hatte mir eine Galerie gebaut und damit mehr Platz geschaffen, da mein Zimmer das kleinste war. Dort oben schlief oder träumte ich, vor meinem runden Fenster, das ich in seiner Besonderheit liebte und das den Einstieg in viele Tagträume bot.

Das Erdgeschoss war – entgegen der üblichen Bauweise in früheren Jahren – offen gestaltet, Wohnraum und Küche bildeten einen großen Raum, der sich nach Südwesten in einen Wintergarten mit Blick in den Garten öffnete. Beim Eintreten – die Haustür war seitlich angebracht - stand man in einem kleinen Korridor mit Treppen nach unten und oben und nur drei Türen: in die winzige Toilette, in die Küche, das Herz des Hauses und in das große Wohn-Esszimmer, in dem sich eben fast immer viele Menschen aufhielten und Musik erklang.

Wenn man sie nach ihrer Kindheit fragt, tauchen viele weitere Bilder aus dem tiefen See der Erinnerung auf, schweben frühlingsleicht an ihrem inneren Auge vorbei und zaubern ihr ein Lächeln ins Gesicht. Es sind Bilder einer unbeschwerten Kindheit, die sehr früh endete, aber gefüllt war mit wundersamen Erlebnissen und besonderen Begegnungen.

Der Garten hinterm Haus war von März bis November die Mitte meines Daseins, unberührt vom Straßenlärm und umgeben von anderen großen Gärten, mit vielen geheimnisvollen Winkeln, Geheimgängen in dicken Hecken, einem perfekten Versteck unter einer großen Hängebuche und inmitten der geordneten Wildnis: meine Schaukel. Sie gehörte fast ganz mir, da mein großer Bruder, sobald er zur Schule ging, kein Interesse mehr daran hatte.

Auch in jenem Frühling, als die Leichtigkeit des Lebens so stark spürbar war wie nie zuvor, wie wenn sie einen zwingen wollte, noch einmal in vollen Zügen zu genießen, bevor das Leiden begann, gerade in jenem Frühling 1986, sieht sie sich schaukelnd mit der Sonne um die Wette strahlen.

Gleich nach den Hausaufgaben, die nun mit 12 schnell erledigt waren - man konnte ja im Schulbus am nächsten Morgen den Rest machen - ging es in den Garten und lauthals schmetterte ich in einer deutsch-

englischen Kunstsprache, die nur ich verstand, meine Texte zu bekannten Melodien oder sang selbst Komponiertes in den Himmel. Erst recht, wenn es eine unverschämte Wolke wagte, sich vor die Sonne zu schieben, wurde mit der Selbstsicherheit, die nur Kindern zu eigen ist, die Sonne ermuntert, den Kampf dagegen aufzunehmen. Und als die Welt wieder in gleißendes Licht getaucht war, war ich der festen Überzeugung, mein steinerweichender Gesang hätte dies bewirkt.

Natürlich schien nicht immer die Sonne und natürlich waren sie nicht immer glücklich gewesen in ihrer Kindheit, aber vielleicht bewahrt der See der Erinnerung vor allem solche Bilder auf und lässt die anderen in der Tiefe – unergründlich fern, wenn auch nicht unvergessen.
Haben wir nicht genug mit der Schwere der Gegenwart zu tun, so dass wir uns mit einer Art therapieähnlicher Hoffnung daran klammern, dass Glück möglich ist?
Sie sieht das kleine schwarze Bündel in ihren Armen, das nach seiner Mutter schreit,
‚Aber das bin doch jetzt ICH (!)', und sie hilflos überfordert.
Wie Rilkes Panther fühlt sie sich, in dem kleinen vergitterten Zimmer hin und her wandernd, fern ihrer Heimat und Familie.

„Sein Blick ist im Vorübergehn der Stäbe
so müd geworden, dass er nichts mehr hält.
Ihm ist, als ob es tausend Stäbe gäbe
und hinter tausend Stäben keine Welt.

Der weiche Gang geschmeidig starker Schritte,
der sich im allerkleinsten Kreise dreht,
ist wie ein Tanz von Kraft um eine Mitte,
in der betäubt ein großer Wille steht. [...]"

Alexander, mein großer, fast 16-jähriger Bruder, hatte diese kindliche Selbstsicherheit bereits abgelegt. Man kümmert sich darum, was „die anderen" rundherum sagen, denken, meinen. Man kann doch nicht einfach drauflos singen und dann noch in dieser Lautstärke und mit diesen peinlichen Texten. Also wurde ich mehrmals rüde unterbrochen und schließlich unsanft von der Schaukel geworfen. Dann stürzte ich mich wütend auf ihn und provozierte eine äußerst ungleiche Prügelei – er war ja zwei Köpfe größer als ich und mir körperlich weit überlegen – er ließ mich lachend hauen, nur wenn ich zu kratzen anfing, hatte der Spaß ein jähes Ende. Ich liebte ihn dennoch vorbehaltlos.
Wenn Paps kam, gab es den obligatorischen Nachmittagskaffee mit selbst gebackenem Kuchen. Mam war eine exzellente Kuchenbäckerin und sie hatte darin auch viel Übung; zweimal pro Woche musste sie zwei Kuchen in die Backröhre schieben, wir waren alle miteinander richtig versessen auf Süßes. Der Freitag-Nachmittagskaffee bescherte uns ein heiliges Ritual

und tatsächlich die einzigen 20 Minuten, in der wir Paps für uns hatten. Mittags war er fast nie zu Hause, auch am Wochenende kaum, und abends kam er meist sehr spät oder nur für eine Kurzvisite, ehe er wieder zum nächsten Termin aufbrach. Er war Musikant – mit Leib und Seele, nicht Musiker, nein, das betonte er mit Nachdruck: Musikant. Das hieß theoretisch, so definierte ***er*** *es jedenfalls, dass er keinerlei professionelle Ansprüche gelten ließ, seine Musik leidenschaftlich lebte, aber sie und sein Talent nicht verkaufte. Praktisch hieß das: Er verdiente damit kaum Geld. Für seinen Vater, den verbeamteten Finanzkämmerer der Stadt, war dies ein untragbarer Zustand. Deshalb hatte er seinem Sohn Leonhard mit Hilfe seiner Beziehungen zum Stadtrat und der Stadtverwaltung einen Beruf und damit ein bescheidenes Einkommen vermittelt. Paps war „Kulturmanager" der Stadt. Natürlich nicht „Kulturreferent" mit einer festen Anstellung und einem geregelten Gehalt. Dafür war er nach zwei Studienabbrüchen erstens nicht qualifiziert, zweitens wäre das gegen seinen freien Geist gewesen, bei dem Unabhängigkeit zum Leben gehörte wie für andere die Luft zum Atmen.*

Dass wir dennoch ein finanziell relativ sorgenfreies Leben führten, verdankten wir meiner Mutter. Sie hatte den Sinn für's Praktische, der meinem Vater gänzlich fehlte, und war noch dazu ein unglaubliches Organisationstalent. Meinen Vater nannten sie „Manager" – aber das war zweifellos der absolut passende Titel für

Mam! Für uns Kinder war es selbstverständlich, dass sie eigentlich immer da war, kochte, buk, wusch, Haus und Garten bei dem Besucher-Chaos in Ordnung hielt und uns zu Freunden oder Musikstunden kutschierte. Uns wunderte auch nicht weiter, dass sie „nebenbei" noch Geld verdiente, indem sie Buchhaltung, Rechnungen und Angebote für die benachbarte Schreinerei übernahm.

Jetzt, wo sie mit einem Säugling in einem Raum lebt und sich da schon voll gefordert, teils überfordert fühlt, wird es ihr erst bewusst, was diese Frau alles geleistet hat.
Warum ist es für uns Menschen immer so schwer, das Verborgene, Nahe-Liegende wahrzunehmen und wert zu schätzen?
Ihr Vater war von allen Seiten bewundert worden, ja sogar verehrt. Friederike Krug, seine Frau, sein Schatten, hatte ihm erst ermöglicht, so eine „Lichtgestalt" zu sein. Ohne sie, die sich um alles Lästige und Banale, das man nun mal zum Leben braucht, gekümmert hatte, hätte er sicher weniger „geleuchtet".
Sie steht vor dem Fenster und sieht ins Weite auf die kleinen, bebauten Parzellen der kenianischen Felder - so gelingt es ihr manchmal die Gitter auszublenden – und sie sieht Frauen, ja eigentlich nur Frauen, die sich abschuften: Gras für die Kuh daheim mit einem stumpfen Messer abhauen und zu einem großen,

schweren Bündel verschnürt auf dem Rücken wegtragen, auf den Knien den roten, lehmig-sandigen Boden bearbeiten (ach ja „pflügen" würde man in Deutschland sagen), Maisstangen ausreißen, wieder zu großen Haufen gebündelt und gebückt abtransportieren ... wo sind die Männer?
‚Wo ist mein Mann? Wie ich ihn vermisse! Lieber Gott, lass mich nicht allein.' Und wieder ist es Rilke, der ihre Sehnsucht in Worte fassen kann:

„Wenn es nur einmal so ganz stille wäre.
Wenn das Zufällige und Ungefähre
verstummte und das nachbarliche Lachen,
wenn das Geräusch, das meine Sinne machen,
mich nicht so sehr verhinderte am Wachen -:

Dann könnte ich in einem tausendfachen
Gedanken bis an deinen Rand dich denken
und dich besitzen (nur ein Lächeln lang),
um dich an alles Leben zu verschenken
wie einen Dank."

Stolz kündete Paps beim Nachmittagskaffee spontanen Besuch an.
„Das kann doch nicht wahr sein!" Mam war sichtlich wütend. „Es ist Freitag, du warst die ganze Woche über kaum daheim wegen der Organisiererei dieser blöden Jazz-Tage und das Wochenende werden wir dich wohl gar nicht zu Gesicht bekommen, wenn ich da an die

Jam-Sessions bis tief in die Nacht letztes Jahr denke, das ..."

„Wer kommt denn, Paps?", unterbrach ich sie aufgeregt. So war das immer. Paps machte unser Leben zu einem großen Abenteuer und Mam verstand das einfach nicht! So erfuhren wir, dass fünf Jazz-Musiker aus Wuppertal zunächst bei uns Halt machen wollten, bevor sie zum Auftritt fuhren. Sie waren wohl schon vor fünf Jahren für die Jazz-Tage engagiert gewesen und hatten anschließend bei uns zuhause die Nacht zum Tag gemacht. Ich konnte mich daran allerdings nicht mehr erinnern, wahrscheinlich war ich bei meinen Großeltern untergebracht gewesen. Mamas Miene hellte sich nur für eine Sekunde auf und sie verstummte. Sie schien die Fünf in angenehmer Erinnerung zu haben – und das, obwohl sie eine Nacht in unserem Haus durchgejazzt hatten?? Ich bemerkte Alexanders Blicke, die er Mam zuwarf, konnte sie jedoch nicht deuten und wurde immer aufgeregter. Paps würde gleich losfahren und sie am Bahnhof abholen ... natürlich wollte ich mit, aber Alex und ich mussten Mam helfen. Sie hatte grade mal 20 Minuten Zeit, ein Abendessen für neun Leute zuzubereiten ...

Wir waren ein eingespieltes Team, Alexander, der irgendwie durcheinander wirkte, wurde mit einer schnell erstellten Liste zum Einkaufen geschickt, mir wurden Teller und Besteck hingestellt, mit denen ich ins Wohn-Esszimmer verschwand und Mam zauberte in der Küche eine kräftige Suppe aus dem Nichts.

Ich liebte diese aufgeregte Stimmung vor einem großen Besuch, denn so empfand ich es: Eine Jazz-Band, die heute Abend vor vielen hundert Leuten auftrat und von ganz weit herkam, kehrte zunächst mal bei uns ein ... klasse – so hatte ich auch was von den Jazz-Tagen!! Singend zog ich den Tisch auf 2 Meter aus, holte Stühle von überall her, fand einen langen Tischläufer und farblich passende Kerzen für die billigen dicken Glaskerzenhalter in allen Formen, die wir in Unmengen in den Schränken hatten. Als ich gerade die Teller verteilen wollte, klingelte es auch schon und eine Woge guter Laune, angefüllt mit tiefem Gelächter, schwappte ins Haus. Sie hatten Alexander gleich mit aufgegabelt und zogen ihn wegen irgendetwas auf, das er wohl vor fünf Jahren angestellt hatte. Aber er nahm es ihnen nicht übel und stand inmitten dieser sympathischen Runde von bärtigen Männern um die 40 und lächelte. Plötzlich entdeckten sie meine Mam in der Küchentür – sie strahlte vor Freude und ich empfand sie in diesem Augenblick als wunderschön. So stürzte der erste auf sie zu, hob sie hoch und wollte sie rundum wirbeln, was beim besten Willen aus mehreren Gründen nicht funktionierte, denn unser Korridor war mit sechs Leuten – Paps stand noch in der Eingangstür - hoffnungslos überfüllt. Einer nach dem anderen begrüßte sie überschwänglich. Der Letzte nahm galant ihre Hand und hauchte einen Kuss darauf, wobei er ihr ganz tief in die Augen blickte. Mams Strahlen war verschwunden und sie schien verlegen. Für einen Augenblick war es

plötzlich ganz still, als hätte jemand die Zeit angehalten, da schob Paps die Männer und den erstarrten Alexander energisch Richtung Wohnzimmertür mit den Worten:
„Der Junge hinter mir hat ein dringendes Geschäft zu erledigen! Rein mit euch!“
Als mich die Horde hinter meinem Türspalt entdeckte, wiederholten sich diverse, lautstarke Begrüßungsrituale: Wie sehr ich doch meiner wunderschönen Mamá ähnele und mit einem Seitenhieb auf Paps, dass ich ja – Gott sei's gedankt – gar nichts vom Äußeren meines Vaters geerbt hätte und was ich doch für eine hübsche junge Dame sei und wenn sie doch noch mal jung wären, ... Zugegeben, mein Vater hatte eine sehr große und lange Nase, doch ich liebte seine dichten, schwarzen Haarwellen und seinen Vollbart um die perfekt geformten Lippen, der so wunderbar kitzelte, wenn wir kuschelten und das taten wir oft – wenn er mal daheim war. Seine Haare waren erst in der Pubertät so schwarz geworden und ich hoffte insgeheim, dass auch mein Dunkelbraun sich in das glänzende Schwarz wandeln würde. Was sein Gesicht aber so leuchten ließ, das waren seine hellblauen, fröhlich strahlenden Augen, die einen sofort für ihn einnahmen. Er war nicht besonders groß, aber für mich war er eindeutig der Größte.
Während die Horde an den Tisch stürzte, Mam die dampfende Suppe hereintrug - Gemüsecremesuppe mit Lyonerscheiben, lecker und sättigend – warf mir

Alexander in der Küche die Baguettestangen zu, die er gerade vom Bäcker geholt hatte, und verschwand. Ich schnitt sie in Scheiben, froh, der Aufmerksamkeit dieser Charmeure kurzzeitig entkommen zu sein. Dabei sah ich Mam von der Seite an und wunderte mich mal wieder, warum so viele Leute behaupteten, ich sähe ihr ähnlich. Sie hatte hellbraunes Haar mit einer „Lady Di – Frisur", die ihr ausgezeichnet stand, ebenfalls strahlend blaue Augen – das hatten wir alle Vier – und schmale, elegant geschwungene Lippen. Sie schminkte sich selten, aber verwundert stellte ich fest, dass sie heute etwas Lidschatten und einen dezenten Lippenstift aufgetragen hatte. Wann hatte sie das nur gemacht? Sie war so groß wie mein Vater, aber sehr zierlich gebaut. Ich hingegen hatte dunkelbraunes, fast schwarzes, langes Haar, das meist zu einem Pferdeschwanz nach hinten gebunden war, und es deutete sich schon an, dass ich die lange Nase meines Vaters geerbt hatte.

Erst jetzt mit dem Abstand der Jahre bemerkte sie, dass die Leute doch Recht hatten. Es ist frappierend, wie sehr Mutter und Tochter sich ähneln, ohne jedoch die üblichen augenscheinlichen Merkmale wie Haarfarbe oder Figur gleich zu haben. Wenn man in Fotoalben aus der Zeit stöbert, springt es einen förmlich an: Natürlich, das sind Mutter und Tochter. Mit kaum 20 hatte sie sogar an genau derselben Stelle

wie ihre Mutter eine schmale weißgraue Strähne bekommen. Der Einfluss der Gene ist fast schon gespenstisch – nicht nur äußerlich. Da versucht man Zeit seines Lebens eine eigenständige Persönlichkeit zu werden und bleibt in vielen Bereichen einfach nur eine Kopie, weil man nicht aus seiner Haut kann, weil man es nicht schafft, über den genetisch angelegten Schatten zu springen.
Ihr Lebensentwurf hatte damals irgendwie ganz anders ausgesehen: kreative Innenarchitektin, schon früh Mutter von vier Kindern ... immer wollte sie eine junge Mutter sein.
Jetzt steht sie da, Anfang dreißig, kinderlos und wickelt dieses winzige Etwas in Stoffwindeln, dritter Versuch, aber es hält einfach nicht und der Kleine schreit sich die Lunge aus dem Leib. Ihre Mutter war 28, als ihr Bruder auf die Welt kam und 32 bei ihr. Auch sie hatte große Probleme gehabt, Kinder zu bekommen. Warum muss sich alles Leid wiederholen?

Mams Aufforderung, einen weiteren Teller und Besteck zu holen, reißt mich abrupt aus meinen Gedanken, ein wenig damenhaftes „Hä??" beantwortet sie mit einem Blick auf den Jungen oder besser jungen Mann, der jetzt erst ins Wohnzimmer kommt und sich nach einem Platz umsieht.
Alexander, eben wieder aufgetaucht, starrt ihn ebenso unverhohlen an wie ich – also der war wohl vor fünf

Jahren noch nicht dabei. Einer der Männer, Rainer, der Mam mit seinem Blick erröten hat lassen, winkt den Neuankömmling zu sich und stellt ihn mit einem Seitenblick auf uns zwei Salzsäulen lachend vor: „Das ist Oliver, mein Sohn, er hilft aus. Unser Schlagzeuger, Rob, ist ja nur bedingt einsetzbar." Und zur Bestätigung winkt ein anderer mit seiner verbundenen Hand majestätisch zu uns rüber.
‚Wow, der ist doch grad mal 15 oder so, vielleicht ein bisschen älter als Alex und darf da schon mitfahren und kann wohl auch nicht schlecht schlagzeugern und überhaupt ...‘
Mam erinnert mich an den fehlenden Teller, Oliver hat den meinen erhalten und ich verschwinde kurz in der Küche um die Ecke, kriege aber mit, dass Rainer erzählt, Olli habe ausnahmsweise wegen dieser Notlage heute schulfrei bekommen. Er sei fast 17 und mache in zwei Jahren Abitur, wenn alles gut gehe ... Gelächter ... er spiele in einer Hardrockband. Jazzen sei für ihn wohl etwas „ungewohnt", was bei allen ein Prusten hervorruft, aber er sei ja schließlich damit aufgewachsen. Nach einer Probe gestern Abend hätten sie beschlossen, ihn miteinzupacken, denn Rob halte sicherlich nicht das ganze Wochenende durch mit seiner Sehnenscheidenentzündung. Paps begrüßt Oliver mit einem Augenzwinkern und gratuliert ihm zu dem „Abstieg in die Unterwelt der Musik", worauf Oliver schlagfertig erwidert, ob er dann vom „Hardrock" kommend, nicht eher aus der Hölle hochgestiegen wäre, was wiederum

ein lautes Gelächter auslöst. Dann stürzen sich alle ausgehungert auf Mams kräftige Suppe und es wird plötzlich ganz still. Doch schon nach dem ersten Löffel müssen sie laut kundtun, welch' Meisterwerk Mam da wieder vollbracht habe ... langsam übertreiben sie etwas, finde ich, aber das Scherzen und Lachen und diese umwerfend gute Laune stecken an.
Während ich meine Suppe löffle, mustere ich verstohlen Oliver und stelle fest, dass er mir sehr gut gefällt. Er hat die tiefliegenden schwarzen Augen seines Vaters geerbt und die dunklen Augenbrauen darüber verleihen seinem sonst noch eher jungenhaften Gesicht, umrahmt von wilden, dunklen Locken, eine männliche und geheimnisvolle Note. Plötzlich ertönt lautes Gelächter, ich schaue verdutzt auf. Paps hat wieder mal irgendeine Peinlichkeit auf meine Kosten breitgetreten und mich bei meinem doch so „verstohlenen" Blick auf Olli ertappt. Meine absolut vernichtenden Blicke kommentiert Rainer sofort: „Na, pass auf, wenn du da nicht gleich tot umfällst, Leo! Alle Achtung, Kleine, da lodert das Feuer hinter den blauen Engelsaugen!", und wieder lachen alle, diesmal aber muss ich mitlachen. Dem Mann kann man nicht böse sein, er hat einen umwerfenden Charme von der Art, dass auch Beleidigungen noch als Komplimente wirken. Erst Minuten später traue ich mich wieder Oliver anzuschauen und stelle verwirrt fest, dass er meinen Blick erwidert. Sekunden versinken wir in unsere eigene Welt und ein mir bislang völlig fremdes Gefühl macht sich in meinem

Bauch breit. Als er seinen Kopf wendet, um meiner Mam eine Antwort zu geben, fühle ich mich wie betäubt. Still löffle ich meine Suppe, obwohl mir irgendwie übel ist und schwindlig und ... was weiß ich, was da mit mir grad passiert. Ich bin etwas ratlos und vollkommen verwirrt, aber andererseits so voller Glück.

Es war ein magischer Augenkontakt, und wenn sie jetzt daran zurückdenkt, bekommt sie noch immer Gänsehaut. Das erste Mal, dass sie sich so richtig verliebte, welch' ein bittersüßer Moment, der wie eine Ewigkeit schien und sich fest in Herz und Hirn einbrannte.

II
Frühlingsgefühle

„Wachsen heißt, sich der Weite des Himmels öffnen und zugleich im Dunkel der Erde wurzeln." Martin Heidegger

Seit der ersten Klasse, taxierte ich schon die Jungs um mich herum, ob sie nicht was zum Heiraten wären. Bereits an meinem ersten Schultag hatte ich Gerhard, der alle um zwei Köpfe überragte und später sicher über 2 m groß zu werden versprach, zum potentiellen Ehemann bestimmt. Nicht, dass dieser etwas geahnt hätte, erst vorletztes Schuljahr, in der vierten Klasse hatten wir uns ab und zu ein paar abschätzende Blicke zugeworfen, gefolgt von verbalen Gemeinheiten, womit man sich mit 10 Jahren halt so seine Sympathien kundtut. Man musste da sehr vorsichtig sein, denn sofort hieß es: „Verliebt, verlobt, verheiratet!" Schnell wurde man von allen Seiten gehänselt und fand auf der Tafel vorne Herzchen mit den jeweiligen Initialen. Wie peinlich!! Gerhard und ich hielten die leise Zuneigung geschickt unter Verschluss, aber ein kleines Bauchkitzeln war da schon zu spüren gewesen. KeinVergleich allerdings zu dem Beben, das eben Olli ausgelöst hatte – mit nur einem Blick aus seinen dunklen Augen. Ich stand in der Küche und trocknete wie ferngesteuert ab, die ganze Bande war schon in die Stadt aufgebrochen, wie immer unter enormem Zeitdruck und eigentlich schon viel zu spät – mein Vater konnte nicht pünktlich sein,

er hatte mittlerweile aufgegeben, es zu versuchen und seine Umwelt hatte sich darauf eingestellt. Alexander war mitgefahren, er half oft bei den Vorbereitungen hinter der Bühne und besserte so sein Taschengeld etwas auf. Es war keine Gelegenheit mehr gewesen, irgendwie herauszufinden, ob alles nur Einbildung war und nur meine Gefühle verrücktspielten oder vielleicht auch ER ... ? Allein der Gedanke daran löste ein Nachbeben im Bauch aus und beinahe wäre mir das bereits vollkommen trockene Weinglas, das ich seit zwei Minuten polierte, aus der Hand gefallen. Mam sah vom Spülbecken auf und blickte mir suchend in die Augen. Schnell senkte ich meinen Blick, murmelte irgendwas über „blödes Glas" und stellte es hinter mich in den Schrank. Auch sie war seltsam still nach dem Trubel und wirkte nicht ganz bei sich. Als ich mich dem nächsten Glas zuwandte, starrte sie mich noch immer an, mit einem etwas belustigten Lächeln auf den Lippen:
„Alles klar, Vicki? Du bist so ungewohnt still?"
Ich lief zum dritten Mal an diesem Abend rot an, ärgerte mich derartig über diese Hitzewelle, die unkontrollierbar und weithin sichtbar meine Gesichtsfarbe in einen alarmierenden Farbton tauchte. Wieder ertappt zischte ich ein patziges und völlig unpassendes
„Na und?"
„Ich finde ihn auch sehr sympathisch und nett.", erwiderte sie ungerührt und es klang gar nicht ironisch.
Da waren sie wieder, die Röntgenaugen der Mütter, die sofort Bescheid wissen – man kann ihnen nichts

vormachen, mit akribischer Genauigkeit durchforsten sie in Millisekunden deine Seele und enttarnen jede Lüge und Ausrede. Kein Gefühl ist vor ihnen sicher, nackt und bloß steht man da – was sollte ich sagen?

Mam sah mich aufmunternd an. Sie verstand mich. Da brach es aus mir heraus – eine Flut von Worten, mit denen ich meine Ratlosigkeit und Verwirrtheit auszudrücken versuchte. Sie packte mich mit ihren nassen Spülhänden bei den Schultern und das erste Mal hatte ich das Gefühl, dass Mams Blick nicht von oben herab, sondern aus gleicher Höhe kam:

„Du meine Güte, ich werde alt – meine kleine Vicki hat sich verliebt!"

„Aber Mam, glaubst du denn, er sieht mich überhaupt? Ich bin doch ein Nichts für ihn!"

„Für ein Nichts hat er dich aber ganz schön oft anvisiert! Warte, bis sie von ihrem Gig wieder kommen. Wir machen uns schick, ich stoße ab der Pause zum Konzert hinzu. Du darfst aufbleiben, bis wir zurückkommen!"

In diesem Moment hätte ich die ganze Welt umarmen können.

Sie war so aufgekratzt – es hätte mir auffallen müssen, aber wie sollte es, wo ich doch selbst herumsprang wie ein Gummiball. Wir machten uns schick, standen schließlich vor dem großen Spiegel im Gang oben und bewunderten uns gegenseitig: Mam trug einen lilafarbenen Hosenanzug aus Viskose, der ihre Figur wie ein Windhauch umspielte, <u>meine</u> Röntgenaugen sahen

gleich, dass sie keinen BH trug ... Ich war in helles Rosa gekleidet, knöchellanger Rock und kurzärmeliges Blusen-Shirt mit Stickereien. Wir suchten noch passende Tücher – ohne Tücher war man ja praktisch nicht angezogen – und Ohrclips. Für Mam fanden wir riesige ovale Ringe in Silber, jeweils drei ineinander, so dass bei jeder Bewegung des Kopfes ein leises, magisches Klingeln zu hören war und ich durfte ihre kleinen Delfine, die in einem silbernen Ring tanzten, anclipsen. Etwas Wimperntusche und Lipgloss, dann sah sie mich zufrieden an:
„Meine Vicki – du bist viel zu schön für Zuhause! Du kommst mit ins Konzert! Es ist schließlich Freitag und du kannst morgen ausschlafen."
Jetzt verstand ich die Welt nicht mehr. Erst vor zwei Wochen hatte ich mit meinen Eltern eine sehr laute, aber aussichtslose Diskussion geführt. Ich wollte unbedingt zu einem Konzert mit, bei dem ein Bekannter von Alex in einer Band aushalf und Alex hinter der Bühne werkelte. Mein Interesse war ehrlicherweise nicht nur musikalischer Art gewesen: Seit der „Trennung" von Gerhard, der in ein naturwissenschaftliches Gymnasium ging, während ich ein musisches besuchte, hatte ich diesen Bekannten zum nächsten potentiellen Ehemann erkoren. Aber alles Lamentieren und Argumentieren war vergeblich gewesen – ich sei noch viel zu jung. Ich durfte nichts. Doch jetzt??!

Es war ein großes Auftaktkonzert, bei dem mehrere Jazz-Gruppen im Ingolstädter Stadttheater auftraten. Wir kamen etwas spät durch den Hintereingang, an den „Künstlerkabinen" vorbei zum langen Gang hinter der Bühne. Die Pause war schon fast vorbei und unsere Gäste, die übrigens „High five" hießen, mussten gleich wieder auf die Bühne. Paps war mit irgendeinem VIP im Zuschauerraum beschäftigt und Alex fiel fast über ein gerade überprüftes Kabel, als ich an ihm vorbei stolzierte.

„Vicki! Wie siehst du denn aus?"

Na klasse, das sind die Art Komplimente, mit denen man gerne auf sich aufmerksam macht. Die „High five" drehten sich um und Rainer fraß Mam mit seinen Blicken fast auf. Der Klarinettist ließ einen Pfiff ertönen und schon standen wir wieder inmitten der spöttischen, aber liebevollen Bande - nur Oliver war nirgends zu sehen.

Das sind so Schlüsselszenen im Leben. Warum nur musste sie ständig an diese Zeit denken? ‚Weil ich geistig hier nicht gefordert bin. Das wird es sein.'

Sie verrichtet ungewohnt lange körperlich stupide Arbeiten und hat viel zu viel Zeit zum Nachdenken. Der Kleine schläft – so hofft sie jedenfalls, trotzdem läuft sie alle zehn Minuten nach oben in ihr Allround-Zimmer - Wohn-, Ess- und Schlafbereich alles in kompakten 12 m² - und sieht nach ihm. Das hält sie fit, der

Waschplatz ist etwas entfernt vom Haupthaus des Kinderheimes. Ein großer schwarzer Wassertank, viele Plastikwannen und -eimer gefüllt mit dreckiger Kinderwäsche, Schlamm, stinkende Wassertümpel rundum - das ist ihr Arbeitsplatz jeden Vormittag. Eine knöchelhohe Betonmauer, die verhindern soll, dass das dreckige Waschwasser in den überdachten Aufhängebereich läuft, dient ihr als Sitz, sie schafft es nicht stehend wie die zwei professionellen Wäscherinnen neben ihr, alles in gebückter Haltung, stundenlang. Nach drei Tagen waren ihre Handknöchel bereits wund, deshalb haben sie ihr Waschseife anstelle des aggressiven blauen Waschpulvers besorgt, die sei milder und riecht tatsächlich auch besser. So organisiert sie jeden Morgen heißes Wasser hinter der Küche. Auf zwei Feuerstellen werden riesige Töpfe Wasser erhitzt, sie sind heiß umkämpft von den Wäscherinnen und der Köchin. Letztere braucht warmes Wasser zum Abspülen der Tassen vom Frühstück und heißes Wasser zum Zubereiten von Uji - Getreidebrei für die Drei- bis Fünfjährigen. Ihre Waschkolleginnen und sie aber sind ohne heißes Wasser aufgeschmissen. Gestern war sie zu spät, da war schon keines mehr da. Also wieder eine halbe Stunde warten und Zeit zum Nachdenken haben, obwohl der Kleine doch grad schläft und ja bald wieder seine Flasche braucht - alle zwei Stunden, Tag und Nacht, er ist ja eine Frühgeburt und wiegt auch nach zwei Monaten nur knappe 2 kg. Also hat sie gestern nur die Hälfte der Wäsche bewältigt und heute einen ganzen Berg dreckiger Wäsche, denn die Große mit ihren zwei Jahren soll ja das „Potty-Gehen" lernen, d. h. sie legen ihr keine Windeln mehr an und so wäscht sie drei bis vier bräunlich stinkende Garnituren pro Tag. Zwei Eimer und eine kleine Wanne hat sie sich ins Zimmer geholt, die ersten zwei Tage verging die erste halbe kostbare Stunde schon mit „Eimer-Betteln", dieses Problem hat sie nun kurzerhand gelöst. Heute hat sie genug heißes Wasser aus dem „Kochtopf" erkämpft und mit kaltem aus dem Wassertank mit der sauberen Leitung zu einem 40° Waschwasser vermischt - das bildet sie sich jedenfalls ein. Es gibt auch einen alten Tank mit rostigem Wasser, das nimmt man für's Vorwaschen der ganz groben Dreckwäsche. Und „schon" geht's los: Eintauchen der Wäsche, Einseifen, Eintauchen, Reiben, Eintauchen, Seifen, Reiben, Eintauchen – je nach Verschmutzungsgrad wiederhole man diesen Vorgang beliebig oft, bis man das Kleidungsstück auswringt und in den zweiten „Spüleimer" mit kaltem, klaren Wasser wirft. Wenn dieses Wasser nicht mehr klar ist, stoppe man den Waschvorgang und widme sich dem Spülvorgang, dazu Eimertausch: das Waschwasser in die Rinne hinter dem Haus schleppen und auskippen, Eimer mit klarem, kaltem Wasser füllen, Wäsche aus bisherigem Spüleimer auswringen und in neuen Spüleimer füllen, Eimer hinter'm Haus ausleeren und ab zur Küche – um heißes Waschwasser betteln ...

Sie hatte sich vorgenommen, hier so zu leben wie die Kenianer, sie wollte nicht auffallen, keine Privilegien – aber schon am dritten Tag wickelt sie mit Pampers vom Supermarkt anstatt mit Stoffwindeln und nimmt drei Wasserbehälter für sich in Anspruch, obwohl sie nur zwei Kinder zu versorgen hat und die anderen beiden für 50 waschen ... wieso wundert sie sich, wenn sie in die Vergangenheit flieht und sich an diese frühlingsleichten Tage erinnert?

Ich kam mir so furchtbar verloren vor. Mam scherzte und flirtete, ja, sie flirtete mit diesen Männern, vor allem mit Rainer ... und ich stand daneben, blickte zu der fremden Erwachsenenwelt hoch und fühlte mich wie verkleidet. Es war, als spielte ich in einem Theaterstück und mein Text, nein, meine ganze Rolle, wurde vergessen. Unbemerkt verließ ich die Runde und stand abseits.
Alex warf Mam anklagende Blicke zu, kam zu mir herüber und raunte mir fast verzweifelt zu:
„Sie sieht verdammt gut aus heute Abend.“
Meine Antwort blieb mir im Halse stecken, denn in diesem Augenblick kam Olli um die Ecke und auch er wurde von Mam in einen magischen Bann gezogen. Er reihte sich in den Kreis um sie ein und die Männer umschwärmten sie wie die Fliegen das Licht. Warum nur tat das so weh, verdammt, ich war doch schon längst

aus dem „Meine Mama gehört mir!" - Alter raus. Und bei Paps machte mir das ja schließlich auch nichts aus. Der stand ja ständig so im Mittelpunkt. Mam drehte sich um und ihre Blicke suchten nach etwas - das Etwas, ICH, rührte sich nicht und sah auf den Boden. Gekränkt, wütend, traurig – wieder gefangen in einem mir fremden Gefühlschaos, wollte ich wie ein verwundetes Tier einfach davonlaufen. Es waren nur ein paar Minuten seit unserer Ankunft und dem zweiten Gong, mit dem gleichzeitig das Licht gedämpft wurde. Für mich schien es wie eine furchtbare Ewigkeit, in der meine heile, sichere Vicki-Welt Risse davontrug.
Paps eilte hinter die Bühne und wenigstens er sah erstmal mich:
„Was tust DU denn hier? Ja, wer hat dich denn so herausgeputzt? Ich glaub, dir brennt der Hut!"
Das war nun wirklich zu viel!
„Frag doch Mam!", giftete ich zurück und fand endlich meine Rolle wieder. Theatralisch drehte ich mich um und rannte durch die Gänge raus auf den Parkplatz hinter dem Theater. Da stand ich nun, wusste eigentlich nicht, was eben geschehen war und was ich tun sollte und kam mir von der ganzen Welt verlassen vor. Die Tränen kullerten, ich fror und tat mir furchtbar leid. Das hatte ich mir anders vorgestellt.

Nach einer Weile kam Alexander, er hatte meine Jacke dabei und legte sie mir schützend um die Schultern. Mein geliebter Alex – ich war doch nicht ganz

verlassen! Als ich mich schniefend zu ihm umwandte, sah ich Olli im Türrahmen stehen. Schnell drehte ich mich wieder um und zischte:
„Was will der jetzt hier?“
Alex stellte sich vor mich hin und meinte:
„Ihm ist es wohl auch zu heiß geworden – du hast ja einen bühnenreifen Abgang veranstaltet.“
„Muss er nicht auf die Bühne?“
„Er hat die letzten beiden Stücke vor der Pause mitgespielt, jetzt kann Rob wieder ‘ran.“
„Wo ist Mam?“
„Mam und Paps streiten lauthals, man hat sie in die Garderobe verbannt, damit sie das Konzert nicht stören.“
Aus der letzten Bemerkung glaubte ich einen leisen Ton der Verzweiflung zu hören. Alex nickte Oliver aufmunternd zu und er kam zögernd näher.
„Du siehst gut aus.“, sagte er etwas verlegen und setzte hinzu: „Könntest in der Gruftie-Szene mitmachen – nur das Rosa, passt nicht so ganz.“
Alex und er fingen an zu lachen und als sie mein verdutztes Gesicht sahen, führten sie mich zum nächsten Autospiegel. Ich stutzte, das bleiche Gesicht mit schwarz verschmierten Augen hatte wirklich etwas Vampirhaftes.
„Gleich beiße ich euch, ahnungslose Jünglinge!“, drohte ich theatralisch mit meinen Vampiraugen und zu Krallen geformten Fingern und stürzte mich auf Alex, der - die Attacken seiner kleinen Schwester gewöhnt –

geschickt auswich. Den grinsenden Olli jedoch hatte ich gleich „gekrallt", wir prusteten erlöst los und auch Alex ergab sich lachend.
„Was machen wir Drei jetzt?"
„Da Halloween schon länger vorbei ist, müssen wir dich wohl besser aus dem Verkehr ziehen, oder?", meinte Alex.
„Ich frag' mal schnell nach, wie's aussieht, ob sie mich noch brauchen. Eigentlich bin ich fertig. Abgebaut wird am Sonntag."
Und fort war er und Oliver und ich standen etwas verdattert da.
„Musst du nochmal spielen?"
„Nein, ich glaub' den Rest packt Rob jetzt. Sie haben nur noch zwei Stücke jetzt gleich und dann mit allen das Schlussstück."
„M-hm.", tja da war es wieder, dieses Beben im Bauch, das mich verstummen ließ. Was hatte ich überhaupt gefragt, mit einer fast flehenden Stimme, völlig bescheuert. Alex kam – Gott sei Dank – schon wieder angerannt.
„Mir reicht's. Kommt, lasst uns gehen. Meine Kollegen brauchen mich nicht mehr und unsere Erzeuger sind derart laut und peinlich mit sich selbst beschäftigt, dass sie mich überhaupt nicht wahrgenommen haben."
Meine Stimme war plötzlich wieder da und auch Worte fanden sich:
„Streiten sie immer noch wegen mir?"

„Nein, schon längst nicht mehr. Mach' dir keine Vorwürfe."
„Ja, aber worum geht's denn dann?", fragte ich. Alex zuckte mit den Schultern.
„Das Übliche. Lasst uns gehen."
Er ging einfach los. Sein zynischer Unterton beunruhigte mich, aber ich schwieg besser und trottete hinterher.
„Ach, Olli, willst du überhaupt mit?", fragte Alex und drehte sich zu Oliver um, der einfach mitgegangen war.
„Na klar, was soll ich sonst hier? Jazz ist ja nun nicht so meine Welt, wie man schon gehört hat, erst recht, wenn ich nur zuhören soll. Die „Five" werden sich schon denken, dass ich bei euch bin. Wo gehst du hin?"
„Schau'n wir mal, wann der nächste Bus geht, am Rathausplatz. Mit der Kleinen fahren wir besser heim."
Ich sagte gar nichts mehr und trottete gesenkten Hauptes hinter den beiden her.
Unser Bus war vor fünf Minuten gefahren und der nächste kam erst in 50 Minuten, Nachttakt. Spitze.
„Also hier warten ist blöd, es ist eigentlich nicht kalt, geh'n wir doch heim, an der Donau entlang, ok?"
Normalerweise wäre Alex von meiner Seite aus ein Sturm der Entrüstung entgegengezogen - ich hasste spazieren gehen - aber irgendwie fand ich die Idee, mit den beiden Jungs an der Donau entlang zurückzuschlendern, ziemlich reizvoll. Das war eindeutig

verbotenes Terrain. Es war dort dunkel und wild und sicherlich gefährlich.
„Äh, ist das weit?", fragte Oliver, der wohl auch nicht so der begeisterte Geher war.
„Gegangen bin ich's noch nicht, aber mit dem Radl brauche ich grad mal 12 Minuten."
„Na, das packe ich wohl noch."
„Unseren kleinen, sprachlosen Vampir nehmen wir mal in die Mitte, damit er uns vor bösen Geistern oder sonstigem menschlichen Ungeziefer schützt."
Alex bot mir seinen Arm, Oliver tat es ihm gleich und ich hängte mich ein. Das war einfach wundervoll. Schwebend zwischen den beiden, hörte ich kaum ihre Worte über Rock- und Hardrock-Bands. Wir spazierten strammen Schrittes über die Adenauerbrücke und gleich danach rechts, am Donauufer auf einem schmalen Schotterweg entlang. Es war einer dieser Abende Mitte April, an denen man bereits den Frühling förmlich riechen konnte. Ich „inhalierte" den Geruch von frischem, sprießenden Gras, feuchter Erde, nasser Rinde und erahnte erste zarte Blütendüfte. Zwischen den beiden fühlte ich mich sicher und irgendwie himmlisch wohl und so fing ich leise zu summen an. Das Gespräch der beiden verstummte und erst nach einer Weile merkte ich, dass Oliver mich musterte.
„Oh, soll ich aufhören? Sorry."
„Nein, das ist schön. Ich mag die Beatles. Sing weiter. Kannst du den Text?"

„Da sollten wir besser drauf verzichten!", beeilte sich Alex einzuwerfen.
Ich warf ihm einen verachtenden Blick zu – was konnte ich dafür? Ich hatte ja noch kein Englisch in der Schule, hatte mit Latein angefangen. Es war mir egal und ich stimmte anstatt des eben gesummten Michelle-Songs „Yellow submarine" an. Da kannte ich nämlich den Text, glaubte ich jedenfalls.
„Wie ol lief inna jello sabmaschin, jello sabmaschin, jello sabmaschin ..." und Olli stimmte prustend mit ein, so dass Alex gar nicht anders konnte und nach kurzem Zögern auch mitgrölte. Danach kam „It's been a hard days night", mit meiner rauchigsten Stimme auf „Dada", was mir einen erleichterten Blick von Alex eintrug. Oliver trommelte, hinter mir gehend, auf meinen Rücken und Alex spielte E-Luft-Gitarre und rockte ab. Als wir über „Here comes se sun" zu „Hey, Jude" kamen, war ich nicht mehr zu halten und sang aus vollem Rohr – mit meinem Text. Mittlerweile aber waren wir in einer solchen Stimmung, dass das auch schon egal erschien, und wir umtanzten uns glücklich auf unserer erhöhten Donaudamm-Bühne neben dem Weinzierl Kieswerk.
Viel zu schnell gelangten wir an den Punkt, wo wir zurück in die Zivilisation mussten. Ich packte die beiden an den Händen und rannte mit ihnen im vollen Lauf runter vom Damm. Außer Atem standen wir plötzlich mitten auf der unbefahrenen Straße und lachten aus

vollem Halse. Da war es so stark zu spüren, dieses Glück, das ich immer nur im Frühling greifen konnte.

Schweigend erkletterten wir den parallel zur Straße laufenden Bahndamm und schlenderten über das Bahngleis zu unserem Haus – immer noch Hand in Hand.

Hier war es eigentlich auch Frühling. Frühling im Oktober. In Kenia gibt es keine vier Jahreszeiten. Aber Juni bis August ist es „kalt", das heißt es kann doch nachts bis zu 5 Grad abkühlen, aber tagsüber hat es trotzdem kaum unter 18 Grad. Allerdings haben die Häuser keine Heizung und die Fenster sind überhaupt nicht dicht, deshalb zieht es immer und man kann Fleece-Pulli und Wollsocken schon tragen. Das Heim liegt auf 2.400 m Höhe, aber nahe des Äquators, am Rande des Rift-Valleys. Wenn die Sonne scheint - und sie scheint meistens – wird es schnell warm. Manchmal ist es aber auch einige Stunden am Vormittag noch neblig, dann freut man sich über eine Tasse Chai, heißer kenianischer Tee, ein kochendes Milch-Wasser-Gemisch mit viiiel Zucker und eingestreuten Schwarzteeblättern.
Ab Oktober, sagen sie, wird es wärmer und wenn noch Regen kommt, kann man endlich mit den neuen Pflanzungen beginnen und im Dezember bis Januar ist dann der Hochsommer. Also ist es jetzt schon

irgendwie Frühling. Sie packt ihren Kleinen in das bunte, fast 2m lange Tragetuch, vorne an den Bauch, mit einer komplizierten Über-Kreuz-Bindeweise; er ist ja noch ein so winziger Wurm und braucht starken Halt, er könnte sonst durchrutschen. Immer noch ist es ein ziemlicher Act, aber sie wird von Mal zu Mal besser darin.

Zipporah hüpft aufgeregt um sie beide herum - sie spürt, es liegt ein Abenteuer in der Luft: Mama Moses, die Frau, die sich um den kleinen Moses kümmert, die sie ständig auf's Klo schickt, was ja am Anfang noch ganz lustig war, aber langsam furchtbar nervt, scheint irgendetwas vorzuhaben. Mama Moses, so nennen sie sie hier. 25 Kleinkinder schreien „Mama Moses" und wollen herausgehoben und gefüttert und gehätschelt werden. Seit einem langen Jahrzehnt sehnt sie sich danach, so genannt zu werden und nun das. Es ist verrückt - nichts scheint bei ihr normal zu laufen, aber dieses Gefühl „Mama" gerufen zu werden, ist einfach überwältigend ...

„Hapana. Sorry.", entschuldigend zeigt sie auf den kleinen Moses, der sich zufrieden an sie schmiegt. Die Betreuerinnen lachen sie immer noch aus, wenn sie mit ihrem Tragetuch vom Zimmer herunterkommt und das Baby **vorne** neugierig herauslugt. Diese Europäer, alles machen sie verkehrt: Man trägt die Babys auf dem Rücken, damit man beide Hände zum Arbeiten frei hat und nichts vorne im Weg ist ... Aber sie und Moses bleiben stur. Sie liebt das Gefühl, ihn so

dicht bei sich zu haben, er hört ihren Herzschlag und sie den seinen, er hat es warm und sie ist beweglich – und sie kann natürlich was mit ihren Händen tun, allerdings nichts Größeres heben, wie z. B. ein Kleinkind. Wie immer schickt sie in Gedanken einen lieben Gruß zu Claudi nach Deutschland, eine Freundin, die Hebamme ist und ihr einen Schnellkurs in Babywickeln, baden, tragen und eben auch in Tragetuch-Techniken erteilt hat.
Jetzt muss sie/darf sie in die Stadt – zum ersten Mal raus aus dem Heim und den Hügel hinunter in die kleine Stadt Limuru. Sie hat es satt, ständig den Heimverwalter um irgendetwas bitten zu müssen, was er ihr bei seinen zahlreichen Autofahrten nach Limuru oder Nairobi mitbringen soll. Sie braucht nicht viel, findet sie. Aber sie kann/darf das Wasser hier nicht trinken und sie hat es aufgegeben, mit Stoffwindeln zu wickeln. Also braucht sie Pampers und Wasser. Alleine darf sie das Heim nicht verlassen. Das wurde ihr strikt untersagt, und bevor sie fragen konnte, warum, wurde ihr in schillernden Farben ausgemalt, was man ihr „dort draußen" antun würde. Ausrauben war das Harmloseste …
Moses ist gefüttert, frisch gewickelt, er wird gleich einschlafen, hofft sie. Zipporah muss sich etwas gedulden, sie darf heute noch nicht mit. Das alles muss erst mal ausgekundschaftet werden, sie ist sich sicher, dass sie mit zwei Kleinen überfordert ist. Oh je, da ist jetzt jemand furchtbar beleidigt und muss von

einer Betreuerin „abtransportiert“ werden, sonst kann sie mit Kibaki das Tor nicht ohne Zipporah passieren. Die kleine Drama-Queen zieht alle Schrei-Register. Irgendwie ist es schön, dass Zippy mitmöchte. Kann es sein, dass sie langsam Vertrauen aufbaut? Bild dir bloß nicht zu viel drauf ein – sie möchte einfach mit raus. Trotzdem schön – mit mir.

Kibaki wohnt auch auf dem Hügel, ist schon seit einem knappen Jahr mit der Schule fertig und weiß nicht so recht, was er werden soll. Anstatt sich als „Matatu (Kleinbus)-Schaffner“ ein bisschen Geld zu verdienen, was seine Mutter vorschlägt (sein Vater ist wie so viele hier verschollen), oder sich mit seinen Kumpels auf der Straße die Birne leer zu saufen, zieht er es aber vor, im Heim auszuhelfen und sich ein paar Kenianische Schillinge (KSH) zu verdienen. Er kann wunderbar mit kleinen Kindern umgehen und ist überall einsetzbar, ob beim Füttern der Kleinkinder, im Kindergarten, beim Kochen oder für Bringdienste. Er ist ihr Held – mit ihm darf sie das Heim verlassen! Sie hat ihm 50 KSH versprochen, wenn er sie und ihre kostbare Fracht heil nach Limuru und wieder zurückbringt und ein paar Dinge mit herauf trägt. Sein breites Grinsen war ihr Antwort genug. Das mit dem Geld ist eine schwierige Gratwanderung – 50 KSH sind umgerechnet etwa 50 Cent. Ein Tageslohn eines Fabrikarbeiters liegt so bei 250 KSH, 2,50 Euro ...

Kibaki erzählt auf dem steinigen schmalen Pfad nach unten, dass er unbedingt studieren möchte. Die

Noten dazu habe er, er habe einen sehr guten Abschluss, so beteuert er mehrmals. In der Tat klingt sein Englisch recht flüssig im Vergleich zu manchen Betreuerinnen im Heim. Eine Wäscherin beispielsweise spricht überhaupt kein Englisch und unterhält sich nur auf Kikuyu, einer der vielen Stammessprachen, sie spricht nicht einmal Swahili, die übergeordnete Stammessprache.
Die kleine Gruppe wird angestarrt wie das siebte Weltwunder. Einige Frauen, denen sie auf dem Weg begegnen, deuten auf das Baby, das „verkehrt" vorne hängt und kichern, andere blicken ihr ausdruckslos ins Gesicht. Als sie durch eine Ansammlung von Lehmhütten gehen, entdecken sie Kinder, die laut „Mzungu", Weiße, schreiend herrennen. „How are **you**? How are **you**?", tönt es vielstimmig und sie versucht freundlich zu antworten: „Fine, mzuri! Hapari yako?" – Gut, wie geht es euch? Da verstummen sie und schauen mit noch erstaunteren Augen als zuvor. Kibaki lacht und sie fragt ihn, ob sie es nicht richtig ausgesprochen habe, weil sie nicht antworten. Er aber erklärt, dass sie nicht gewohnt seien, dass Weiße hier durch gehen, noch dazu ein schwarzes Baby in einem Tuch vorne tragen und überdies in der Landessprache etwas sagen. „Die verstehen die Welt nicht mehr!", lacht er von neuem und sagt dann im Weitergehen etwas mit „Mama Moses" auf Swahili zur sprachlosen Kindermenge, bevor er sich wieder ihr zuwendet.

Während Kibaki ausführlich seine Zukunftsvorstellungen als Manager darlegt, Moses tatsächlich friedlich an ihrer Brust schläft und es gerade nicht steil bergab geht, entdeckt sie in einem verwilderten Grundstück einen riesigen Baum mit großen leuchtenden, orangeroten Blüten – ja, es ist Frühling - mitten im Oktober - und das erste Mal, nach einer guten Woche hier, spürt sie einen Anflug von Glück.

III
Schockzustand

„Die Mutter ist die erste Quelle der Liebe." Albert Camus

An dem Abend war keine Party mehr angesagt. Vergeblich warteten wir auf die „Five", nur Paps kam – alleine und er schien um Jahre gealtert und bewegte sich wie in Trance.
„Paps, was ist denn los? Wo ist Mam?", fragte ich ihn erschrocken. Er sah mich an und auch wieder nicht, wie wenn er durch mich hindurch blickte. So hatte ich ihn noch nie erlebt, mir wurde angst.
„Mam ist mit den „Five" noch aus, mir ist heute nicht so gut. Migräne. Ach, Oliver, ich soll dich ins Hotel fahren.", sagte er mit tonloser Stimme.
Alex löste sich aus seiner Erstarrung und fragte schnell:
„Papa, darf er nicht bei uns übernachten? Wir hinterlassen im Hotel eine Nachricht – die vermissen ihn sicher so schnell nicht."
Paps sah uns mit müden Augen an und nickte: „Macht das und dann geht ins Bett.", und damit verschwand er nach oben.
Alex drehte sich zu Oliver um und fragte:
„Äh, ist das ok für dich? Ich hab' dich gar nicht gefragt."
„Das ist klasse. Ich bleib' lieber bei euch als allein in dem spießigen Hotel 'rumzuhängen – auch wenn die Stimmung hier wohl nicht so prickelnd ist."

Letzteres sagte er mit leiser Stimme und blickte mich mitfühlend an. Ich war immer noch wie gelähmt von Papas „Auftritt". Gewiss, er hatte diese Migräne-Anfälle, dann war Alarmstufe ROT angesagt: Alles musste auf leisen Sohlen durch's Haus schleichen und er verbrachte zwei Tage im abgedunkelten Schlafzimmer. Aber dies hier fühlte sich anders an. Irgendetwas lag in der Luft, ich spürte es deutlich und doch konnte ich es nicht fassen.
„Alex, was ist da los? Irgendwas stimmt nicht. Ich weiß es genau.", meine Stimme klang leise, aber bestimmt und Alex kannte diesen Unterton, er wusste, dass Ausflüchte in dem Fall nichts mehr bringen würden, meine Hartnäckigkeit war sprichwörtlich. Er zog mich mit einem flüchtigen Blick Richtung oberes Stockwerk ins Wohnzimmer, wo wir uns an den vielen Stühlen und der großen leeren Tafel vorbei zwängten und schließlich auf der Couch Platz fanden. Oliver blieb unschlüssig im Türrahmen stehen, aber Alex winkte ihn herein.
„Es geht dich auch etwas an, glaub' ich jedenfalls."
Oliver kam zögernd näher und wir schauten uns fragend an. Jetzt tat er mir irgendwie leid, wie er so verlegen dastand und nicht wusste, wie ihm geschah. Ich rutschte ein Stück zur Seite und klopfte auffordernd neben mich.
„Also, ich glaube, da ist was im Gange.", fing Alex mit brüchiger Stimme an, räusperte sich und setzte fester hinzu: „Mam hat eine Affäre, und zwar mit Rainer, deinem Vater."

„Wie bitte?“, Oliver sprang auf. „Du spinnst wohl!“ Ich war erst 12 und in vielen Dingen noch recht unbedarft, aber in diesem Moment machte ich einen großen Sprung in Richtung Erwachsenenwelt. In meiner Klasse gab es ein sogenanntes „Scheidungskind“, wir waren nicht eng befreundet, aber ich hatte sehr wohl mitbekommen, wie sehr Kordula unter dem Ehekrieg ihrer Eltern litt. Wie ein Film lief es in Bruchteilen von Sekunden vor meinem inneren Auge ab, was da auf Alex und mich zukam. Doch blieb ich in solchen Schocksituationen erstaunlich ruhig und abgeklärt. Ich packte Ollis Hand und zog ihn sanft zurück auf's Sofa. Er hielt mich fest, drückte meine kleine Hand, so dass es fast weh tat und fuhr Alex an:

„Wie kommst du überhaupt auf so was?“

„Das würde mich auch interessieren.“, setzte ich hinzu. Da erzählte uns Alex die ganze Geschichte, die er seit fünf Jahren mit sich herumtrug und ich spürte, wie aufgewühlt er war, aber wie gut es ihm tat, endlich das Schweigen zu brechen und seinen Kummer teilen zu können. Als die „Five“ das erste Mal bei uns waren, nach dem Konzert, ging es ziemlich rund. Es wurde viel gelacht, gejazzt, getanzt und getrunken. Alex war irgendwann gegen Mitternacht ins Bett geschickt worden und hörte noch, dass Mam sang, etwas sehr Seltenes, obwohl sie eigentlich eine wunderschöne, sanfte Altstimme hatte. Aber sie war der Überzeugung, sie treffe nicht alle Töne. Sie kannte Paps professionelle Ansprüche ... Es sei jedenfalls ein untrügliches Zeichen

gewesen, dass sie zu viel getrunken habe, meinte Alex abgeklärt. Er war zu aufgedreht und konnte nur schwer einschlafen und so war er gegen 2 Uhr nachts, als die Laute von unten immer mehr nach Gegröle klangen als nach Musik, noch mal schlaftrunken auf die Toilette gegangen. Beim Zurückgehen ins Zimmer hörte er irgendein seltsames Schnauben von der Treppe und beschloss dem nachzugehen. So musste er mit ansehen, wie Rainer und Mam unten an der Haustüre „schwer miteinander beschäftigt waren". Alex versagte die Stimme und ich nahm automatisch mit der freien Linken auch seine Hand und drückte sie ganz fest. Da saßen wir Drei – ein Häufchen Elend und keiner wusste weiter. Mein armer Alex, er hatte diese Szene sicher eingegraben in sein Gedächtnis und immer wieder sah er die beiden vor sich. Nein, ich wollte keine Details.

„Alex, wie konntest du das nur aushalten?", flüsterte ich, mehr als Feststellung, denn als Frage. „Es dauerte nicht mehr lange", sagte er tonlos, „und Mam kam dann hoch, also verschwand ich schnell ins Bett. Aber schlafen konnte ich diese Nacht nicht mehr – und viele andere auch nicht richtig. Ich hoffte so sehr, ich könnte es vergessen, und nach Monaten wurde es auch immer unwirklicher und die Szene immer verschwommener. Schließlich hielt ich es für einen bösen Traum und war mir nicht mal mehr sicher, ob ich es nicht fantasiert hatte. Mam war ja wie immer – man merkte ihr nichts

an. Nur am nächsten Morgen war sie sehr befangen, aber da waren alle ziemlich fertig."
Nach einer Pause fuhr er fort: „Als Paps heute mit der Nachricht hereinplatzte, dass die „Five" kommen, war es sofort wieder da und ich schaute Mam nur an und sah in ihren Augen, dass es kein Traum gewesen war. Und dann der Streit hinter der Bühne bzw. in der Garderobe. Sie hat ihm vorgeworfen, er sei blind, er merke gar nichts, es sei ihm egal, was in ihr vorgehe ..."
Er brach ab.
Wieder saßen wir eine Weile schweigend nebeneinander, schließlich durchbrach Ollis fast heisere Stimme die Stille:
„Er war furchtbar aufgedreht. Die ganze Woche schon. Ich hab' mich schon gewundert, was los ist. Er hat sich wohl – auf - auf SIE gefreut. Es tut mir leid."
„Also DU kannst ja nun wirklich nichts dafür.", sagte ich entrüstet und sah in seine traurigen Augen, um gleich wieder wegzuschauen, nein, mit diesem Bauchgrummeln konnte ich jetzt gar nicht umgehen, das war jetzt völlig fehl am Platz. Und doch war es da; schon seit er meine Hand hielt, verwandelte sich mein Inneres in eine aufgewühlte See.
„Wir haben vergessen, im Hotel Bescheid zu sagen.", fiel mir plötzlich ein.
„Das ist mir total egal, ich würde ja eh nur stören.", bemerkte Olli gehässig.
„Gute Idee! Genau DAS machen wir!", rief ich – endlich war mir etwas eingefallen, um der Starre und dem

Gefühlschaos zu entkommen, ich sprang auf und rannte zum Telefon.
„Wo wohnt ihr?", fragte ich Olli, der mich völlig überrumpelt von dem plötzlichen Aufbruch, ratlos ansah.
„Äh, in Wuppertal ...??", antwortete er fragend.
„Nein, ich meine, in welchem Hotel seid ihr untergebracht?"
„Ach so, im ... im Hotel Adler.", stammelte er verwirrt.
Alex stand auf und fragte argwöhnisch:
„Was hast du eigentlich vor?"
Ich blätterte schon im Telefonbuch und fragte nach:
„Welches Zimmer?"
Da sprang auch Oliver auf und fragte ungläubig:
„Vicki, du wirst doch da jetzt nicht anrufen!"
„Aber natürlich werde ich das!", erwiderte ich bestimmt. „Ich bin ein kleines Mädchen und brauche jetzt meine Mama!", jammerte ich gespielt mit einer weinerlichen Stimme, wobei ich selbst schnell lachen musste. Die beiden Jungs grinsten sich an und hatten meine Taktik verstanden. Ich wählte die Nummer des Hotels und es dauerte ein Weilchen, bis eine verschlafene Stimme abhob:
„Hotel Adler, was kann ich für Sie tun?"
„Bitte verbinden Sie mich mit Zimmer ...?" Ich sah Oliver auffordernd an. „123.", raunte er mir zu. „... 123. Es ist dringend."
„Mit wem spreche ich denn?", fragte die Stimme argwöhnisch.

„Viktoria Krug. Bitte fragen Sie nach, ob meine Mama in Zimmer 123 ist, Frau Friederike Krug. Und richten Sie Herrn – äh – Rainer aus, dass sein Sohn bei uns übernachtet. Danke."

Schnell legte ich auf.

„Herr Rainer – das ist gut!", meinte Olli lächelnd. „Wir heißen ‚Heilmann'. Du hast Mut, Mädel. Wenn sie wirklich da sind, haben wir ihnen die Nacht gründlich vermiest."

Die Worte ließen uns abrupt verstummen und die traurige Befangenheit schlich sich wieder zu uns.

„Wir müssen noch dein Nachtlager herrichten, Oliver, und du, Mädel, gehörst eigentlich schon längst ins Bett.", durchbrach Alex die peinliche Stille – es war inzwischen 1 Uhr.

Im oberen Stockwerk war es verdächtig still, die üblichen väterlichen, lauten Atemgeräusche aus dem elterlichen Schlafzimmer fehlten. Paps konnte also nicht schlafen – das hieß Alarmstufe Puterrot! Paps konnte fast immer schlafen und fiel, egal, wo und wann er ins Bett ging, sofort in einen Koma ähnlichen Tiefschlaf. In den seltenen Ausnahmefällen, in denen er diese Kraftquelle nicht anzapfen konnte, war er am nächsten Tag ungenießbar oder krank ...

Die Jungs bogen in Alexanders Zimmer ab und er bedeutete mir mit einem Kopfnicken in Richtung Badezimmer, dass ich schleunigst dorthin entschwinden solle. Alex' Blick duldete keinen Widerspruch und so lag ich kurz darauf im Bett und starrte durch das runde Fenster in die Ferne. Eine tiefe Traurigkeit legte sich auf mich wie eine viel zu üppige Decke. So leicht ich mich auch freuen konnte über Kleinigkeiten wie einen unvermuteten Sonnenstrahl, so schwer konnte ich auch leiden und in tiefen Kummer versinken. Viele Gedanken schwirrten durch meinen Kopf und widersprüchliche Gefühle tanzten in meinem Bauch. Was hatte sich Mam nur gedacht ... sie konnte doch nicht ... Paps war doch etwas ganz Besonderes ... war dieses Bauchgrummeln Liebe ... ganz sicher war es etwas ganz Spezielles ... und Olli ... was sollte nur werden, wenn Mam uns verlassen will ... waren Olli und ich nicht in „feindlichen" Lagern ... wurden wir am Ende noch „Geschwister" ...?

Mitten in das Gedanken- und Gefühlschaos drang ein Bild aus der Realität in mein Blickfeld: ein Taxi hielt vor unserem Haus. Ich war sofort hellwach. Der Motor lief eine Weile, aber niemand stieg aus. So sehr ich meine Nase auch ans Fenster drückte, ich konnte nichts erkennen, bis endlich eine Frau aus der hinteren Tür zur Straße hin ausstieg – Mam! Sie ging ins Haus. Sie war zurückgekommen! Mam war da. Vielleicht war auch gar nichts gewesen. Das Taxi wendete und fuhr weg. Ich hörte die Haustür ins Schloss fallen und wartete auf sie. Sicherlich würde sie – wie jeden Abend – nochmal bei mir ins Zimmer schauen. Was sollte ich nur tun? Sie hysterisch anschreien oder sie ganz fest drücken oder mich schlafend stellen? Ich wusste es einfach nicht - mein Bauch war nun das reinste

Schlachtfeld mit kampfbereiten Frontlinien: Mam war eine Verräterin – nein, sie war doch jetzt da ...
Ich wartete vergeblich, während meine Gedanken und Gefühle wild durcheinanderwirbelten. Mam kam nicht in mein Zimmer, ich hörte auch keine Schritte die Treppe hoch.

Dieses Warten – dieses ewige Warten. Wenn sie etwas nicht ausstehen kann, dann zur Untätigkeit gezwungen zu sein. Die Wochen verstreichen und eigentlich ist ihr ganzer Aufenthalt nur ein einziges großes Warten. Natürlich ist der Tag angefüllt mit vielen alltäglichen Tätigkeiten und sie fällt jede Nacht todmüde ins Bett – aber eigentlich geschieht NICHTS, es ging nichts vorwärts, was den Adoptionsprozess betraf.
In der dritten Woche hatte sie beschlossen, unter anderem in der nursery abends, wenn Moses seine erste Runde schlief, noch zu helfen, die Wäscheberge trockener, sauberer Wäsche, die sich täglich anhäuften, abzubauen. Tagsüber half sie mittags und am Spätnachmittag beim „Füttern" der 25 Kleinkinder und Säuglinge, sofern es Moses zuließ. So fügte sie sich langsam als Teil des Heimbetriebes ein und verlor „ihr Ansehen" als ausgefallener Fremdkörper. Die Einsamkeit, die sie paradoxerweise inmitten von 60 Kindern und sechs Betreuern, ständig als beklemmend empfunden hatte, fiel langsam von ihr ab, sie

lernte im Umgang mit den Kindern etwas Kiswahili und das führte oft zu großem Gelächter unter den Betreuerinnen. Sprache ist nicht nur ein Kommunikationsmittel – Sprache ist so viel mehr, ein Türöffner, ein Schlüssel zu versteckten Welten ... Zwei von ihnen trauten sich jetzt sogar mit ihr in einfachem Englisch mit starkem Akzent zu reden und legten die anfänglich so deutlich spürbare Scheu oder Angst oder Ehrfurcht – sie wusste es nicht zu deuten - größtenteils ab. Der Rest aber blieb – aus welchen Gründen auch immer – auf Distanz. Die Abende in der nursery wurden zu einem wertvollen Bestandteil ihres so eintönigen Tagesrhythmus. Vor allem, wenn teacher Rose Dienst hatte; die etwa gleichaltrige, ruhig bestimmte Kenianerin konnte recht gut Englisch und hatte einen wohltuenden, trockenen Humor. Fast fühlte sie eine Art freundschaftliche Regung wachsen, da sie über vieles reden konnten und auch einträchtig schweigen, während sie versuchten, den Wäschebergen Herr zu werden. Aber es fehlte immer noch etwas, um es Freundschaft nennen zu können. Es fehlte die „Augenhöhe". Viktoria war eine Weiße, ein Mzungu, da gab's keine Freundschaft – das Trennende blieb immer sichtbar.

Nachts konnte sie eh nicht länger als zwei bis drei Stunden am Stück schlafen, dann musste Moses seine Flasche bekommen, die er mittlerweile auch lautstark einforderte. Gott sei Dank hatte sie inzwischen eine gewisse Routine und bereitete abends um 11, nach der letzten Mahlzeit, schon immer alles vor – die Thermoskanne mit heißem Wasser befüllen und 8-10 Minuten offen stehen lassen, dann hat das Wasser nachts um 3 Uhr, wenn die zweite Flasche fällig ist, gerade die richtige Temperatur. Die erste Flasche, die Moses gegen 1 Uhr erwartet, wird jetzt halb mit heißem Wasser gefüllt, was dann, ergänzt mit dem Wasser von der Thermos, die optimale Temperatur erhält. So hatte sie gelernt, diverse Stromausfälle zu überbrücken, die sie immer wieder in regelmäßigen Abständen heimsuchten. Das Gefühl einer ohnmächtigen Verzweiflung hatte sich als tiefes Mahnmal in ihr Gehirn eingegraben: eines Nachts ohne Strom, den schreienden Moses in den Armen, versuchend, die fast schon kalte Milchflasche zwischen ihren warmen Oberschenkeln zu wärmen ... es war einer von diesen Augenblicken, in denen ihr Verstand laut wurde und deutlich einen Abbruch und einen Rückflug forderte, aber ihr Herz still und leise intervenierte und nur das warme Gefühl der wachsenden, mütterlichen Liebe sprechen ließ, so dass der Verstand verstummte. Dieses hilflose, fordernde, egoistische Bündel Menschlein hatte längst ihr Herz erobert. Sie liebte alles an ihm: seine Krokodilstränen, die aus den Augen springen konnten wie tropfende Perlen, sein zahnloses Lächeln, seine runde Stupsnase, die seidig schwarz glänzenden Haare, die trompetenhaft alles übertönende Stimme, aber besonders seine großen dunklen Augen, in denen sie versank.

Sie liebte Kinder, seit sie denken konnte. Schon immer faszinierten sie die kleinen Wesen – verwandte Seelen - und sie verspürte und versprühte eine große Liebe. Sie sandten sich gegenseitig ein Strahlen. Ihre Kindlichkeit erwachte und so war jede Begegnung mit Kindern ein Aufblühen in ihrem eigentlichen Sein.
Dies aber – dieses Wunder auf ihrem Schoß, in ihren Armen – war nun ihr anheim gegeben. Sie hielt es nicht für einen Augenblick, einen Spielenachmittag, einen Abend Babysitten und gab es wieder zurück. Dieses Wunder war für ihr Leben bestimmt. Und diese Liebe, die sie empfand, wuchs stetig an.

Die mühsamen, alltäglichen „Pannen", denen man als verwöhnter Westeuropäer, der einen Stromausfall vielleicht mal ein paar Minuten nach einem Gewitter kennt, zunächst hilflos ausgeliefert ist, hatten ihr nicht unerheblich zugesetzt, aber schon nach ein paar Wochen hatte sie gelernt sich anzupassen, ihr Lebenstempo enorm zu drosseln und andere Dinge als die Uhr entdeckt, um sich den Tag einzuteilen. Es richtete sich eben alles nach dem Rhythmus der Kinder und deren unbekümmerte Heiterkeit steckte unweigerlich an. Ihr eigenes kindliches Wesen, das sie nie ganz abgelegt hatte, trat wieder vorsichtig ans Licht und so lernte sie mit Zipporah und den Kleinsten erneut verborgene Welten, schillernde Käfer, zarte, kitzelnde Grashalme, bunte Steinchen ... entdecken.

Was ihr dennoch sehr zu schaffen machte und das Warten schier unerträglich, war das Ausgeliefertsein, das ständige Beobachtet-Werden, das Gefühl, man sei nie alleine, nicht einmal bei den intimsten Dingen. Das Heim war ein großes, gemauertes Gebäude in U-Form. Das mittlere Haupthaus zweistöckig, die beiden Flügel nur einstöckig. Im linken Flügel wohnten die Jungs, im rechten Flügel befanden sich kleinste Zimmer für die Betreuerinnen, die Nacht-, Früh- oder Spätdienst haben. Ab 18 Uhr und vor 6 Uhr traute sich keine Frau allein auf die Straße, deshalb kam man bereits am Vorabend zur Arbeit für den nächsten Tag bzw. man ging erst am Morgen nach Hause. Im Hauptgebäude waren unten links ein winziges Büro für den Verwalter und die „nursery", ein circa 25 m^2 großer Raum, in dem 25 Kleinkinder von 0-3 Jahren ihre Tage und Nächte verbringen; unten rechts fand man einen großen Mehrzweckraum, circa 40 m^2 Speisesaal, Kindergarten und Aufenthaltsraum. Dazwischen Korridor, Treppenaufgang und Küche. Im oberen Stockwerk rechts über dem großen „dining room" gab es den Mädchenschlafsaal mit zehn Stockbetten, über der Küche zwei Toiletten, die zugleich Waschraum waren und links über der nursery noch drei kleine Zimmer. Die Zimmer waren nur durch dünne Holzwände voneinander getrennt.

Das mittlere ist ihr „Familienzimmer“ mit Schlafgalerie. Links davon gibt es ein Gästezimmer, das meist als Lager genutzt wird und rechts davon befindet sich das Zimmer der Krankenschwester, in dem diese auch schläft, mit Toilette und einem Waschbecken, das auch Viktoria nutzen darf/soll – nur durch eine mannshohe Mauer, nach oben offen, vom Zimmer abgetrennt … - man hört alles voneinander, buchstäblich alles. Die „hauptamtliche“ Krankenschwester, nurse Lucia, ihre häufigste Zimmernachbarin, ist eine ältere Frau, die alle Handlungen mit Argusaugen beobachtet und anfangs bei jedem Piepser von Moses, gewappnet mit erfahrenen, natürlich guten Ratschlägen, im Zimmer stand. Nun nach einigen Wochen, nachdem beschlossen war, dass Moses und sie zusammengehörten, stellte sich langsam so etwas wie ein zartes mütterliches Selbstbewusstsein ein, schließlich nahm der Kleine unaufhaltsam zu, sein schlimmer Durchfall hatte sich gelegt und immer öfter ließ sich ein wunderbares, einfach unbeschreibliches, zahnloses Lächeln auf seinem Gesichtchen sehen.

Als nurse Lucia eines Abends wieder einfach im Zimmer stand, obwohl sie mittlerweile wohl mitbekommen hatte, dass Moses täglich zwischen 7 und 8 Uhr abends „grantelt“ – er konnte ja nicht ständig lächeln und schlafen – und ihn in ihrer herrischen Art an sich reißen wollte, nahm sie allen Mut zusammen und versuchte in aller englischen „Höflichkeit“, aber deutlich, klarzumachen, dass sie das alleine in den Griff bekomme:

„Ich möchte nicht, dass Sie bei jedem kleinen Schrei von ihm kommen. Es geht ihm schließlich sichtlich gut."

Das saß. Die nurse stand zunächst mit offenem Mund da, schickte dann einen ihrer giftigsten Blicke ins Zimmer und ging wortlos. Obwohl der Blick nichts Gutes verhieß, fühlte Vicki Erleichterung und auch Stolz. Moses sah seine Mama mit großen Augen erstaunt an und vergaß darüber seinen Weltschmerz.

Am folgenden Samstag, gerade war sie mit dem Waschen und Wäsche-Aufhängen im hinteren Garten fertig, als sie ins Büro gerufen wird. Die Chefin ist da, eine kühle Deutsche namens Katharina Rusch aus Karlsruhe, deren Mann die deutsche Schule in Nairobi seit acht Jahren leitet. Sie hat das von einem privaten, norddeutschen Verein betriebene Heim von einer Freundin übernommen, die nach 15 Jahren Kenia wieder in die Heimat zurückgekehrt war. Katharina Rusch kommt alle drei bis vier Wochen, sieht nach dem Rechten, bringt manchmal ein neues Baby mit und ist immer unter enormem Zeitdruck, so hatten sie sich erst zwei Mal kurz gesehen. Oft hat sie wichtige „staff meetings", die sich über Stunden hinziehen, so dass sie dann mit wehenden Röcken zurück nach Nairobi fährt, ohne dass Zeit bleibt für mehr als die üblichen Begrüßungs- und Abschiedsfloskeln. Mit Moses, der langsam Hunger bekommt,

im Tuch vorne umgebunden, sich vergewissernd, dass Zipporah mit den größeren Mädels, die gerade von der Schule kommen, hinreichend beschäftigt ist, geht sie mit einem mulmigen Gefühl ins Haupthaus. Ihre Vorahnung ist berechtigt gewesen, nurse Lucia sitzt gegenüber der Direktorin am Schreibtisch und dreht sich nicht einmal um, als sie nach höflichem Klopfen hereingerufen wird.
„Hallo Frau Rusch, was verschafft mir die Ehre?", versucht sie die beklemmende Atmosphäre etwas aufzulockern. Ein kurzes Verziehen der Mundwinkel, mehr ist nicht drin und dann offenbart diese in sachlichem Ton auf Englisch, dass sie beschlossen habe, nurse Lucia zum „guardian" von Moses und Zipporah zu machen. Wer sei dazu besser geeignet als jene, die durch ihre jahrelange Erfahrung wüsste, worauf es ankommt, gerade bei dem schwierigen Fall von Moses, der ja als Frühgeburt gesundheitlich so fragil sei, obwohl er sich ja bestens entwickle, wie sie sehe ... dabei steht sie kurz auf und wirft einen prüfenden Blick ins Tuch, wo Moses etwas misstrauisch geworden, vorsichtig herauslugt, er spürt, so nah am Herzen, deutlich die Unruhe. Frau Rusch setzt sich gleich wieder in ihren Chefsessel und redet unentwegt weiter, wie es ihre Art ist. Viktoria bekommt allerdings nur noch ein paar Wortfetzen mit, denn verzweifelt arbeitet ihr Gehirn und versucht zu erschließen, was denn nun „guardian" bedeute ... plötzlich ist es still. Nurse Lucia dreht sich mit einem arrogant fragenden

Gesichtsausdruck zu ihr um und Frau Rusch herrscht sie an:
„Victoria, did you understand my question? Wann kommt denn nun endlich Ihr Mann?“
„Äh, Entschuldigung ...“ Moses beginnt zu schreien, der Schnulli hilft nichts mehr, ihre Unruhe hat sich komplett auf den kleinen Wurm übertragen und außerdem hat er Hunger. Sie stammelt etwas von Sturköpfen im Bayerischen Landesjugendamt und Problemen mit der Bürokratie dort, ihre Worte gehen unter, weil Moses Sirene immer lauter wird. „Er hat Hunger!“, schreit sie kurzerhand, verlässt fluchtartig das Büro und springt die Treppe hoch in ihr Zimmer. Welch‘ ein besch... eidener Auftritt! Glücklicherweise ist schon alles für die Mittagsflasche vorbereitet und Moses beruhigt sich augenblicklich. Hektisch begibt sie sich wieder hinunter, den trinkenden Kleinen im Arm, das Tuch immer noch umgeschlungen. Frau Rusch ist natürlich schon im Aufbruch und hat eigentlich überhaupt keine Zeit mehr. Aber es werde sich schon alles klären, sie müsse Geduld haben ...
„Was heißt eigentlich ‚guardian‘?“, unterbricht sie den Redeschwall, bevor die Heimleiterin ins Auto klettert.
„Vormund, mein Kind! Das kenianische Adoptionsrecht verlangt einen kenianischen Vormund für die Zeit, in der die beiden bei Ihnen in Pflege sind. Nurse Lucia muss dann auch einen Bericht für die Gerichtsverhandlung über Sie schreiben und sie wird bei

einer Verhandlung anwesend sein. Machen Sie's gut! Bye, bye!!", ruft sie, schon im Auto, der Kinderschar zu, die sie umringen.
Nurse - VORMUND – BERICHT – wie erstarrt steht Viktoria da und die Schreckensbotschaft klingt noch lange nach.

Irgendwann musste ich doch erschöpft eingeschlafen sein. Als ich aufwachte, war es bereits heller Tag. Ein Blick auf den kleinen kugelrunden blauen Wecker am Regalbrett verriet mir, dass es bereits 10 Uhr vormittags war. Ich wollte gar nicht aufstehen. Ich wollte keine veränderte Welt vorfinden. Ich wollte Mam nicht ins Gesicht sehen müssen, sie würde sofort erkennen, dass ich etwas weiß, was ich nicht wissen sollte. Ich konnte nichts vor ihr verbergen und überhaupt, wie sollte ich mich ihr gegenüber verhalten?
Erst als ich die Stimmen der beiden Jungs im Gang hörte, wurde ich blitzartig wach. Oliver war da – und zu den widerstreitenden Gefühlen im Bauch gesellte sich das neue, das ich noch gar nicht einordnen konnte, aber eigentlich herrlich fand.
Im Gang standen gepackte Koffer, unsere Koffer. Mam hatte Frühstück gemacht, war aber nirgends zu sehen. Auch von Paps war keine Spur zu entdecken. Die Jungs saßen etwas betreten am Tisch und murmelten ein „Guten Morgen", ohne recht aufzusehen. Da läutete das Telefon. Es war Rainer, er bedankte sich bei mir für die

Nachricht von uns, die er auf einem Zettel vom Nachtportier ausgehändigt bekommen hatte und wollte Oliver sprechen. Der schüttelte energisch den Kopf und ich log mit unterkühlter Stimme: „Der schläft noch. Kann ich was ausrichten?" Oliver solle spätestens gegen 15 Uhr ins Hotel kommen, sie wollten dort etwas besprechen. Ich legte auf und sagte es ihm. Wieder ein durchdringender Blick aus diesen Augen und ich sah verwirrt weg. „Was sollen eigentlich diese Koffer im Gang?", fragte ich mit etwas wackeliger Stimme. „Mam fährt weg.", sagte Alexander tonlos. „Sie ist oben und redet mit Paps. Immerhin reden sie und schreien nicht." Darauf wusste selbst ich nichts zu sagen, aber Hunger hatte ich keinen mehr.

IV
Ohnmacht

„Mit diesem Wind kommt Schicksal; laß, o laß
Es kommen, all das Drängende und Blinde,
von dem wir glühen werden -: alles das.“

Rainer Maria Rilke

So saßen wir schweigend am Frühstückstisch, stopften Toast mit Marmelade in uns rein und tranken unsere Tassen leer. Nicht nur Alex hasste Kaffee, sondern auch Oliver, wie ich lächelnd feststellte. „Warum lachst du?“, fragte Alex mit leicht genervtem Unterton. „Weil ihr zwei großen Jungs noch Kaba trinkt!“, giftete ich zurück. „Na und?“, entgegnete Alex noch genervter und es sah ganz so aus, als ob die Stimmung in den üblichen, sinnlosen Geschwisterzank kippen würde. Aber Oliver grinste breit, so dass uns dies vermiest wurde.
Die Sonne schaffte es gerade in dem Augenblick um die Südost-Ecke des Hauses und leuchtete mir ihre Strahlen ins Gesicht. Was war da draußen los? Ich lief zur Terrassentür und öffnete sie weit. Was für ein Duft – der ganze betörend herbe Frischeduft des Frühlings strömte auf mich ein und ich sog ihn ein wie eine weitere Frühstückszugabe, von der ich nie genug bekommen konnte. Die Sonnenstrahlen verwandelten das junge Grün an den Bäumen zum leuchtenden Gelbgrün, alles blinkte und blitzte und … lärmte: Die Vögel schienen verrückt geworden und zwitscherten und

pfiffen und sangen um die Wette. Ich war wie verzaubert und starrte in den herrlichen, ersten Frühlingsmorgen dieses Jahres, als mich unverhofft eine leichte Gänsehaut streifte. Es war nicht die Kühle des Morgens, sondern das Bewusstsein, dass ER hinter mir stand. Olli war lautlos nahe an mich herangetreten und sein linker Arm berührte meine rechte Schulter ganz leicht. Ich reagierte völlig unerwartet und fühlte mich wie fremdgesteuert - anstatt mich umzudrehen und zu scherzen oder eine blöde Bemerkung loszulassen oder einfach davonzulaufen, blieb ich wie gelähmt stehen, konnte mich überhaupt nicht mehr bewegen, schloss die Augen und genoss einfach diesen für mich himmlischen Augenblick. Mein Herz schlug Purzelbäume. Nur diese leichte Berührung warf mich völlig aus dem Konzept. Und da war ein neues Kribbeln zu spüren, eine sehnsuchtsvolle Erregung, die ich noch nicht deuten konnte und bisher noch nie verspürt hatte.

„Vicki, du könntest auch mal ein bisschen beim Abräumen helfen!". Alex' Stimme riss mich, nein UNS, jäh aus der kribbelnden Starre. Auch Oliver war leicht zusammengezuckt und als sich nun unsere Augen, während ich mich umdrehte, für einen Sekundenbruchteil fanden, sah ich, dass er ebenso verwirrt und sehnsüchtig blickte wie ich.

Und da war sie wieder, die unabwendbare und einfach furchtbar peinliche Röte, die sich sofort auf meinem Gesicht ausbreitete und offenbar nun zum ständigen

Begleiter wurde, wenn ER in meiner Nähe war. Schnell lief ich zum Tisch und räumte wortlos Butter und Marmelade weg in der Hoffnung, dass niemand das Leuchten meiner Backen bemerkte. Oliver kam nach und folgte Alex und mir mit den restlichen Frühstückssachen in die Küche.

Da hörten wir Mam die Treppe runterkommen. Der Frühlingszauber, der uns unsichtbar umweht hatte, schien wie weggeblasen und ich sah in Alex' verzerrtes Gesicht, das so viele widerstreitende Gefühle zu verbergen versuchte. Schließlich siegte die Angst über die Wut und wir blickten zur Tür in den Gang. Mam zog sich an und wollte anscheinend einfach so gehen. ‚Sie verlässt uns!!', schrie es in meinem kindlichen Inneren und ich stürmte ohne weiter nachzudenken in den kleinen Flur und schlang die Arme um meine Mutter, als könnte ich sie so festhalten. Weg waren die Wut und die Vorsätze, ihr deutlich meine Meinung zu geigen – jetzt war da nur noch die blanke Verlustangst. Mam hielt mich ganz fest und schwieg. Als ich sie schließlich widerwillig losließ und zu ihr hochblickte, sah ich, dass sie weinte.

„Mam, du lässt dich doch nicht scheiden?", flüsterte ich mit tränenerstickter Stimme.

„Aber Vicki? Wie kommst du denn darauf?", entsetzt blickte sie zunächst mich und dann Alex mit großen, fragenden Augen an. Alex' Augen verengten sich zu einem zutiefst anklagenden Blick. Ich schluchzte:

„Mam, wir sind keine kleinen Kinder mehr. Wir wissen Bescheid."
Sie wischte sich energisch die Tränen weg.
„Sagt mal, was ist hier eigentlich los? Worüber wollt ihr „großen" Kinder so gut Bescheid wissen?"
Wütend platzte es jetzt aus Alex heraus:
„Ich hab' euch gesehen, Rainer und dich, vor fünf Jahren und gestern ...- ich weiß, was da gespielt wird!"
Aus Mams Gesicht war jegliche Farbe gewichen, ihr Mund öffnete sich, als formte sie eine stumme Frage und blankes Entsetzen blickte aus ihren großen Augen. Sie ging rückwärts zur Haustür und setzte sich daneben auf die Treppe, die nach oben führte. Da saß sie, das Gesicht in den Händen verborgen, niedergestreckt von den wütenden Worten ihres Sohnes und der unvermeidlichen Wahrheit. Drei Stufen über ihr stand Paps, seine Stirn in Schmerzensfalten gezogen, wie wir es bei seinen Migräneanfällen kannten, aber seine sonst leuchtenden blauen Augen waren wie erloschen. Dieses Bild meiner Eltern brannte sich in mein Gedächtnis ein, still liefen mir die Tränen herunter. Paps durchbrach schließlich mit rauer, aber fester Stimme die Stille:
„Eure Mam wird für eine Woche zu Tante Sylvia nach Köln fahren. Sie braucht Zeit ... zum ... zum Nachdenken." Er räusperte sich. „Wir kriegen das schon hin ohne sie, oder?"
Bei diesen Worten kam er die Stufen herunter, Mam erhob sich und ließ ihn vorbei. Er sah Alex und dann mir fest in die Augen, bis wir stumm nickten und dann ging

er wieder nach oben, ohne Mam nochmal anzusehen, nur seine Hand legte er beim Vorbeigehen kurz auf ihre gebeugte Schulter. Mam schluckte, nahm die zwei Koffer und blieb unschlüssig vor der Haustür stehen. Dann stellte sie die Koffer nochmal ab und streckte ihre Arme nach uns aus. Ich drückte mich an ihre linke Seite und sah aus den Augenwinkeln, dass Alex mit sich kämpfte, sich schließlich aber doch an sich drücken ließ. Ich löste mich, denn ich spürte, dass Alex sie jetzt ganz brauchte. Er zitterte und Mam hielt ihn ganz fest. „Mein Großer – es tut mir so leid, es tut mir so furchtbar leid.", flüsterte sie und Alex schüttelte es jetzt richtig. Ich stand nur da, der Kummer tropfte aus Augen und Nase und natürlich hatte ich kein Taschentuch greifbar. Als ich zur Küche wollte, sah ich Olli schuldbewusst im Türrahmen stehen. In seinen Augen war so viel leidendes Mitgefühl zu lesen und ich konnte nicht anders, als ihn ganz fest zu drücken. Auch er schlang seine Arme um mich und drückte mich noch fester an sich. Er war um so viel größer als ich, dass mein Ohr an der Höhe seines Herzens lag und ich hörte es viel zu schnell schlagen.

Eine Ewigkeit wollte ich so bleiben, still halten in der Verwirrung des Augenblicks, gefangen zwischen unfassbarem Leid und Glück, aber die peinliche Gewissheit, dass meine Tränen - und mein Rotz - sein T-Shirt langsam durchnässten, drängte mich loszulassen.

Verlegen sah ich kurz zu ihm hoch, angelte mir von der Anrichte hinter ihm eine Tempo-Packung und versuchte mit ungeschickten Fingern, sein T-Shirt trockenzureiben. Er nahm mir das Taschentuch aus der Hand, lächelte mich zaghaft an und wischte mir sanft die Tränen vom Gesicht, ohne seinen Blick von meinen Augen zu lösen. Sein Lächeln erstarb. Ernst und mit einem verwunderten Erstaunen hielten sich unsere Augen fest.

Er hat später, viel später erzählt, dass er ebenso wie sie von diesen Gefühlen überfahren wurde. Er war 16 und zum ersten Mal richtig verliebt – in eine Zwölfjährige, deren Mutter eine Affäre mit seinem Vater hatte. Das konnte, das durfte nicht sein.
Aber sind es nicht diese seltenen Momente, die man nie vergisst, wo der Kopf nichts mehr zu melden hat, der Verstand ohnmächtig kapituliert und das Herz das Ruder übernimmt?

Ihr Kopf sagt ihr, dass das hier nicht gut gehen könne, dass sie zurück ins Sichere solle, dass sie sich wieder in etwas reinsteigere, was alles noch komplizierter machen werde und ihr Verstand argumentiert mit Schlagworten wie „Verantwortungsgefühl“ und „Gewissen“ und „Treue“, bevor er kapituliert und das Herz übernimmt. So stapft sie glückselig und dämlich grinsend, Moses im Tragetuch an der Brust, durch die herrlichen Schwarztee-Plantagen hinter James Kamau her, der die kleine, jauchzende Zipporah auf den breiten Schultern trägt. Was war das für ein Bild von einem Mann! Sie fraß ihn förmlich mit ihren Blicken auf, ausgehungert wie sie war. Als würde er es hinter sich spüren, dreht er sich abrupt um, was der Kleinen auf seinen Schultern einen weiteren Lustschrei entlockt und sie ihrer Tochter nur beipflichten kann. Sein ganzes dunkles Gesicht ist ein einziges Strahlen, die weißen Zähne blitzen, die großen Augen leuchten und sie kann nicht anders: Sie strahlt zurück und empfindet so viel Glück, dass sie zu zerspringen droht nach all der Einsamkeit. Im Jetzt leben. Diesen Moment auskosten. Verstand, Gewissen kapitulieren und die Sorgen verschwinden.

Ganze drei Monate, 13 Wochen, war sie nun hier und es ging NICHTS vorwärts, was den Adoptionsprozess anging. Eigentlich wollte ihr Mann bereits seit Wochen hier sein, sollten sie schon längst den ersten von drei Gerichtsterminen haben und in sechs Wochen war der Rückflug gebucht. Stattdessen waren sie in einem bürokratischen Teufelskreis gefangen. Das Landesjugendamt hatte in ihrem Fall die Adoptionsvermittlung übernommen, da ja keine Agentur beauftragt, sondern in Privatinitiative die Sache angegangen worden war – wieder so ein Zeichen ihrer hirnverbrannten Naivität und idealistischen Lebensfremdheit und natürlich auch ihres chronischen

Geldmangels. Der Münchener Beamte, Herr Regierungs-Oberrat Schalter, der ihr Schicksal nun in Händen hielt, tat alles, was in seiner Macht stand, um den Adoptionsprozess in die Länge zu ziehen. Es war unklar, welche krankhafte Pedanterie ihn trieb oder war es Eifersucht auf dieses nach außen hin so abenteuerlich anmutende Leben oder stand ein abgrundtiefer Hass auf alle freiberuflichen Musiker und Schlagzeuger im Speziellen dahinter, jedenfalls weigerte er sich, den bereits fertigen „Sozialbericht" nach Kenia zu schicken, den eine freundliche Beamtin des Jugendamtes nach neunmonatiger Beobachtung des Paares, zahlreichen Gesprächen, zwei Erziehungsseminaren, zwei unangekündigten Wohnungsbesuchen und mehrseitigen Fragebögen, unzähligen Formularen und einem eigens dafür verfassten Lebensbericht von ihnen beiden, fertig gestellt hatte. Ohne dieses Dokument der deutschen Behörden konnte aber kein Gerichtstermin in Kenia beantragt werden. OR Schalter wollte ärztliche Atteste von Zipporah und Moses, ausgestellt von einer kenianischen Organisation namens „Children's welfare society". Natürlich hatte sie dort bereits vorgesprochen und ihr Anliegen geschildert. Die unverbindlich freundliche Dame in dem heruntergekommenen Büro hatte ihr ein kühles Lächeln geschenkt, erklärt, dass sie keine Ärzte zur Verfügung hätten, wenn aber pro Kind 1.000 Dollar gezahlt werden würde, werde sie sehen, was sich machen ließe. Sie hatten keine 2.000

Dollar für diesen korrupten Haufen, also wandte sie sich wütend an den deutschen Botschaftsarzt in Nairobi und fragte unverblümt, ob denn er ihre beiden Schätze untersuchen würde und seinem lieben Kollegen in München die Atteste schicken ... Dr. Liebal war ein absolut liebenswerter Mensch, hatte sich sofort in die beiden Kleinen verliebt und machte einen Termin für die gründliche, ärztliche Untersuchung mit Aids-Test aus.
Von Limuru, wo das Kinderheim lag, ins Stadtzentrum von Nairobi waren es eigentlich nur knappe 20 km, aber man kann sich den Aufwand dafür kaum vorstellen: Zunächst hieß es den Hügel hinunter zum „Busbahnhof" zu klettern, was bei schönem Wetter circa 25 Minuten in Anspruch nahm, bei Regenwetter war praktisch kein Weg mehr vorhanden und man rutschte im Lehm herunter. Dann hieß es ein zuverlässiges, halbwegs funktionierendes „Matatu" (kenianischer Kleinbus) aufzutreiben, das nicht zwischenzeitlich die destination/Richtung änderte oder der Busfahrer fünfmal umdrehte, weil er 1km weiter hinten einen potentiellen Mitfahrer winken sah. Für die 9-Sitzer waren bis zu 15 Personen zugelassen, meist aber fanden neben Hühnerkäfigen, Maissäcken, Gemüsekisten, etc bis zu 20 Menschen darin Platz – eine sehr „soziale" Angelegenheit. Für die 20 km brauchte das Matatu circa 1-2,5 Stunden, je nach Kundschaft, Umwegen, Verkehrs- und Wetterlage. Dann war man in der city, am zentralen Busbahnhof und konnte sich

in dem Chaos von circa 100 Matatus durchfragen, welches denn in nächster Zeit zum gewünschten Zielort fahren würde.
Dieses gesamte Unterfangen stellte sich für sie als Weiße mit Moses vorne als Sensation schlechthin und einer zitternden, ängstlichen kleinen Zipporah an der Hand als nicht durchführbar heraus, zumal z. B. zur deutschen Botschaft in den Riverside Drive oder auch zur Anwältin in den Arboretum Drive keine Linie fuhr. Also stieg sie nach der ersten negativen Erfahrung in der Stadtmitte bereits kurz nach Runda beim village market, einem luxuriösen Einkaufszentrum am nördlichen Stadtrand, aus und orderte dort ein Taxi ... die Preisunterschiede waren frappierend und wieder dauerte es Wochen, bis sie „ihren großen" Moses fand, einen zuverlässigen und fairen jungen Fahrer, der ihr kein Vermögen abknöpfte und den sie per Sms schon im Matatu informierte, dass sie „bald" im village market auf ihn warten werde. Die Rückfahrt musste bis spätestens 15.00 Uhr angetreten werden, da sonst die Matatus schon von der Stadtmitte her voll waren und beim village market nicht mehr hielten. Außerdem war es ja um 18.30 Uhr schon stockfinster und nicht mehr ratsam, unterwegs zu sein.
Eine Fahrt nach Nairobi hieß einen Tagesausflug mit vielen Unwägbarkeiten zu planen und durchzuziehen. In dem Fall aber hatte ihr Dr. Liebal so viel

Hoffnung gemacht, dass sie es gerne auf sich nahm und mit den beiden nach Nairobi fuhr.
Es war ein herrlicher Dienstagmorgen, sie war früh wach, Moses schlief noch in ihrem Schlaflager und so holte sie – ein allmorgendliches Ritual – mit zwei 5l-Plastikflaschen Wasser von der Zisterne im Hof, direkt unterhalb ihres Fensters. In der nursery war schon einiges los, als sie kurz hineinblickte und „Good morning! Hapari?" den zwei fütternden und wickelnden Betreuerinnen zurief. Teacher Rose schenkte ihr ein Lächeln, während sie der kleinen Sara die Flasche gab: „Hapari yako? Good morning, Mama Moses." Teacher Mary war zu beschäftigt mit den spindeldürren Zwillingen auf der Kommode, die es dem Geruch nach schnell zu wickeln galt. Von Nurse Lucia war noch nichts zu sehen, meist tauchte sie erst gegen 7.30 Uhr auf, wenn die meiste Arbeit unten bereits getan war. Zippy schlief noch in dem großen Laufbettchen zwischen ihren fünf Jungs. Sie musste erst vorsichtig aufgeweckt werden, was sich schwieriger als erwartet herausstellte. Es war kurz nach 6 Uhr. Zeit genug, um alles vorzubereiten für das große Abenteuer heute. Nachdem sie erstmal die zwei 5l-Flaschen hochgetragen hatte, ging sie noch einmal zurück in die nursery und hob die blinzelnde, fragende Kiswahili-Laute vor sich hinmurmelnde Zipporah auf ihre Arme und trug sie hoch. Die Kinder hatte sie gestern Nachmittag noch gebadet und bereits Sonntagskleider ausgesucht. Jetzt musste nur

noch der kleine Rucksack für den Tagesausflug gepackt werden, während die ersten 2 l Wasser im Wasserkocher gurgelten. Gegen 7.30 Uhr kamen sie schließlich los, Rucksack auf dem Rücken, Moses auf dem Bauch, Zippy hüpfend an der Hand von Kibaki, der noch müde mit den Augen blinzelte ob der für ihn viel zu frühen Stunde, so stapfte die kleine Prozession vorbei an der windigen Wellblech-Kirche zur Straße runter. Sie hatte sich für die „Banana-Route" entschieden und hoffte, um die frühe Zeit recht schnell einen Matatu außerhalb des lebhaften Busbahnhofes in Limuru anhalten zu können. Der Weg war etwas weiter, aber er umging das Flüchtlingslager, an dem sie sonst vorbei hätten müssen. Die letzten Wahlen beim Jahreswechsel 2007/2008, vor knapp einem Jahr, hatten große Unruhen und fast einen Bürgerkrieg zwischen den alten Stämmen hervorgerufen. Hunderte Flüchtlinge waren die Folge und noch immer waren viele von ihnen ohne Heimat und Auskommen. Am Fuße des Hügels war eine Station des Roten Kreuzes und der große freie Platz davor diente als „Behelfslager". Ihr war immer etwas mulmig zumute, wenn sie dort auf dem Weg zur Franziskanerkirche oder zum Supermarkt vorbei musste und das Leid sah, das das der Slumbewohner am Rande des Hügels mit dem treffenden Namen „Misri", Ägypten ..., ausgesprochen jedoch wie „misery", noch übertraf. Heute also nur die übliche Kinderschar der umliegenden, bäuerlichen Holzhütten,

die ihr „Mzungu! How are you!“ hinterherschrie. Sie hatten Glück, schon der dritte Matatu hielt und der Fahrkartenverkäufer versicherte Kibaki, dass er bis Runda fuhr, sie also nicht in Banana umsteigen musste. Noch einmal beteuerte sie dem besorgten Kibaki, dass sie es nun schaffen würde. Langsam wurde sie selbstbewusster, selbstsicherer im Auftreten, auch außerhalb des Heimes und setzte sich so manches Mal über das Verbot der gestrengen Frau Rusch hinweg, das sichere Heimareal nicht alleine zu verlassen. Diese kleine Rebellion schenkte ihr ein wenig Unabhängigkeit und eine Ahnung von Freiheit, die sie tagtäglich so schmerzhaft vermisste.
Viktoria liebte diese Strecke von Limuru über Tigoni nach Banana – sofern sie nicht in dem armen, völlig überfüllten Marktflecken Banana, wo eine Weiße immer noch eine absolute Sensation war, umsteigen musste. Es war eine weniger besiedelte Gegend, nur einige Markierungspunkte in der herrlich üppig grünen Landschaft zeigten an, wie weit sie auf ihrer Fahrt waren: zunächst die Loreto High School, dann Tigoni, der Kentmere Club, ein Ort, der ihr so idyllisch und verheißungsvoll erschien und zugleich so unerreichbar war, eine andere Welt ... und schließlich kamen die endlos weiten, golden schimmernden Teefelder der Maramba Tea Estate. Moses schlief tief und fest an ihrer Brust und Zipporah quasselte zunächst aufgeregt Kiswahili, wobei Viktoria immer interessiert nickte, was die umsitzenden Mitfahrer köstlich

amüsierte – wer weiß, was sie da alles erzählte. Erst bei den Teefeldern wurde die Kleine müde und nickte, in Mamas Armbeuge gekuschelt, ein. Nach knapp einer halben Stunde war der schöne Teil der Fahrt vorbei und man landete in Banana, wo erstmal zwei Drittel der Matatu-Besatzung den Bus verließ und der Rest wartete, bis sich der Kleinbus wieder füllte und sich die Weiterfahrt lohnte.
Nach 1,5 Stunden schließlich setzte uns der Fahrer vor dem village market in Nairobi ab. Sie waren wie üblich die einzigen, die dort ausstiegen, denn vor das große, elegante Einkaufszentrum, das von Männern mit Maschinengewehren bewacht wurde, fuhr man gewöhnlich nicht mit dem Matatu vor. Sie hatte dem Taxifahrer Moses schon per Sms angekündigt, dass sie zwischen 9 und 10 Uhr auf ihn warten würden und wollte ihm gerade eine weitere Sms senden, als er schon von der gegenüberliegenden Straßenseite winkte. Viktoria winkte erleichtert zurück, deutete auf die Uhr auf ihrem Handgelenk und zeigte ihm fünf Finger. Er verstand sofort, grinste und setzte sich wieder ins Auto. Zipporah musste mal und sie eigentlich auch, aber das ging ja nicht mit Moses, sie würde schon noch durchhalten bis zur Botschaft ...
Mittlerweile war sie den Anblick gewohnt, der sie beim ersten Besuch dieses für sie magischen Ortes umgehauen hatte. In Deutschland mied sie Einkaufszentren, als herrsche dort die Pest. Hier war das etwas anderes. Wenn man täglich von großer Armut

und viel Leid umgeben ist, nur wenig abwechslungsreiche Mahlzeiten genießt und der Alltagstrott bestimmt wird durch harte Arbeit, dann versteht man vielleicht, wie andersartig das herrlich angelegte Zentrum wirkte: blühende und grünende Blumen und Büsche umrankten die Terrassen vor den verlockend duftenden Essensläden, wo eine internationale Auswahl der Gerichte das Herz höher schlagen ließ. Es war für sie jedes Mal, wenn sie hierherkam, als beträte sie eine andere Welt, eine Art Oase. Und erst für Zippy, die nun zum zweiten Mal dabei war, stellte dies sicherlich eine Art Paradies dar, das sie sich nicht mal in ihren Träumen ausgemalt haben mag. Sie ging ganz still und artig an Vickis Hand, mit ihren Augen groß und ungläubig die zauberhafte Welt um sie herum bestaunend. Die fast Dreijährige hatte eine Windelhose an, aber nur zur Vorsorge, seit ein paar Wochen funktionierte das „Potty-Gehen“ und Viktoria wollte das so hart erkämpfte, kostbare Gut des Trocken-Geworden-Seins nicht auf's Spiel setzen. Die Toiletten mit Spülung waren ein Erlebnis für die Kleine und sie konnte sich kaum mehr trennen von den großen Spiegeln und Wasserhähnen.
Beim Zurückgehen kaufte Viktoria leckere Pizzaschnitten für die Mittagspause und hatte große Mühe, Zippy von dem künstlichen, kleinen Bach, der durch das Zentrum lief, wieder weg zu holen. So schüchtern das Mädchen beim Betreten des Zentrums gewesen war – so schnell hatte sie nach nur fünf

Minuten zu ihrer quirligen Lebendigkeit zurückgefunden und schien in ihrem hübschen, rosa Rüschenkleidchen fast hierher zu gehören.
Schließlich waren sie glücklich um 10.50 Uhr an der Botschaft angelangt ohne den üblichen Stau zwischen village market und Lavington. Eigentlich hätten sie schon um 10.30 Uhr einen Termin gehabt, aber sie hatte Dr. Liebal schon vorgewarnt, dass es wohl kaum pünktlich zu schaffen wäre. Das Procedere an der Pforte mit Ausweis, Unterschrift, Warten auf Bestätigung des Termines dauerte auch noch einige Minuten, so dass sie letztendlich nach guten drei Stunden bei einer Entfernung von circa 35 km am Ziel waren.
Dr. Liebal freute sich auf die Kinder, das sah man ihm an und nahm auch gleich Moses an sich, als Viktoria ihm ihr dringendes menschliches Bedürfnis klar machte. Als sie zurückkam, schrie der Kleine wie am Spieß und Zippy saß, leise wimmernd, wie ein Häufchen Elend da, bis sie Vicki sah und schnell auf sie zu rannte. Die Kleine umklammerte ihr Bein wie eine Klette und so humpelte sie lachend auf den etwas überfordert wirkenden Arzt zu, nahm ihm das plärrende Bündel Moses aus dem Arm, das bei ihrem Anblick sofort verstummte und so tat, als sei nichts gewesen. Dr. Liebal lachte befreit auf und meinte: „Also eines ist klar: Die beiden Kinder haben sie schon als Mutter adoptiert. Da können die in München sagen, was sie wollen!“ Mit stolz geschwellter Mutterbrust

hinkte Viktoria mit Zipporah am Bein hinter ihm her in sein Behandlungszimmer.
Das Gefühl hielt nicht lange an, jetzt musste sie beweisen, inwiefern sie auch beim Wiegen, Messen, Blutabnehmen die Kinder ruhig halten konnte, aber sie selbst blieb gelassen und diese Gelassenheit strahlte auch auf die Kinder ab – vorbildlich schafften sie in nur 20 Minuten alle nötigen Untersuchungen. Daraufhin „picknickten" sie im Botschaftsgarten, auf das Blutbild wartend. Vor allem AIDS hing wie ein Damoklesschwert über ihnen, aber Vicki fühlte eine innere Sicherheit und Zuversicht, die die Nervosität in Schranken hielt. Sie kannte diese „Ruhe im Bauch und im Herzen" von früher. Aber daran wollte sie jetzt nicht denken ... Nach weiteren 30 Minuten kamen die durchwegs positiven bzw. im Falle von HIV negativen Ergebnisse und der ebenso erleichterte und sich rührend mitfreuende Botschaftsarzt griff beherzt zum Telefonhörer und wollte die frohe Kunde gleich persönlich dem zuständigen Herren im Landesjugendamt mitteilen. Regierungsrat Schalter hatte erstmal keine Zeit. Dr. Liebal saß am Schreibtisch, ihm gegenüber die kleine Familie und starrte verblüfft den Hörer an ... „Die haben mich jetzt ... einfach ab...ge...wimmelt ...!", stotterte er, um seine Fassung ringend und wählte energisch noch einmal. „Hier ist der deutsche Botschaftsarzt, Dr. Liebal, aus Nairobi – das liegt in Kenia – AFRIKA, falls sie das nicht wissen sollten, meine Zeit und meine Geduld

sind begrenzt und auch die Steuergelder, die wir mit so einem Auslands-Anruf verprassen, also speisen sie mich nicht noch einmal ab mit ihrer Standardausrede ... aahhh ... Mittagspause in München ... mhm ... ja dann. Aber sagen sie dem Herrn Schalter ..." Wieder starrte er sie sprachlos an. „Jetzt hat die Dame schon wieder einfach aufgelegt. Das ist doch nicht zu fassen. Es tut mir leid. So eine Borniertheit ist mir noch nicht untergekommen. Ich soll es in 25 Minuten noch einmal versuchen. Die sind ja eine Stunde voraus und haben gerade Mittag. Sehr gnädig."

Viktoria war ihm unendlich dankbar für seinen Kampfgeist – endlich hatte sie das Gefühl, nicht als Einzelkämpferin in dieser Sache dazustehen. Sie entschuldigte sich vielmals für etwas, das sie nicht verschuldet hatte, aber schließlich beanspruchte sie den Arzt schon eine geraume Weile ... er vertröstete sie auf später und entließ sie wieder in den kleinen Garten.

Dort war es mittlerweile fast unerträglich heiß, also flüchteten sie sich unter den Schatten eines Vordaches in der Nähe der lärmenden Baustelle. Das weckte Moses auf, was das Warten nicht unbedingt erleichterte. EIN Fläschchen hatte sie noch ... Zippy beobachtete fasziniert das Geschehen auf der Baustelle nebenan. Ein kleiner Betonmischer war das Zentrum der Betriebsamkeit. Daneben stand ein Mann, der offensichtlich das Sagen hatte und in herrischem Ton entweder Eimer voll Wasser, Zement oder Sand anforderte, die im Laufschritt von drei anderen Männern gebracht wurden. Von Zeit zu Zeit wurde das fertige Gemisch in eine große Wanne entleert, aus der wieder ein Mann mit Schaufel andere Eimer füllte für wartende Arbeiter, die im Laufschritt eine abenteuerliche Planke hochliefen und die Eimer anderen auf einem noch abenteuerlichen Gerüst reichten. Das ganze Spektakel wurde von lautem Geschrei untermalt, so dass sich zwei Männer in Anzughose und hochgekrempelten Hemdsärmeln, die am Rande der Baustelle über Pläne gebeugt, diskutierten, sicher kaum verstanden. Einer drehte sich prompt zu den lärmenden Arbeitern, als hätte er Viktorias Gedanken gehört und verschaffte sich für ein paar Minuten mit einer durchdringenden Stimme und offensichtlich genügend Autorität Ruhe. Als er sich wieder den Plänen widmen wollte, blieb sein Blick an der kleinen bunten Dreiergruppe im Schatten hängen und ein interessierter Ausdruck löste den Ärger auf seinem Gesicht ab. Vicki nickte mit einem anerkennenden Schmunzeln um die Lippen in seine Richtung, worauf sich auf seinem Gesicht ein warmes Lächeln ausbreitete, dass ihr Herz leicht in Aufruhr versetzte. Über sich selbst den Kopf schüttelnd, widmete sie sich wieder ihren Kindern. War sie schon so verzweifelt, dass ein lächelnder, zugegeben unverschämt nett lächelnder Mann, ihre Gefühle in Aufruhr brachte? Zippy wollte weitere Kekse, so dass sie einhändig in den Tiefen ihres praktischen Rucksackes

nach der Dose kramte, gut, dass Moses inzwischen sein Fläschchen schon selbst halten konnte. Als sie wieder aufsah, stand er vor ihr und jetzt erschrak sie wirklich. Er war unheimlich riesig - von ihrer Perspektive aus, am Boden sitzend, wirkte er sicher noch größer, drahtig, breitschultrig und von nahem war dieses warme Lächeln noch herzerwärmender, denn es strahlte auch aus seinen dunklen Augen; er ging in die Hocke und fragte die ihn anstarrende Zippy:
„Ni tamu sana?“ (Ist das lecker?)
„Ndio.“, nickte Zippy und bot ihm einen Keks an.
„Oh, asante sana!“, lachend nahm er ihn und wandte sich Vicki zu, die sich beeilte, ihren offenen Mund und damit verbundenen dumm-staunenden Gesichtsausdruck zu einem skeptischen Blick umzugestalten. In sehr gut verständlichem Englisch mit nur einem Hauch von afrikanischen Akzent, entschuldigte er sich, dass er der jungen Dame die Kekse stahl, aber sie habe solch einen Charme, so dass er nicht widerstehen könne. Dabei sah er Viktoria durchdringend, forschend in die Augen. Sie fasste sich wieder, obwohl ihr dieser Blick fast den Atem verschlug und konterte
„Ni tamu? Ina ladha nzuri?“ (Und lecker? Schmeckt's gut?)
Jetzt verschlug es ihm die Sprache, das hatte er wohl nicht erwartet. Lachend biss er in den Keks und antwortete irgendetwas in Kiswahili, so dass Viktoria lachend den Kopf schüttelte und ihm gestand, dass ihre

Swahili-Kenntnisse nur rudimentär seien und sich auf Kindersprache beschränkten. So könne sie ihn nun höflichst bitten „Kumeza na acha kucheza maji!" (Schluck runter und stop Wasser spielen.). Sie mussten beide furchtbar lachen, während Zippy sie verständnislos anblickte, schließlich war weit und breit kein Wasser zu sehen. Da kam Dr. Liebal um die Ecke und die beiden Männer begrüßten sich herzlich auf Englisch.

„Haben Sie schon unseren Helden James kennengelernt?", wandte er sich lachend Viktoria zu. Sie schüttelte den Kopf und antwortete schelmisch auf Englisch, der Herr habe sich wenig heldenhaft an ihre Tochter rangemacht, während sie James einen herausfordernden Blick zuwarf, der seine Wirkung nicht verfehlte. James begann eine leidenschaftlich ironische Verteidigungsrede, Dr. Liebal, der offensichtlich seinen Humor teilte, unterstützte ihn, indem er ihn lachend als strahlenden Helden der Baustelle rühmte, der als einziger offenbar einen Durchblick bewahrte und seit langem der erste kenianische Architekt sei, der sowohl mit den Bauarbeitern als auch mit den Behörden umgehen könne. Dann wurde er allerdings ernst. Viktoria sah seinen besorgten Gesichtsausdruck und das Lachen erstarb auf ihrem Gesicht. Sie hob die Augenbrauen und sah ihn fragend, flehend an. Er schüttelte den Kopf, verabschiedete sich von James und bat sie erneut in die Praxis. In Viktoria zerbrach die innere Zuversicht, die sie so tapfer bis hierher durchhalten ließ und zitternd fingerte sie, Moses an sich drückend, nach ihrem Rucksack auf dem Boden. James war schneller und reichte ihn ihr. Ihre Blicke trafen sich und sie hatte den Eindruck, in seinen tiefbraunen Augen Sorge und Mitgefühl zu entdecken. Tapfer lächelte sie ihn an, nahm die mampfende Zipporah mit der leeren Keksdose an die Hand und eilte Dr. Liebal hinterher.

Ein sichtlich zerstörter Arzt erwartete sie im Sprechzimmer. Er habe erst nach weiteren drei Versuchen, den Herrn Schalter ans Telefon bekommen, der mittlerweile die Unterlagen per Fax erhalten haben musste, sich aber völlig unwissend stellte, ihn ständig unterbrechend vorgab, das alles überhaupt nicht zu verstehen, es sei nicht die erforderliche, amtliche Vorgehensweise und das helfe ihm gar nichts, Frau Heilmann wisse ganz genau, dass ihre extravaganten Wege bei ihm ins Leere liefen, er lasse sich doch nicht an der Nase herumführen und er, Dr. Liebal überschreite seinen Zuständigkeitsbereich, das gehe ihn gar nichts an ... Erschöpft hielt der Arzt inne und sah Viktoria mit tiefer Verzweiflung im Blick schulterzuckend an.
„Wenn Sie mich fragen, Frau Heilmann, erreichen Sie bei dem Holzkopf gar nichts. Sie müssen einen Weg finden, diesen Beamten zu umgehen. Kennen Sie denn niemanden ... von ... weiter oben? Einen Politiker? Irgendjemanden, der diesem sturen Beamten-

Eiszapfen gehörig einheizt? Auf dem normalen Weg landen Sie bei dem in einer Sackgasse. Es tut mir so leid für Sie." Bei den letzten Worten war er aufgestanden und reichte ihr die Hand, wobei er auch noch seine linke über die ihre legte und so seiner Hilflosigkeit Herr zu werden versuchte.
Wieder lächelte sie tapfer, packte ihren Rucksack, das Tragetuch, nahm die zappelnde Zipporah an die Hand und bedankte sich überschwänglich für seine Zeit, Geduld und seinen Einsatz. Wie ferngesteuert verließ sie das Botschaftsgebäude und ließ sich auf dem noch geschützten Parkplatz erschöpft auf einer Bank nieder. So ohnmächtig hatte sie sich schon lange nicht mehr gefühlt. Was sollten sie nur tun? Sie musste ihren Mann kontaktieren. Er hatte eh schon zahlreiche Fragezeichen als SMS geschickt. Wie das ganze Schlamassel in rund 100 Zeichen packen? Sonst wird es zu teuer. Ihre Telefonrechnung durfte nicht wieder die 300 Euro überschreiten. Verdammt, wieviel Uhr war es? Schon 15.30. Das wird knapp. Also zuerst den großen Moses per SMS bitten schnellstmöglich zu kommen, sonst schafften sie es nicht vor der Dunkelheit ins Heim. Gut, dass sie zu funktionieren gelernt hatte.

V
Pausenglück

„Wo immer man war, ob gern oder ungern, […]
bleibt ein Stück von einem zurück.
Nur der Augenblick ist Wirklichkeit. […]
Die Vergangenheit
sinkt in die Unwirklichkeit zurück, aber
sie verfestigt sich in der Erinnerung.
Die Erinnerung ist jedoch
nicht von dauerhafter Festigkeit.
Sie wird fließend,
dann Rauch,
verfliegt endlich.
Dennoch ist das einzige,
was von gewesener Wirklichkeit
zurückbleiben kann,
die Erinnerung."
Herbert Rosendorfer

Wie bedeppert standen Oliver und ich im Gang, Alex hatte Mam die Koffer mit rausgetragen und kam nun mit hängenden Schultern wieder rein.
„Und was machen wir jetzt?", fragte ich kleinlaut und schaute von einem zum andern. Die beiden Jungs zuckten mit den Schultern.
„Also hier rumstehn und blöd schau'n bringt uns nicht weiter. Wir müssen Kriegsrat halten. Und das kann man am besten in der Natur. Los, Alex, wir fahren mit den Radln in die Donauauen – du weißt schon, zu unserem geheimen Ort. Was meinst?"

Mangels Alternative oder weil es in dieser Situation, die für uns alle drei Neuland war, wohl am besten war, irgendetwas zu unternehmen, stimmte Alex nickend zu und sah fragend zu Oliver. Der räusperte sich erstmal und murmelte, die Hände in die Hosentaschen vergraben, er solle sich wohl besser vom Acker machen und wolle uns zwei da nicht noch mehr auf die Pelle rücken, bis ich mich erbarmte, mich unterhakte und ihn so zur Haustür raus in die Garage zu Paps Rad zerrte.
„Schau, passt perfekt. So ein Schmarrn. Wir sitzen im gleichen Boot, ob du willst oder nicht."
Alex war uns etwas schockiert gefolgt, er hatte wohl gedacht, ich bugsiere den jungen Herrn geradewegs vor die Tür – bei meinem sprichwörtlichen Temperament hätte das schon auch passieren können – und jetzt schmunzelte er beruhigt.
„Is'n 3-Gang-Radl, nicht das neueste Modell, aber gut fahrtüchtig. Vielleicht sollten wir's noch aufpumpen", ergänzte er fachmännisch.
„Ich hol noch ein paar Kekse!", rief ich und rannte nochmal ins Haus. Paps war eh für einige Stunden nicht ansprechbar – auch wegen seiner Migräne – trotzdem schrieb ich ihm auf einen kleinen Notizzettel, falls er doch runterkäme, dass wir bis nachmittags mit den Rädern in den „Schittln" unterwegs waren, er solle sich keine Sorgen machen und malte ein großes Herz darunter. Die „Schittln", Donauschütten zwischen den Donauarmen, waren ein beliebtes Radausflugsziel unserer Familie. In der Speis' fand ich zwar keine Kekse,

aber noch zwei Raider Riegel, eine Stange Maoam und Sunkist-Drinks. ‚Na, perfekt!', dachte ich. ‚Hat auch was Gutes, wenn Mam nicht da ist.' und gleich schämte ich mich für diesen Gedanken. Ich packte alles in meinen türkis-lilafarbenen Rucksack und fand die Jungs lachend über Alex' altes Bonanza-Rad gebeugt, die selbst montierten Details wie Getränkehalter, Riesenfahrradhupe und Adlerfeder an der langen Metallstange hinten, spöttisch bewundernd.
Und los ging's. Alex voran, ich hinterher und Oliver als letzter, über die Haunwöhrer Straße, den Bahndamm hoch, kein Zug in Sicht, die Räder durch die Absperrung durchschleusend, runter, beim Kieswerk Weinzierl vorbei den Kiesweg vor zum Donaudamm und da oben Richtung Staustufe, dort über die Donau am Stausee entlang. Ab da liebte ich diese Strecke, denn jetzt ging es nur noch eben dahin. Davor hatte ich ganz schön zu tun, bei dem ganzen Auf und Ab mitzuhalten, obwohl ich zu meinem 12. Geburtstag, Ende März, ein metallicblaues 24-Zoll-Rad mit 3-Gangschaltung bekommen hatte. Alex wartete immer wieder und Oliver überholte mich rücksichtsvollerweise nicht. An der engsten Stelle zwischen Donau-Stausee und Baggersee hielten wir an und Alex zeigte Oliver unsere Badestelle im Sommer. Es war ein Frühlingstag wie er schöner nicht hätte sein können. Warm, aber nicht heiß, ein laues Lüftchen, aber kein Gegenwind, die Vögel sangen und tirilierten um die Wette, frisches, mildes Grün blinkte überall durch die gelbbraunen, langen Grashalme, die der

Winter hatte erbleichen lassen und aus einigen Zweigen sprossen auch schon hauchzarte, gelbgrüne Blättchen. Die Stockenten waren am Kämpfen und auf Brautschau und machten ein großes Spektakel auf dem Baggersee. Wir fuhren weiter, diesmal bildete ich das Schlusslicht, da ich gar nicht bemerkt hatte, dass die beiden Jungs schon los waren. Aber ich kannte unser Ziel und Alex wusste, dass mir hier nichts mehr passieren konnte. Wir hatten die Zivilisation hinter uns gelassen, hier war ich daheim. Ich radelte langsam, grüßte jeden Vogel und begann „Blackbird" von den Beatles zu singen.
Alex hatte mir den Text versucht näher zu bringen, den ich natürlich verhunzt hatte und ich war mir sicher, jetzt das perfekte Englisch drauf zu haben, trotzdem sang ich leiser als sonst:

Blackbird singing in the dead of night
Take sis broken wings and learn to fly
All your life
You were only waitin for sis moment to arise

Blackbird singing in the dead of night
Take sis sunken eyes and learn to see
All your life
You were only waitin for sis moment to be free
Blackbird fly, blackbird fly
Into the light of se dark, black night

Als ich an unserem Ort angekommen war, sang ich gerade „You were only waitin for sis moment to arise" –

wie passend. Die beiden saßen schon oben – oh, das würde eng werden. „Na, flieg hoch, kleine Amsel!", ermunterte mich Alex, als er meinen skeptischen Blick sah. „Wir bringen dich Fliegengewicht schon noch unter!" und wie abgesprochen rückten die beiden an den Rand des Jägerstandes und ich kletterte zur Lücke in der Mitte hoch, reichte Alex meinen Rucksack und quetschte mich dazwischen. Zufrieden lächelte ich sie nacheinander an. Ollis Schultern waren zu breit, so musste er seinen Arm nach hinten nehmen und legte ihn an der Lehne ab. Am liebsten hätte ich mich an ihn gekuschelt, aber das ging natürlich nicht.

„Also Kriegsrat?"

Die beiden schwiegen.

Olli fing an „Yesterday" zu summen, ich sah ihn verblüfft an und summte mit. Alex nickte und startete mit seiner warmen Tenorstimme mit dem Text, wir anderen summten passende Stimmen. Es war magisch. Es klang einfach wunderbar. Es sollte nie mehr enden. Doch natürlich endete es. Wir schwiegen und lauschten den Geräuschen der Umgebung, Vogelgezwitscher, Entengezanke. Wieder begann Olli mit einem Lied, ich kannte es nicht, aber Alex. Olli sang leise einen englischen Text. Wie sehr ich seine tiefe Stimme liebte, sie drang direkt in mein noch kleines, unberührtes Herz und nistete sich an einem warmen Ort ein. Alex summte eine Oberstimme und ich versuchte mich bei den Wiederholungen an einer Stimme dazwischen. Auch das gelang uns und wir schienen über der Erde in

den Klängen zu schweben. Am Ende blieb mir ein Wort in Erinnerung.
„Was heißt landslide?"
„Das ist der Titel dieses Songs von Fleetwood Mac und heißt Erdrutsch. Es handelt vom Erwachsenwerden, von Gipfelmomenten, von erdrutschartigen Krisen und ... von der Liebe. Meine Mam hat es mir oft vorgesungen. Sie hatte eine wunderschöne Blues-Stimme."
Die Vergangenheit „hatte" ließ mich stutzen, Alex und ich blickten uns ahnungsvoll an.
„Was ist mit deiner Mama?", fragte ich ganz behutsam und vorsichtig.
„Sie starb schon vor zehn Jahren, bei der Geburt meines kleinen Bruders, der auch nicht überlebt hat."
„Oh nein, das ist ja furchtbar.", entfuhr es mir; ich drückte fast automatisch seinen Oberschenkel neben mir mit meiner kleinen Hand und sah ihn mitfühlend an. Er lächelte Alex und mich tapfer an.
„Ist schon ok. Ich bin ja schon groß – aber in solchen Augenblicken wie heute Vormittag, als ich euch beide mit eurer Mam sah, fehlt sie mir so sehr – auch wenn es kein schöner Moment war."
Alex und ich starrten uns schuldbewusst an und ich nahm beide Hände vor Nase und Mund und tat einen tiefen Seufzer.
„Ihr Tod war ein Erdrutsch für mich. Meine kleine Welt geriet völlig aus den Fugen, ich verlor sprichwörtlich den Boden unter den Füßen, als rutschte er weg, eben erdrutschartig ... meinem Vater erging es ähnlich.

Ohne die „High five" hätten wir es nicht geschafft. Sie wurden unsere Familie. Ihre Familien fingen uns auf. Vor allem Rob, der Schlagzeuger, und seine Lebensgefährtin Sarah waren für uns da. ... Ich war vor fünf Jahren nicht dabei, als die „Five" in Ingolstadt waren. Da blieb ich bei Sarah, wie so oft, wenn Rob und Dad unterwegs waren. Ich habe die ganze Zeit krampfhaft überlegt, ob es da war, wo er sich veränderte und ich glaube fast, es war dieser Frühling 1981. Ja, Sarah war da so begeistert von dieser Traumhochzeit von Diana und Charles und ich fand es nur furchtbar kitschig und hatte die volle Unterstützung von Dad. Aber es änderte sich, er änderte sich. Auf einmal bekam er so einen träumerischen Blick, als z. B. „Sailing" von Christopher Cross lief und das lief da die ganze Zeit rauf und runter. Auch den Song fand ich langweilig und viel zu softig, aber Dad auf einmal nicht mehr ... er hatte wieder Hoffnung, konnte lachen wie früher, aber manchmal schien er weit weg zu sein." „Mam liebt diesen Song.", bemerkte Alex sarkastisch.

Wir saßen alle drei da, keiner wusste, was er sagen sollte.

Ich war schon immer sehr praktisch veranlagt. So nahm ich Alex meinen Rucksack aus der Hand und teilte aus. 1. Gang: jeder eine Stange Raider und von der vierten ließ ich die beiden beißen und aß den Rest. 2. Gang: Sunkist 3. Gang: Maoam. So viel Zucker versüßte auch unsere Gedanken und spendete Energie.

„Also, wie gehen wir's an, Jungs?"

„Was sollen wir da ‚angehen', Vicki, unser Paps hat's wohl verbockt und ganz ehrlich – mich wundert's ja irgendwie nicht. Er ist doch ständig weg und Mam macht alles und er wird von allen angehimmelt und sie steht im Schatten und …"

„So schattig sah das gestern im Kreise der „High Five" nicht aus!", unterbrach ich Alex trotzig.

„Ja, gestern, Vicki, gestern, von mir aus. Aber sonst, sonst isses so und das weißt du genau. Aber du himmelst ihn ja genauso an. Er kann machen, was er will, er is immer der King und Mam … sie schuftet im Hintergrund und keiner sieht's."

Darauf wusste ich keine Antwort, weil er ja recht hatte und wie er recht hatte.

„Scheiße.", sagte ich nur und dieses Wort, das ich sonst nie sagen durfte, traf es richtig gut.

„Ja, scheiße. Das Ganze.", erwiderte Alex.

Auch Oliver nickte.

„Ich glaube, manchmal, Vicki, gibt es nichts, was man tun kann. Man kann nur warten, was die Zeit bringt, wie sich die anderen entscheiden und dann muss man schauen, wie man mit der Veränderung zurecht kommt."

Olivers Worte kamen mir so unendlich weise vor, fast andächtig lauschte ich ihm.

„Wenn ich eins gelernt hab' in den letzten zehn Jahren, dann ist das dies: Such dir mehrere Personen, auf die du zählen kannst. Nicht viele. Aber eben auch nicht nur ein bis zwei. Sarah und Rob sind solche Größen in

meinem Leben und mein bester Freund Manfred – neben meinem Dad natürlich. Nur so sind Erdrutsche zu verkraften und man bekommt wieder festen Boden unter den Füßen."

Ich überlegte und sofort fiel mir Tammi ein – meine Tammi. Ja, sie war so eine feste Größe, auf die konnte ich mich immer verlassen. Und Alex natürlich. Ich sah ihn an und schmiegte mich ganz fest an ihn. Es war ihm natürlich wieder mal peinlich – wie immer seit ein paar Jahren - und er begann sich von mir zu lösen und den Jägerstand runterzuklettern.

„Leute, ich glaub, wir müssen los. Hat jemand eine Uhr?" Oliver hatte eine. Es war tatsächlich schon halb Zwei. Es half nichts, wir mussten heim. Aber eins war mir noch wichtig und ich fragte Oliver ganz direkt:

„Und Gott, Oliver? Glaubst du nicht an ihn? Der ist doch immer da."

„Oh, nein, bin seit der Erstkommunion nicht mehr zur Kirche. Und das war schon nur noch Fassade. Ich kann nicht mehr glauben, Vicki. Seit meine Mama und mein Bruder nicht mehr leben durften. Das kann ich nicht verzeihen und nie verstehen. Gäbe es einen Gott, würde der so was zulassen?"

Ich schwieg.

„Er kann trotzdem Kraft schenken. Das glaub' ich ganz fest."

„Das ist ok, kleine Vicki, wie schön für dich, dass du glauben kannst.", er sagte es fast liebevoll, aber ich

kam mir so klein vor und auf einmal waren die vier, fünf Jahre, die zwischen uns lagen, sicht- und spürbar. „Er hat dich lieb, ich weiß es.", sagte ich unbeirrt, nahm sein Gesicht in meine Hände und strich seine Locken zurück, so wie es Mam bei mir immer machte.
Da war er es, der sich wie ein kleiner Junge vorkam, das sah ich an seinem völlig verwunderten, verletzlichen Gesichtsausdruck. Ich wandte mich der Leiter zu und klettere von den himmlischen Höhen wieder auf den Boden.

Olli hatte ihr viele Jahre später in einer ihrer ersten Liebesnächte erzählt, dass es ab diesem Zeitpunkt um ihn geschehen war, dass dieses Persönchen mit ihren Worten und Gesten so viel Liebe und Stärke und Zuversicht ausstrahlte, dass es sich wie eine große Woge einen Weg in sein Herz bahnte und es erfüllte. Diese Liebeswoge erklärte er sich damals als Sehnsucht nach einem kleinen Geschwisterchen. Sein kleiner Bruder wäre fast gleich alt gewesen, wenn er hätte leben dürfen.

„Du hast dich gar nicht verabschiedet.", sie schaute völlig überrumpelt von ihrem Handy auf, auf dem sie gerade eine SMS an Moses verfasste, und sah James vor sich. Zipporah sagte achselzuckend etwas auf Kiswahili zu ihm, Vicki verstand nur Cookie und als James den Kopf zurückwarf und herzlich loslachte,

konnte sie sich denken, was ihre kleine Maus ihn wissen ließ. Er ging in die Knie und meinte in einem langsamen, einfachen Englisch, dass er satt sei und es nichts ausmache, dass sie keine Kekse mehr für ihn hatte. Zippy nickte erleichtert, sie verstand schon etwas Englisch, denn im Heim-Kindergarten, in den sie schon seit fünf Monaten gehen durfte, wurde nur Englisch gesprochen und gesungen. Sie fragte ihn etwas – wieder auf Kiswahili – und er übersetzte für Viktoria ins Englische und sah sie dabei lächelnd an: „Soll ich mit euch kommen? Deine Tochter hat mich das gerade gefragt ..."
Viktoria entschuldigte sich schnell für ihre Kleine, er aber wehrte entschieden ab und meinte, es sei ein Privileg der Kinder, einfach sagen zu dürfen, was sie denken und fühlen. Und wieder sah er sie so durchdringend an, dass sie schnell ihren Blick senken musste, um nicht loszuheulen. Gehorsam setzte er sich neben Zippy, als diese mit ihrer kleinen Hand energisch auf das bisschen Platz neben ihr patschte und weiter auf ihn einredete. Er sagte irgendetwas auf Kiswahili, das sie offenbar für's Erste zufriedenstellte und wandte sich ihr zu.
„Ich weiß, das klingt jetzt vielleicht seltsam, aber vielleicht kann ich irgendwie helfen? Kann ich euch irgendwo absetzen oder euch nach Hause fahren?"
„Wir wohnen am Ende der Welt. Nein, aber vielen Dank. Ich bin gerade dabei, ein Taxi zu rufen."
„Oh, aber wo ist denn dieses Ende der Welt?"

„Limuru."
„Na, so stellst du dir also das Ende der Welt vor? … Ich wohne am Banana hill. Also auch ganz in der Nähe vom Welten-Ende und bin heute hier fertig. Ich würde mich freuen, euch mitnehmen zu dürfen. Ihr seid spät dran und ein Taxi nach Limuru kostet gewiss ein Vermögen. Da muss man aufpassen, wenn die Jungs eine Weiße transportieren, dann kostet es von vornherein mindestens das Doppelte …"
Er hielt inne, denn Vicki rannen einfach die Tränen herunter, sie hatte sich nicht mehr im Griff. Ihre taffe Fassade war bei der „Offenbarung", dass er ganz in der Nähe von ihnen wohnte, einfach zerbröckelt. Sie kramte vergeblich im Rucksack nach einem Taschentuch und schämte sich furchtbar, ließ es aber zu, dass er ihr mit einem sauberen Stofftaschentuch die Tränen wegtupfte und es ihr schließlich in die Hand drückte. Zippy starrte sie entsetzt an.
„Nini, Mama Moses?"
„I am ok, Zippy. Hakuna matata."
Ihre kleine Hand streichelte behutsam und voller Mitgefühl Viktorias Oberschenkel.
„Mama Moses? Dann heißt der kleine Mann hier wohl Moses und du?"
„Victoria.", schniefte sie, die englische Variante ihres Namens verwendend und ihm das Taschentuch über Zippy hinweg reichend. Er nahm ihre Hand.

„Wie überaus schön, dich kennen lernen zu dürfen, Victoria. Ich heiße James Kamau Gitoma." Und zu Zippy gewandt: „Jina lako nani?" (Und wie heißt du?)
„Zipporah Maua!", antwortete sie mit erhobenem Kinn und strahlte ihn an.
„Ich denke, es ist das Beste, wenn ihr mit mir kommt." Er sah ihr Zögern. „Ihr wisst, dass ihr mir trauen könnt. Welche Beweggründe hätte ich, einer liebenden Mutter voller Sorgen noch mehr Probleme zu machen. Geld brauche ich keins. Davon habe ich genug. Seht, das ist mein Auto."
Er zeigte auf ein circa fünf Meter entferntes schwarzes Raumwunder. Platz hätten sie da auf jeden Fall. Er drückte ihre Hand ganz fest, bevor er losließ und aufstand, die Hand Zippy hinhielt, die sofort aufsprang und vertrauensvoll ihr Händchen in seiner verschwinden ließ. So standen sie da und schauten erwartungsvoll auf Moses und Viktoria herab. Moses nuckelte zufrieden an seinem Schnuller und so beschloss sie, dem Instinkt ihrer Kinder und ihrem Bauchgefühl zu folgen und ihm zu vertrauen. Sie erhob sich und meinte zögernd, sie könne ja dann in Banana in ein Matatu umsteigen, um die verbleibende Strecke nach Limuru darin zurückzulegen, was einen weiteren Lachanfall bei ihm auslöste, der abrupt endete, als er sah, dass es ihr damit ernst war.
„James, ich bin nicht reich. Das Weiße täuscht. Wir fahren immer mit dem Matatu bis zum Village market und erst da mit einem Taxi weiter.", stellte sie fast

trotzig fest, endlich hatte sie ihre Fassung wieder. Sein Gesichtsausdruck sprach Bände.
„Das ist dein Ernst, oder? Oh mein Gott. Du bist noch mutiger, als ich dachte."
In den Worten schwang großer Respekt mit, der sie sofort wieder mit ihm versöhnte. Er nahm ihr den Rucksack ab und ging mit Zippy an der Hand Richtung Auto. Sie stand auf, legte Moses behutsam auf der Bank ab und begann das Tuch um sich zu schlingen und ihn hineinzupacken. Sie hatten natürlich keinen Kindersitz für Zippy und keinen Maxi Cosi für Moses dabei, doch wenn sie Moses so nah bei sich trug, reichte vielleicht der Autogurt um sie beide, im Taxi funktionierte das immer. Sie fing James' skeptischen, belustigten Blick auf, doch der trotzige Ernst in ihren Augen verbot ihm jeglichen Kommentar. Zippy war begeistert von dem riesigen Auto und nahm die Rücksitzbank in Beschlag. Vicki versuchte, sie anzugurten, aber ohne Sitzerhöhung, drohte sie sie eher zu erwürgen. Fragend schaute sie James an. Er traute sich wieder zu schmunzeln, meinte, dass er gaaaanz vorsichtig fahren werde, denn schließlich habe er noch nie so kostbare Fracht transportiert. Bei den letzten Worten wurde er ernst und nickte ihr beschwichtigend zu. Ihr Plan mit dem Gurt um beide funktionierte, wenn auch Moses etwas das Gesicht verzog. So konnte es losgehen. Sie mussten Nairobi so schnell wie möglich hinter sich lassen, bevor die rush hour zuschlug und sie irgendwo feststeckten.

James kannte sich jedoch aus – kein Wunder, er fuhr ja fast täglich in die city, wie er ihr plaudernd erzählte. Er hatte offenbar bemerkt, dass Viktoria etwas befangen war und versuchte sensibel durch lustige Anekdoten über den derzeitigen Bau auf dem Gelände der deutschen Botschaft die Atmosphäre aufzulockern. Und es funktionierte. Viktoria wurde zunehmend ruhiger. Als sich Zippy nach nur knapp zehn Minuten auf der Rücksitzbank ausstreckte und in einen seligen Schlummer fiel, ebenso wie Moses vorne bei ihr, verstummte James lächelnd, der dies mit einem kurzen Blick in den Rückspiegel gleich bemerkt hatte und legte seinen rechten Zeigefinger auf seinen Mund. Viktoria musste unwillkürlich lachen, wobei das leichte Beben ihres Oberkörpers Moses fast wieder aufgeweckt hätte. Sie erklärte ihm mit leiser Stimme, dass die beiden gewohnt waren, bei einer geringfügig höheren Lautstärke im Kinderheim „Kisiwa kwa watoto" einzuschlafen. Er kannte die „Insel für Kinder", ein gutes Kinderheim, von einer Deutschen geführt, oder? Sie bejahte es und schwieg. Plötzlich fiel ihr ein, dass ihr Mann sicherlich langsam in Sorge war, nachdem sie immer noch keine SMS geschickt hatte. Sie kramte nach ihrem Handy und erklärte James, dass sie ihrem Ehegatten eine kurze Info über die Sachlage senden müsse. So fuhren sie schweigend durch Nairobis Stadtränder, wobei James geschickt die großen Ausfahrstraßen mit den obligatorischen Staus vermied, indem er vorausschauend über Nebenstraßen die chaotische Großstadt hinter sich ließ. „Sind auf dem Heimweg.Kein HIV.Wieder ne Sackgasse.Müssen Alternative zu Schalter finden.Meld mich daheim.IlD" – genau 99 Zeichen. Es dauerte keine Minute und zurück kam „Oh nein.Hatte so gehofft.Passt auf euch auf.Sorge mich.Meld dich gleich bei Ankunft.In Liebe O" Ein tiefer Seufzer entsprang ihr unwillkürlich und James sah kurz mit besorgter Miene zu ihr, sagte aber nichts. Sie beschloss, dass er es verdient hatte, ein bisschen was von dem großen Chaos bei der ganzen Adoption zu erfahren ...

„Du weißt oder vielmehr du wirst dir denken können, dass es noch... also eigentlich ja überhaupt nicht meine Kinder sind, ich ..."

„Was ich sehe, ist eine liebende Mutter, die sich rührend um ihre Kinder kümmert – unter schwierigsten Umständen. Ich bewundere dich. Hätten wir doch hier auch mehr solch verantwortungsvolle Mütter."

„Oh, ...", entfuhr es ihr und sie wurde rot. Ein Kompliment dieser Art hatte sie überhaupt nicht erwartet und auch seit ihrem Aufenthalt nichts dergleichen von kenianischer Seite vernommen. Sie war es mittlerweile gewohnt, skeptisch beäugt zu werden, von allen Seiten, mehr oder weniger geduldet, man korrigierte und verbesserte, aber ein Lob war ihr noch nie zu Ohren gekommen. Die daheim – ja klar, Mam war voll des Lobes, die zwei Mal, die sie telefoniert hatten, denn ein Anruf kostete ein Vermögen und ihr so viel

Kraft, die Starke zu spielen und nicht in Tränen auszubrechen. Alex schickte immer wieder ein kurzes SMS mit aufmunternden Sprüchen. Sie konnte seine Hilflosigkeit buchstäblich - zwischen den Buchstaben – erspüren. Aber sie hatten alle keine Ahnung. Sie konnten sich in keiner Weise vorstellen, wie es ihr hier ging, wie es in ihr aussah. Wie auch. Es war eine andere Welt – manchmal fühlte es sich sogar wie ein anderer Planet an. Nach circa vier Wochen waren die ersten Briefe eingetrudelt – Lebenszeichen aus einer fernen Galaxie. Letzte Woche hatten ihr Melanie und ihre Partnerin Gerlinde vom früheren Gebetskreis ein herrliches Gebet von ihrem geliebten Phil Bosmans geschickt und ein paar Herbstblätter dazugelegt. Wie empfindliche Schätze hatte sie diese Kostbarkeiten berührt und vorsichtig an ihre kleine Pinnwand neben dem Holztischchen gepinnt.

„Glücklich bist du, wenn du staunst,
weil jeden Morgen Licht da ist,
weil deine Augen sehen,
deine Hände fühlen
und dein Herz schlägt.

Glücklich bist du,
wenn du weißt, dass du lebst.
Nimm an, was dieser Tag dir gibt:
Das Licht dieses Tages,
das Lachen dieses Tages,
das Weinen und das Spielen,
das WUNDER dieses Tages."

James Kamaus Stimme riss sie aus ihren Gedanken. „Entschuldige ... ich wollte ... es muss dir nicht peinlich sein ... ich wollte ... Verzeih bitte, aber ich meine das wirklich so. Ich habe es nicht nur so dahin gesagt. Ich bewundere dich sehr."
Sie waren mittlerweile raus aus der Stadt, er hatte die von Lavington aus kürzeste, fast Autobahn ähnliche Route über Gitaru gewählt und sie standen trotzdem im Stau – hier konnte er nicht ausweichen, es gab nur diese eine Straße schnurstracks nach Limuru. Er deutete auf die völlig überfüllte, eigentlich zweispurige Schnellstraße mit einer halbhohen Betonwand als Fahrbahntrennung, wobei sich ihre Seite Richtung Nakuru nunmehr in eine langsam vorrückende Blechlawine über drei bis teils vier Spuren verwandelt hatte. Übervolle Matatus überholten links, laut hupend, zwei Reifen im Straßengraben in abenteuerlicher Schräglage. Motorräder, sogenannte Bodabodas, bepackt mit mindestens drei Personen schlängelten sich frech durch die Autos. Als sie schließlich ganz zum Stehen kamen und der Motor und mit ihm die Klimaanlage ausging, wollte Viktoria das Fenster öffnen, doch James bat sie, es nicht zu tun. Es sei hier einfach zu gefährlich. Und wie, um seine Aussage zu bestätigen, stürzten sich nun von allen Seiten „Händler" mit Früchten, Erdnüssen, Wasserflaschen, ... auf die stockende Beute. Dabei überquerten die jungen Männer und Frauen auch die andere Fahrbahnseite, auf der die Autos nach wie vor mit mindestens 100

km/h entlang rasten, hechteten todesmutig durch die Geschosse und hangelten sich über die Betonwand in der Mitte. Viktoria starrte entsetzt auf das irrsinnige Treiben und zuckte jedes Mal unwillkürlich, wenn wieder einer nur knapp einem Auto entkam, das statt der Bremse die Hupe betätigte. „Menschenleben sind hier nichts wert.“, meinte James achselzuckend, ihr blankes Entsetzen bemerkend.
„Aber ... die setzen ihr Leben auf's Spiel ... wegen ... der paar Shilling, die sie für eine Tüte Erdnüsse erhalten?“
Er erklärte ihr, dass sie sonst ja keine Einkünfte hätten und nicht wüssten, wie sie den Monat, die Woche oder den nächsten Tag überleben sollten. Verärgert über seinen belehrenden Unterton, ausgelöst durch ihren einfältigen Kommentar, der perfekt das Klischee einer hirnlosen, oberflächlichen, weißen Tussi erfüllte, war ihr Redeschwall über eines ihrer Lieblingsthemen nicht mehr zu stoppen: Natürlich kannte sie all diese Zahlen: 40% Arbeitslosigkeit, fast doppelt so viel Jugendarbeitslosigkeit, kaum die Hälfte der Bevölkerung hatte Zugang zu sauberem Wasser und nur ein Drittel zu Sanitäranlagen, jedes dritte Kind war chronisch unterernährt, nur wenige wurden älter als 65 ...
Viktoria war nicht naiv und Olli und sie hatten sich natürlich ausführlich informiert mittels der vielen erschreckenden Berichte, die vor allem am Jahresende 2007 und bis ins Frühjahr 2008 über die bürger-

kriegsähnlichen Unruhen nach den Wahlen auch in Deutschland zu lesen waren. Es hatte viele Diskussionen – auch im weiteren Familienkreis – gegeben, warum und ob sie überhaupt fliegen sollte ... sie hatte sich durchgesetzt, Olli hielt sie auch für stark genug, er wollte ja „schnellstmöglich" nachkommen. Es war seit Jahren ihr Wunsch. Beide wollten eine Familie mit mehreren Kindern, leibliche und adoptierte. Schon ganz zu Beginn ihrer Beziehung hatte sie ihren Olli gefragt, ob er sich mit ihr eine „bunte" Familie vorstellen könne, und er fand die Idee wunderbar. Als das mit den eigenen nicht funktionierte, machten sie Nägel mit Köpfen.

Aber all dies nun mit eigenen Augen zu sehen, den Lärmpegel und den Gestank auszuhalten, die schwüle Hitze Nairobis, das kalte Limuru, das Flüchtlingslager, die nicht vorhandenen Straßen, die unendliche Langsamkeit des Alltags im Heim gegenüber der furchtbaren, lebensverachtenden Hektik der Stadt ... es war nicht zu vergleichen mit irgendwelchen Büchern oder Berichten, die sie zuhause verschlungen hatte. „Infrastruktur" – dieses Wort kannte sie aus dem Erdkundeunterricht und es blieb ihr immer fremd, abstrakt. Erst hier verstand sie, was in Deutschland als so selbstverständlich gegeben hingenommen wurde, wie enorm bedeutsam ein ausgebautes Verkehrsnetz nicht nur für eine funktionierende Wirtschaft war, welch' lähmende Wirkung das kaum ausgebaute und selten funktionierende

Festnetz auf die Kommunikationsmöglichkeiten hatte – Handys waren im Kommen, aber bislang konnte sie sich hier ja nur eine dünne Oberschicht leisten und auch das Mobilfunknetz war ärmlich und schließlich die absurd unzuverlässige Stromversorgung – eh nur für 15% der Menschen in der Nähe der großen Städte zugänglich.
Infrastruktur – das schien plötzlich ein Heilsversprechen, ein unabdingbarer Baustein für eine funktionierende Gesellschaft, der wichtigste Weg raus aus der Armut.
James Kamau hörte ihr geduldig und interessiert zu, der Stau hatte sich aufgelöst, nachdem sie den umgekippten Lastwagen, der beide Fahrbahnspuren blockierte, passiert hatten und er lenkte den Wagen sicher Richtung Limuru.
„Deshalb bin ich Architekt geworden.", sagte er, als Viktoria nach ihrem Vortrag schwieg. „Ich möchte helfen, mein Land neu zu gestalten, neu zu bauen, eine Infrastruktur zu schaffen, die den Aufbau einer eigenen Wirtschaft und Industrie ermöglicht und uns endlich unabhängig macht von weißer Geberlaune."
Bei den letzten Worten sah er sie herausfordernd an. Doch sie stimmte ihm zu.
„Du hast absolut recht. Das muss endlich das Ziel sein. Wie demütigt ihr euch ständig, wenn ihr immer nur die Hand aufhaltet, geduldig wartet, bis ein paar Brösel vom Tische der weißen Reichen hineinrieseln.

Zu viel um zu sterben, aber viel zu wenig, um zu leben."
Lange genug war sie im Dritte-Welt-Laden in Ingolstadt aktiv gewesen, der seit Mai letzten Jahres nun richtigerweise „Weltladen" hieß – was sollte die Klassifizierung in erste, zweite und dritte Welt. Typisch für die Arroganz der westlichen Welt, die sich selbstverständlich für die erste hielt.
„Aber sieh genau hin,", lachte er bitter, „für wen arbeite ich gerade?"
„Oh, ja stimmt.", sie zog ihre Schultern, Nase und ihren linken Mundwinkel hoch und blickte ihn verschmitzt an. Da mussten sie wieder beide lachen.
„Du wohnst in der „Kisiwa"?", fragte er, als er die Ausfahrt nach Limuru nahm.
„Oh ja ... wir sind ja gleich da, ich bin diese Strecke erst einmal mit Frau Rusch, der Heimdirektorin, gefahren, als sie mich mal mit nach Nairobi in den „village market" nahm. Du kannst uns unten beim Clean Shelf rauslassen oder warte, du musst ja weiter Richtung Banana, dann ist es mir lieber, am anderen Ende der Stadt, ein bisschen vor der Loreto High School, ich schreib dann Kibaki ..."
„Stopp, Victoria, ich fahre euch hin, ist doch klar. Sag mir, wo's lang geht."
„Oh ... nein, das musst du wirklich nicht, dein schönes Auto, da gibt's keine Straßen, was glaubst du, wie ..."
„Wo - muss - ich - abbiegen?" Dieser bestimmte Unterton ließ keine weitere Widerrede zu. Sie sah ihn

mit großen Augen und leicht geöffnetem Mund erstaunt an. Ihr „Asante sana." nahm er lächelnd zur Kenntnis. Es war fast 17 Uhr, als sie nach 1,5 km und 15minütigem Geschaukel auf dem steinigen Holperweg, bei dem die beiden Kinder aufwachten, vor dem großen Eisentor standen und sie ihn bat, die Hupe zu betätigen. Wie von Zauberhand wurde das Tor geöffnet, Wamagunda, der security-Mann, hatte sie durch sein kleines Guckloch in der Mauer erkannt. Ein großes Geschrei ertönte, als die Kinder drinnen das schwarze, mondäne Auto sahen. Zippy stieg hoch erhobenen Hauptes aus und ließ sich feiern wie die Queen persönlich. Vicki konnte kaum die Tür öffnen, denn das Auto war umringt von „Mama Moses" kreischenden Kindern. Welch' ein Willkommen - als wäre sie Monate weg gewesen, ... „Autos machen Leute" - frei nach Gottfried Keller, dachte sie schmunzelnd, schlug in zahlreiche hingestreckte „high five"-Hände und wandte sich lachend James zu, der ebenfalls ausgestiegen war und von den größeren Jungs viele neugierige Fragen bezüglich seines Autos über sich ergehen lassen musste, dabei jedoch den Blick nicht von ihr ließ. Sie las schelmisches Grinsen und bewunderndes Staunen darin und noch etwas Neues blitzte auf, das sich einen Weg in ihr großes Herz bahnte und sich dort einen eigenen Ort schuf.

VI
Musikzauber

„Die Musik schließt dem Menschen ein unbekanntes Reich auf, eine Welt, die nichts gemein hat mit der äußeren Sinnenwelt, die ihn umgibt und in der er alle bestimmten Gefühle zurücklässt, um sich einer unaussprechlichen Sehnsucht hinzugeben." E.T.A. Hoffmann

Wir waren den Weg zurück schweigend geradelt, vorbei an den Donauinseln voller Vögel und Enten, auf die ich Oliver nur mit einem Fingerzeig aufmerksam machte. Alexander fuhr in einem moderaten Tempo, ich konnte gut mithalten. Zuhause angekommen, hörten wir schon in der Garage Klavierklänge – Paps war wach, es ging ihm besser, Gott sei Dank, manchmal hatte er die Migräne über Tage. Ich ging sofort zu ihm ins Wohnzimmer, lauschte Schuberts Impromptu in D-Moll und näherte mich ihm vorsichtig, um ihn nicht zu unterbrechen. Ich liebte dieses Stück, die Töne perlten hinab wie eine sprudelnde Quelle, es strahlte sehr viel positive Energie aus, aber gleichzeitig war da eine Sehnsucht zu spüren, nach etwas Großem.
Manchmal fand ich mich in dem Sprudeln der oberen Töne wieder – ein Kind, das aufgeregt etwas erzählt, etwas herbeisehnt in kindlicher Ungeduld – und die tiefen Töne, gespielt von der linken Hand, versuchten zu beschwichtigen, sie waren für mich Paps Stimme, der lächelnd versuchte, meine Ungeduld zu zähmen. Im

Mittelteil, leiser und inniger, schien ihm das zu gelingen, aber das Crescendo, das zum ersten Teil zurückführte, war ein erneutes Aufbegehren, von einer Himmelsmacht getrieben, nach dieser strebend ... heute klang diese Sehnsucht besonders stark ... oh, wie Paps sie vermisste, ich konnte seinen Schmerz direkt fühlen und ging nach dem furiosen Fortissimo beider Stimmen sofort zu ihm und umarmte ihn von hinten, mein Gesicht in seine Locken vergrabend. Er hatte schon immer seine Gefühle über die Musik sprechen lassen.
„Ach, meine kleine Vicki ...", mit einem tiefen Seufzer drehte er sich auf dem Klavierdrehstuhl zu mir, dabei bemerkte er Oliver, der wohl schon eine Weile im Türrahmen stand und sich nun wie ertappt verlegen räusperte:
„Hey, Leo, geht's dir besser?"
„Wird schon, muss ja fit sein für heute Abend ...", und da war er wieder fast der Alte, zwinkerte Oliver schelmisch zu. „So, Kinders, habt ihr überhaupt schon was gegessen? Ich nämlich noch nicht."
„Deine Tochter hat uns bestens mit Raider und Maoam versorgt.", lachte Oliver.
„Na, dann is' ja alles ‚bestens'!"
Mit einer erhobenen Augenbraue sah er mich missbilligend an und stapfte zielstrebig Richtung Küche und Kühlschrank. Gott sei Dank war der Kühlschrank voll, Freitag war Einkaufstag, heute, Samstagnachmittag, hatten ja schon alle Läden zu.

Nach Rührei – das einzige Gericht, das Paps konnte - mit übrigen, vorgekochten Kartoffeln vom Vortag und in Stückchen geschnittene Wiener wurden Pläne für den Rest des Tages gemacht.
Paps hatte wegen der Jazztage viele Termine und musste gleich los. Während Alex Oliver ins Hotel zu Rainer mit dem Fahrrad begleitete und dann im Stadttheater jobben musste, sollte ich zuhause bleiben - da hatten sie die Rechnung aber ohne mich gemacht – natürlich wollte ich mit. Schließlich überzeugte ich Paps mit dem Argument, dass ich dann eh gleich bei Tammi vorbeischauen könnte, die ja in der Seeholzerstraße in der Nähe des Hotels wohnte. Das war nicht sein Terrain – um so was kümmerte sich immer Mam. Wohin mit der 12-Jährigen, wenn er bis nachts unterwegs war und Alex auch jobbte ...? Tammi schien da eine gute Alternative; dass man so was aber schon Tage vorher mit den Eltern von Tamara hätte klären müssen ... kann sie zur Brotzeit bleiben, übernachten, ... das war ihm fremd.
Zehn Minuten vor 3 düsten wir los. Oliver verschwand im Hotel und ich wurde von meinem großen Bruder zur Rede gestellt, was das mit Tammi sollte, die sei doch dieses Wochenende gar nicht da ... Das hatte ich ja total vergessen, meine beste Freundin war auf einem großen Reitturnier in Donaueschingen. Es war wohl alles etwas viel für meinen kleinen Kopf. Jazztage, die High five, Mams überstürzte Abreise und schließlich Oliver. Eben der stieß schon kurz darauf wieder zu uns

und wir erfuhren, dass er heute Abend auf jeden Fall drei bis vier Stücke übernehmen sollte, die Probe mit ihm sei um 17.00 im Festsaal des Stadttheaters und sein Auftritt in der Mitte des Konzerts, so gegen 20.45. Danach könne er wieder zu uns, wenn uns das recht sei, die Jam Sessions nach den Auftritten seien ja nicht so sein Ding. Alex stimmte sofort freudig zu und meinte, dann könnten sie nach seinem Einsatz zusammen heim radeln, für ihn sei meistens nicht mehr viel zu tun, wenn das Konzert erst liefe und die Technik ok sei. „Und ich zeig dir jetzt Ingolstadt, oder? Alex muss eh arbeiten." Der Vorschlag wurde sowohl von meinem kritischen Bruder als auch von Oliver angenommen. Letzterer holte im Hotelzimmer seine unausgepackte Reisetasche und wir radelten weiter in die Altstadt, wo wir am Hintereingang des Stadttheaters die Räder abstellten. Alex verabschiedete sich mit Olivers Tasche und ... da standen wir beide nun. Um schnell die Verlegenheit, die sich schon wieder in mir breit machen wollte, zu überspielen, stürzte ich mich in das Projekt, MEIN Ingolstadt zu zeigen. Natürlich musste er das Neue Schloss bewundern, also schlenderten wir über den Parkplatz, am „Schlosskeller" vorbei durch den ehemaligen Burggraben zum Paradeplatz hoch. Ich erzählte ihm lachend, dass wir nach dem Adventssingen im Festsaal immer in der Wirtschaft „Schlosskeller" essen gingen und es da so einen coolen, dunklen Gang gäbe, in dem wir früher als Kinder gespielt hätten – mit der Überzeugung, sehr mutig zu sein, da dort sicherlich ein Schlossgeist wohne. Er meinte grinsend, ein Schloss hätten sie in Wuppertal gar nicht, schon ein paar schlossähnliche Villen, aber so was Altes, nein, so alt sei seine Stadt ja noch gar nicht. Aber sie hätten eine Schwebebahn ...

„Was? Was ist bitte eine Schwebebahn? Das klingt ja märchenhaft!“

So schlenderten wir die Fußgängerzone entlang, in der die Läden am Samstagsnachmittag natürlich schon alle geschlossen hatten, was uns beide jedoch nicht weiter störte. Er erklärte mir die Besonderheit einer Schwebebahn, mit der er sogar zur Schule fuhr. Am Ende der Ludwigsstraße stand wie immer der kleine Eiswagen und hatte auch noch offen ... und so setzten wir den Stadtrundgang Richtung Liebfrauenmünster - genüsslich Eis schleckend - fort. Vor dem großen Münster stehend, zeigte ich ihm das frühgotische Fenster, das ich in Kunst im Freien skizzieren hatte müssen. Ich schleppte ihn weiter zur Maria de Victoria-Kirche, unscheinbar, mitten zwischen Wohnhäusern eingequetscht und meinte, die sei richtig toll.

„Ahja ...“, entfuhr es ihm skeptisch, denn die Kirche gab von außen nicht viel her.

„Hier musst du mit rein!“, bestimmte ich und zog ihn am Arm hinter mir her. Wir hatten Glück, die Kirche war offen und der einarmige Mesner hielt gerade eine Führung. Ich kannte ihn von einer Klassenführung. Dieser Mann, ich glaube, er hieß Schuller, war der Grund, warum ich von dieser Kirche so begeistert war.

Er hatte uns Sechstklässler so lustig, lebendig und kundig durch die Kirche geführt, dass wir aus dem Staunen nicht mehr herauskamen. Da hatte ich erst verstanden, was Perspektive heißt und was man damit alles vorgaukeln kann.

Etwas überfordert stand Olli schließlich doch in der Kirche und wunderte sich ganz schön, dass der kleine Barockengel mit Pfeil und Bogen, der vom Rand des herrlichen Deckengemäldes herunterzielte, ihn immer im Visier behielt, egal ob wir uns im Kirchenraum hinten oder vorne aufhielten.

„Gei, do schaugst, Bua. Zauberei, oda?", Herr Schuller hatte seine Führung beendet und erwartete uns am Ende des Kirchengangs. „Des kloane Fräulein werd mir bald Konkurrenz machen!", fügte er lachend hinzu. „Wollts di Monstranz a no segn – die wertvollste der Welt?" Eigentlich wollte ich nicht, denn das riesige goldene Teil mit zugegeben sehr vielen beeindruckenden Details irgendeiner Seeschlacht, hatte mich nicht so in den Bann geschlagen, aber wir waren chancenlos. Herr Schuller jedoch machte auch das zu einem Erlebnis für Olli, schon allein wegen seines urbairischen Dialekts und meiner Übersetzungsversuche – es gab viel zu lachen. Normalerweise redete ich auch tiefstes Bairisch, da wir aber sehr oft Besuch aus nördlicheren deutschen Gefilden hatten, war ich es gewöhnt schnell umzuschalten – meist unbewusst. Mein Deutsch passte sich einfach dem des Gegenübers an – so war es für Olli

ziemlich überraschend und sehr lustig, als ich mit Herrn Schuller in Dialekt verfiel.
Als wir wieder auf der Straße standen, sah er auf seine Uhr. „Das gibt's doch nicht, schon fast fünf...! Wie weit haben wir zum Theater?"
„Müssten wir in circa zehn Minuten schaffen, auf geht's!" und ich rannte los, diesmal war er es, der mich nach ein paar Metern lachend am Ärmel packte und meinte:
„Alles gut, Vicki, die Five sind nie pünktlich. Zehn Minuten sind voll ok."
„Aber wenn wir nicht laufen, sind es 15 ..."
„Auch gut. Wär dieses Gässchen nicht kürzer?", er deutete in die Schulstraße, eine dunkle Gasse mit heruntergekommenen alten Häusern, die Mam letztes Jahr zu verbotenem Terrain erklärt hatte.
„Äh ja, aber da sollte ich nicht ... egal, mit dir ist das sicher kein Problem ..." und so setzte ich mich über Mams Verbot hinweg.
Einigermaßen pünktlich und etwas außer Atem standen wir schließlich im Festsaal vor der Bühne und Oliver hatte recht gehabt, sie waren erst beim Stimmen der Instrumente. Keiner schien ihn vermisst zu haben.
„Darf ich zuhören?", flüsterte ich Olli zu.
„Ähem ... ich denk schon. Aber du weißt ja, ich spiel normal einen anderen Style ..."
„Ja, klar, Jazz is auch nicht meine Lieblingsmusik, aber ich liebe es, wenn einzelne improvisieren und dann

plötzlich wieder alle zusammenspielen – wie auf ein geheimes Zeichen hin."

„Ich muss dann mal ...", entschuldigend ließ er mich neben der Bühne stehen und sprach kurz mit Rob, der neben dem Schlagzeug auf einem zweiten Hocker saß.

Ich verkrümelte mich an die Seite und es dauerte noch weitere 15 Minuten, bis sie loslegten. Und wie sie loslegten – sofort war da eine gute Laune-Stimmung – einfach so, von Null auf Hundert. Vorher alle noch so konzentriert und ernst ... und kaum spielten sie – wie verwandelt. Ich kannte Jazz von Paps und seinen Freunden, aber vor allem zuhause oder bei Feiern, da war man eh schon gut drauf. Diese professionelle Variante war mir bis dahin noch nicht untergekommen und faszinierte mich sofort. Sie spielten eine Art Dixie Jazz, einer am Banjo, Rainer an der Trompete, eine Posaune und Klarinette und Oliver – eher im Hintergrund agierend, aber total einfühlsam begleitend; ab und zu sagte Rob was zu ihm und dann probierte er ein anderes Becken. Und genau das war es, was mich so faszinierte: Sie spielten alle ohne Noten und wechselten sich mit der Melodiestimme, die sie natürlich variierten ab und kamen aber immer wieder zusammen. Beim zweiten Stück wechselte der Banjospieler, den sie Gerd nannten, zum Klavier und das veränderte die Klangfarbe der Band komplett – schwer zu sagen, was mir besser gefiel. Ich lauschte gebannt dem bluesig klingenden Trompetensolo von Rainer, nur begleitet vom Klavier, bis plötzlich Oliver loslegte und ein völlig anderes Tempo anschlug und jetzt erkannte ich das Stück – „When the Saints go marchin' in" – ja, irre, Rainer begann zu singen, mit einer herrlich rauchigen Stimme – das machte einfach Laune. Ich musste mich so zusammenreißen, nicht mitzusingen. Olli blitzte mich lachend an, als hätte er meine Gedanken erraten. Ich schüttelte energisch den Kopf und strahlte ihn an. Rob folgte seinem Blick und entdeckte mich am Rande des Zuschauerraums und grüßte mit schräg gelegtem Kopf, schelmischem Blick und Zeigefinger an der Stirn. Ich wurde natürlich sofort rot – furchtbar, freute mich aber riesig. Jetzt sahen alle Oliver an – warum das – ah, er war dran mit einem Solo. Ich schmolz förmlich dahin. Einfach herrlich. Ja, er hatte es im Blut – anderer Style, so ein Unsinn, er war Teil der Band und meisterte das in meinen Ohren und Augen perfekt. Auch er war ein bisschen rotgesichtig nach dem Solo und es amüsierte mich, dass er ganz verstohlen meinen Blick suchte, ich hielt beide Daumen hoch und meine Ohren waren beim Grinsen im Weg. Auch das nächste Stück erkannte ich – das sang ich oft mit meinem Paps am Klavier – „Misty". Es fing langsam an, nur Klavier, Oliver hatte statt den Sticks zu Besen gegriffen und diesmal sang der Posaunist mit einem ganz sanften Tenor – wunderbar. Ich war hin und weg. Nach der zweiten Strophe, kurzer Break, Oliver wechselte zu den Sticks und ab ging's … ich juchzte innerlich und jetzt musste ich einfach mitsingen – die Klari spielte die Melodie. Auf einmal winkte Rainer ab. Die Musik riss ab, ich hatte sofort gestoppt, damit sie mich nicht hörten, aber zu spät. „Jetzt schau mal an, was sich hier für eine Stimme versteckt – eine kleine Ella Fitzgerald, ja rauf auf die Bühne mit dir!" Ein Gejohle ging los und der Posaunist und Sänger sprang von der Bühne und holte mich höchstpersönlich ab. Mit hochrotem Kopf ließ ich mich vor die Bühne zerren, wurde kurzerhand von ihm zu den anderen hochgehoben und hatte plötzlich ein Mikro in der Hand. Ich drehte mich hilfesuchend zu Olli um, aber der brach grad vor Lachen am Schlagzeug zusammen – ja toll, was für eine Hilfe. Und schon startete Gerd, Olli setzte immer noch prustend ein und ich? Ja, ich sang einfach los. Zunächst noch zaghaft, aber dann rissen sie mich mit und ich blickte links zu Rainer und rechts zu Gerd und sah in genüsslich lächelnde Gesichter. Der Klarinettist gesellte sich neben mich und spielte die zweite Stimme, während ich zu ihm sang „You can see sat you leadin me on ..." und bei „too much in love", drehte ich mich zu Olli um, der mich fasziniert anstarrte und nun puterrot wurde – eigentlich wäre das der Schluss gewesen, aber der Sänger war zu mir auf die Bühne geklettert und wiederholte die letzte Strophe und ich sang die 2. Stimme dazu. Es machte so riesigen Spaß. Sie wiederholten nochmal und wurden jetzt wieder ganz langsam und diesmal sang ich die Melodiestimme und er improvisierte gekonnt. Oliver beendete das Stück mit einem mystischen Beckensound. Magisch. Stille. Und dann ein tosender Applaus von den „Five" und Gelächter und so viele

Stimmen und auf einmal waren da Paps und Alex vor der Bühne und klatschten und lachten mit. Was für ein großes Halloo! Ich schwebte einfach. Solch ein Glücksgefühl - unvergesslich.

James hatte ihr beim Abschied seine Visitenkarte zugesteckt, mit den Worten:
„Bitte melde dich. Ich helfe gern. Und das meine ich absolut ernst.“; er musste schnell weiter, denn es wurde bald dunkel und da sollte er besser nicht mit so einer Limousine am Misri-Slum vorbei kriechen, riet ihm jedenfalls der Security Chef Wamagunda, sehr ernst und mit lebhafter Gestik.
Sie war wieder allein.
Allein unter 60 Kindern – absurd. Aber es fühlte sich so an. Da war niemand, mit dem sie richtig reden konnte. Teacher Rose hatte am kommenden Wochenende keinen Dienst und war schon am Nachmittag nach Hause gefahren. Aber es war ja bald Sonntag.
Der Sonntag war seit Wochen ihre Zuflucht, ein Highlight in ihrem bislang sehr eintönig verlaufenden Alltag. Der Heimverwalter hatte sie Anfang August einmal mitgenommen in die kleine Wellblechhütte, keine 150m vom Heim entfernt, in der jeden Sonntag eine katholische Messe auf Kikuyu abgehalten wurde. Dicht gedrängt standen die Menschen in dem ärmlich ausgestatteten Raum, nur bei der Technik

hatte man nicht gespart. Eine riesige Box sorgte für ohrenbetäubende Musik, der Priester predigte auf Kikuyu entsetzlich laut und lange mit Mikro und wollte offenbar den ganzen Hügel beschallen. Moses war ihre Rettung, denn er fing nach zehn Minuten Predigt lauthals zu schreien an, so dass Viktoria die Kirche fluchtartig verlassen durfte. Das nächste Mal lehnte sie dankend ab und schob Moses vor als Verhinderungsgrund. Deshalb war sie sehr skeptisch, als ihr Kibaki, dem sie ihr Erlebnis erzählte, anbot, sie doch mal zu den Franziskanern zu bringen – auf der anderen Seite von Limuru. St. Francis of Assissi? War das nicht ein Wink von oben? Sie hatte den heiligen Franziskus schon immer geliebt und verehrt. Sogar ihr kritischer Mann hatte über die junge, geschwisterliche Gemeinschaft in Ingolstadt wieder Zugang zum Glauben gefunden. Ja, sie wollte es ausprobieren. Zeit hatte sie. Am Sonntag war kein Waschtag für sie, hatte sie für sich beschlossen – die Wäscherinnen arbeiteten natürlich. Der Weg dorthin war beschwerlich, mit Moses vor sich und dem kleinen Rucksack am Rücken, gefüllt mit Windeln, Fläschchen, Keksen, Wechselstrampler und mehreren Schnullern, ging es erstmal den steilen Hügel runter, mit Kibaki als Begleitschutz durch's Flüchtlingslager und auf der anderen Seite, die Bata-Schuhfabrik rechts liegen lassend, den anderen Hügel wieder hoch. Nachdem sie am Cleanshelf Supermarkt vorbei waren, verließen sie die Straße und wanderten einen holprigen Pfad entlang, sich in eine Reihe von schweigenden Menschen einreihend. Sie passierten viele Kirchenhütten, die sich alle mit schreienden Predigern und ohrenbetäubender Musik zu übertönen versuchten. Jedes Mal befürchtete sie, Kibaki würde nun sagen, sie seien da. Es kam ihr vor wie eine Pilgerreise, als sie nach insgesamt 40 Minuten endlich oben anlangten. Ein freundlicher, relativ großer sechseckiger Backsteinbau mit vielen hohen, weißen Kirchenfenstern inmitten eines grünen, parkähnlichen Areals, auf dem es nur so wirbelte vor lauter Kindern, strahlte ihr entgegen und aus dem geöffneten, breiten Eingangsportal klang himmlische Musik. Vergessen war der beschwerliche Weg, Viktoria folgte Kibaki, getragen von diesen Klängen, in die volle Kirche. Alles sang und klatschte und bewegte sich. Kinder tanzten, alte Frauen schwangen ihre breiten Hüften, dass einem ganz schwummrig wurde, sogar die Messdiener, Jungen und Mädchen vorne am Altarraum, steppten rechts – rechts -links synchron klatschend um den Altar. Kibaki schob sie lachend weiter, denn sie war einfach staunend stehen geblieben, und ergatterte einen Platz für sie. Plötzlich war alles still. Der Priester begrüßte die Gemeinde auf Kiswahili und zwar in normaler Lautstärke, stellte sie erleichtert fest. Sie erkannte das Schuldbekenntnis, das alle murmelten und sich mit der rechten Faust dreimal ans Brustbein schlugen. Und dann das Gloria. Zunächst ein paar Takte nur Trommeln und tiefe Männerstimmen, dann setzten mit den Frauenstimmen alle möglichen Rhythmusinstrumente ein, sie erkannte Rasseln, Bongos, Waschbretter, Schellen und wieder sangen alle mit. Mitgerissen von einer unsichtbaren Rhythmuswoge wiegte auch sie sich und die Tränen liefen ihr über's Gesicht. Die Bewegung fand nicht nur äußerlich statt – dieser Lobpreis des Herrn bewegte sie im Innersten. Abrupt wieder der Schluss. Die beiden Lesungen. Dann erhoben sich alle und blickten Richtung Ausgang: Im Mittelgang tanzten Kinder, in bunte Tücher gehüllt, auf den Altar zu, begleitet von vielstimmigem Gesang. Hinter diesen trug ein Mann in einer weißen Robe ein kleines Mädchen auf seinen Schultern, das wiederum in ernstem Stolz eine große Bibel hochhielt. Diesen folgten erwachsene Frauen, sich rhythmisch synchron vorwärts bewegend und singend, in einheitlich weiß-blaue Kopf- und Schultertücher gehüllt. Eine davon stieß immer wieder schrille, vibrierende Laute aus, was ein Crescendo des Gesangs zur Folge hatte. Die wogende Prozession löste sich vor dem Altar geordnet in einem großen Kreis auf und das kleine Mädchen reichte dem Priester andächtig die große Bibel, der anschließend daraus das Evangelium sang. So wurde hier das Wort Gottes gefeiert. Viktoria fühlte sich tief bewegt, geborgen, getragen, eingebettet in eine große Glaubensgemeinschaft und ihr tropften beständig die Tränen auf Moses Mützchen, so dass sie es ihm schließlich abnehmen musste. Auch an den kommenden zwei Sonntagen heulte sie fast die gesamte Messe. Erst nach drei Wochen hatte sie sich so weit im Griff, dass sie auch mitsummen und bei sich wiederholenden Versen sogar mitsingen konnte. Eine tiefe Sehnsucht wurde in ihr erfüllt, eine Sehnsucht, die sie immer mit Afrika verband, eine alte Verbundenheit zu diesen Menschen hier – Jahrtausende alt. Schwer in Worte zu fassen. Hier hatte sie den Eindruck Gott so wahrhaftig und in vollkommener, tiefer Freude loben und preisen zu können wie bisher noch nirgendwo. Da war nichts Gekünsteltes, nichts Aufgesetztes und auch nichts Oberflächliches in dieser Musik. Sie kam aus den Herzen der Menschen – direkt und ohne Umwege.

Das Glück hielt leider nicht lange an, schon als ich über die Treppe wieder in die niederen Gefilde des Zuschauerraumes hinabstieg, sah Paps mich fragend an:
„Bei Tammi?"
Alex verkrümelte sich schleunigst und ich versuchte stotternd die Lage zu erklären.
„Ok, kleine Ella, dann fahr ich dich jetzt aber schnell heim. Genug für heute, du Ausreißerin." Das war nochmal glimpflich abgelaufen, aber das schöne Gefühl war wie weggeblasen. Jetzt verstand ich, warum es Glücks-MOMENT hieß.
Paps setzte mich vorm Haus ab, lud mein Rad aus dem Kofferraum und musste gleich wieder weiter. Es würde

heute nicht zu spät werden, versprach er, denn morgen um 10.00 müsse er ja in Herz-Jesu bei der Jazzmesse mitspielen, da war um 9.30 Probe. Alex werde er so gegen 21.00 heimschicken – ich sagte ihm nicht, dass der auf Oliver warten wollte, das würde Alex schon hinbekommen.
Im Gang sah ich gleich, dass der von Paps' Kumpel Sepp - der Mann für alle Fälle, wie er ihn immer scherzhaft nannte - illegal eingerichtete Tonband-Anrufbeantworter blinkte und spulte zurück, um Mams aufgeregte Stimme zu hören, wo wir Kinder denn seien, wir sollten bitte sofort bei Tante Sylvia anrufen.
Oh. Natürlich. Arme Mam. Schnell griff ich zum Telefon, wählte Tantes Nummer, entzwirbelte das geringelte Kabel, damit ich mich beim Telefonieren auf den Boden setzen konnte und hörte Mams aufgeregte Stimme. Ich erzählte und erzählte und erzählte, bis Mam mich unterbrach und daran erinnerte, dass dies ein Ferngespräch sei und unsere Telefonrechnung eh schon so hoch ... sie klang traurig und ich schämte mich, über mein Glück ihr Unglück ganz vergessen zu haben. Kleinlaut fragte ich, wie es ihr denn gehe, sie sagte nur, sie sei froh, dass wir alle wohlauf seien, und sie würde sich morgen Abend wieder melden, ich solle nicht vergessen, die Blumen zu gießen und meine Hausaufgaben zu machen! Grüße an Alex.
Hausaufgaben – das klang wie aus einer anderen Welt - zurück in die Realität.

Die Küche war ein einziges Schlachtfeld und auch der Tisch im Esszimmer war noch nicht abgeräumt – nach einer knappen Stunde, als ich schließlich alles blitzeblank hatte, fühlte ich mich ganz stolz - wie eine kleine Hausfrau. Ich goss noch Mams Kräutergarten und sämtliche Zimmerpflanzen im Haus. Statt Brotzeit gab es Chips vorm Fernseher, wo heute um 20.15 „Wetten dass ...“ lief. Es war seltsam, alleine vorm Fernseher zu sitzen, aber ich wollte auf jeden Fall die beiden Jungs abwarten.
Als ich aufwachte, legte mich Alex grad vorsichtig ins Bett. „Gute Nacht, kleine Ella!“, raunte er mir verschmitzt ins Ohr und ich schlief sofort wieder ein.

Dafür war ich am Sonntag um 7.00 Uhr wach und schämte mich fürchterlich – wie ein kleines Kind, das ich doch nicht mehr sein wollte. Ich hatte meinen Olli gar nicht mehr gesehen gestern. So was Blödes. Jetzt musste ich zeigen, wie groß und erwachsen ich schon war und an Mamas Stelle das Frühstück herrichten. Was sollte ich anziehen? Und schon fehlte sie mir wieder so sehr. Sie wusste immer gleich, was. Mam machte den Schrank auf und reichte mir das perfekte Outfit für den jeweiligen Anlass. Ich war da allerdings auch nicht wählerisch. Klamotten interessierten mich nicht besonders. Es war Sonntag, die Sonne schien, aber so richtig warm war es noch nicht, wie ein tiefer Atemzug am kurz geöffneten Fenster bestätigte. Meine Jeans und das türkisfarbene, langärmlige T-Shirt mit U-

Bootausschnitt von gestern wollte ich nicht nochmal anziehen. Wir waren doch erst letztes Wochenende einkaufen gewesen – für den Frühling, genau hier, wunderbar, eine leichte, gelbe Hose mit dünnen lila Streifen, durchzogen von so nem Glitzerfaden und dazu ein fliederfarbenes, langärmeliges T-Shirt – das sollte gehen. Ein Tuch musste ich mir nachher noch aus Mams Schrank holen, wenn Paps wach war. Ich schlich die Treppe runter und deckte den Tisch, holte noch eine Narzisse aus dem Garten – perfekt. Es war noch nicht mal 8.00 Uhr ... Tammi ... ich könnte Tammi anrufen, sie müsste gestern Abend zurückgekommen sein. Gesagt, getan. Ich kauerte mich wieder im Gang auf den Boden, hatte glücklicherweise auch gleich Tammi am Hörer und wir redeten und redeten. Sie hatte auch so viel zu erzählen, das Turnier war superaufregend gewesen und ihr Liebling, der Wallach „George III" aus dem Hagauer Gestüt, hatte sich beim Springreiten wohl tapfer geschlagen, sicherlich weil sie als Betreuerin ihren „Schorsch", wie ich ihn spottend nannte, so gut pflegte. Sie war baff, als sie erfuhr, dass Mam für 'ne Woche weg war. Gerade wollte ich ihr von „meinem" Olli erzählen, da hörte ich oben Schritte und verstummte. Flüsternd bat ich sie inständig, doch in die Jazz-Messe um 10.00 zu kommen, aber sie musste erst warten, was ihre Eltern vorhatten. Ich schlich zurück in die Küche und machte die Milch warm für unsere Kabas, nachdem ich Kaffee für Paps aufgesetzt hatte. Diesmal blieb ich wie Zerberus vor dem Topf stehen und hypnotisierte die Milch – zu oft schon war sie mir übergelaufen und das stank tagelang grässlich. Dann ging alles sehr schnell, die beiden Jungs polterten lachend und offensichtlich frisch geduscht, wie man an den nassen Haaren unschwer erkennen konnte, die Treppe herunter. Alex kam in die Küche und klopfte mir anerkennend auf die Schulter.

„Kommt Olli mit in die Messe?", fragte ich ihn vorsichtig.

„Es bleibt mir wohl nichts anderes übrig.", hörte ich Olli vom Türrahmen her brummen. „Diese Familie lässt einem da wenig Entscheidungsspielraum ..." und dabei knuffte er Alex in die Seite. Ich musterte ihn unbemerkt und bekam wieder Herzklopfen. Er sah in seiner schwarzen Hose und weißem Hemd einfach umwerfend aus. Paps schlurfte in die Küche, er war ein schrecklicher Morgenmuffel.

„Kinders, nicht so laut. Wie kann man nur schon so unverschämt gute Laune haben um diese Uhrzeit?"

„Es war wohl spät gestern?", bemerkte ich frech grinsend.

„Früh trifft es wohl eher.", zwinkerte er mir zu.

Während des Frühstücks wollte ich alles über das gestriges Konzert wissen, aber die drei Männer waren nicht sehr mitteilsam. Um 9.20 Uhr schreckte Paps hoch und ermahnte Alexander zur Eile, der als Trompeter bei den Herz-Jesu-Bläsern mitspielte, Paps normalerweise mit der Posaune, aber heute packte er das Banjo ein. Plötzlich war es still im Haus, als die beiden draußen waren. Ich begann den Tisch abzuräumen und die Spüli ein, Olli half mit und versorgte mich mit Geschirr. Offenbar völlig unbewusst summte er dabei „Misty", was in mir eine stille, große Freude auslöste.

Zwei Minuten vor zehn betraten wir die proppenvolle Kirche, die Leute standen sogar im hinteren Raum. Zielstrebig kämpfte ich mich durch die Menge, Oliver im Schlepptau, denn wie immer, wenn Paps spielte, durfte ich mit auf die Empore. Lautlos begrüßten uns alle mit Augenzwinkern und schon ging's los mit der deutschen Version von „Oh when the Saints" „Ja wenn der Herr einst wiederkommt" – ich strahlte Olli an und sang beim Refrain aus voller Kehle mit. Herr Biswanger hatte mit dieser verjazzten Bläser-Version der altbekannten Spirituals wie „Komm, Herr, dass wir dich sehen, bist du uns nicht überall nah" („Swing low") einen musikalischen Volltreffer gelandet. Die sonst eher steife Kirchengemeinde rund um Pfarrer Trollmann sang und klatschte begeistert mit. Am Ende wogte statt ernster, gesetzter Gesichter eine fröhlich lächelnde Masse nach einem beschwingten „Komm, sag es allen weiter!" alias „Go tell it on the mountain" in den überdachten Rundgang vor der modernen Kirche, wo man immer noch eine Weile zusammenstand und ratschte. Vergeblich hatte ich schon von oben nach meiner Tammi Ausschau gehalten – ihre Familie hatte wohl was anderes vor, sie waren ja nicht so die Kirchgänger.

„Wie hat's dir gefallen?", fragte ich glückselig strahlend Olli.

„Die Musik war gut.", meinte er vorsichtig, da er merkte, wie begeistert ich war. „Mit den Bibeltexten und der Predigt über die ganze Symbolkraft der Zahlen konnte ich wenig anfangen.", gestand er achselzuckend. Ich musste zugeben, dass ich viel zu sehr mit Leuten- (und Olli-)Anschauen beschäftigt war, als dass ich etwas von den Texten und der Predigt mitbekommen hätte. Frau Liebgard kam auf mich zu und fragte, wo denn meine Mama sei, was mich erstmal verstummen ließ.

„Ihr geht es heute nicht so gut, war ein turbulentes Wochenende.", antwortete Alexander, der gerade zu uns stieß, statt meiner und zog uns aus der Menge, bevor meine Ehrlichkeit noch Sachen ans Licht brachte, die besser erstmal im Dunkeln blieben.

VII
Help?

„Hoffnung ist eine Art Glück – vielleicht das größte Glück, das diese Welt bereithält." Samuel Johnson

So sehr Viktoria diese Verbundenheit in St. Francis spürte und genoss, so sehr vermisste sie sie im Heim. Die Lage spitzte sich zu. Seit nurse Lucia Anfang Oktober von der unsensiblen Frau Rusch so viel Macht über Vickis Kinder und damit auch über sie selbst erhalten hatte, nutzte sie diese auch schamlos aus. Sie ließ Vicki bei jeder Handlung ihre Verachtung und Überlegenheit spüren. Egal, ob sie ihr schadenfroh lachend mehrere vollgesch... „pottys" (Töpfchen) zum Reinigen präsentierte, wenn sie in die nursery zum Helfen kam und sie vor den anderen Mitarbeiterinnen spottend zum „Potty manager" ernannte oder ob sie beim Waschplatz unverhofft auftauchte und willkürlich mit spitzen Fingern einige Wäschestücke aus dem sauberen Eimer herauspickte und kopfschüttelnd wieder in die Waschlauge mit der dreckigen Wäsche fallen ließ, alles unter dem Vorwand, als Vormund der Kinder sei sie sehr um Hygiene und Sauberkeit besorgt. Manchmal stolzierte sie – ohne anzuklopfen – in das Familienzimmer hinein und rümpfte hochnäsig die Nase, weil Viktoria Pampers benutzte, die sicherlich die Haut des Babys schädigten und die Umwelt sowieso. Da bohrte sie eh in einer offenen

Wunde, denn damit haderte Vicki ja seit Beginn ihres Aufenthaltes und nichts war ihr mehr zuwider als der wöchentliche Gang in die entfernteste Ecke des Heimgeländes, wo sich der Müllverbrennungsplatz befand: vorher in der Küche um einen halben Yoghurtbecher Spiritus bettelnd, und dann Moses Hinterlassenschaften und manchmal ihre eigenen Binden bzw. Tampons zu verbrennen. Müllabfuhr? Fehlanzeige. Eines Tages, als Lucia wieder unangekündigt einfach das Zimmer stürmte, bemerkte sie, dass Moses Durchfall hatte. Ab diesem Zeitpunkt setzte sie fest, musste er täglich gewogen werden und sowohl die Menge der Nahrungsaufnahme als auch die Konsistenz und Farbe seiner „Nahrungsabgabe" mussten schriftlich festgehalten werden. Für eine handgemalte Tabelle verschwendete sie wertvolle Arbeitszeit, die sie -wichtig, wie sie sich nun fühlte – im Büro verbrachte statt in der nursery, in der die beiden anderen Betreuerinnen sich vor Arbeit nicht mehr auskannten. Viktorias vorsichtige Versuche, sie mit Argumenten umzustimmen, wurden mit einer forschen Antwort abgeschmettert, in der das Schlüsselwort „guardian report" – Vormundschaftsbericht – dafür sorgte, dass Viktoria verstummte. Zum Wiegen musste sie nun jeden Abend im Zimmer der nurse erscheinen, in dem eine altmodische, eiserne Baby-Waage stand, Moses ausziehen und – meist schreiend – wiegen und ihre Tabelle vorzeigen, die mit

hochgezogenen Brauen studiert wurde, bevor Lucia das aktuelle Gewicht selbst eintrug.
Von der schüchternen teacher Mary erfuhr sie eines Tages, als nurse Lucia frei hatte, dass diese sich von den anderen Mitarbeiterinnen berichten ließ, wie oft sie die kleine Zippy in der nursery bzw. im Kindergarten besuchte und beim Füttern half. Nur teacher Rose habe sich geweigert, da mitzumachen. Viktoria, immer rebellisch und aufbegehrend, jemand, der sich schon als Kind kaum etwas hatte sagen lassen, ohne es zu hinterfragen, wurde immer stiller. Sie fürchtete so sehr, man nehme ihr die Kinder weg bzw. man verhindere, dass sie sie überhaupt bekomme, dass sie sich fügte. Ihre Kräfte schienen aufgebraucht. Der harte, auch körperlich anstrengende Tagesablauf, die so kurzen Nächte, das spärliche, nährstoffarme Essen, meist Ugali mit Skumaviki, weiße Maispolenta mit kohlartiger Beilage, und die Ungewissheit ob der Dauer ihres Aufenthaltes taten das ihrige. Ihre SMS wurden noch kürzer – was sollte sie auch immer schreiben, Briefe verfasste sie kaum mehr und je weniger sie beantwortete, desto weniger kamen auch. Sie dachte, je stiller sie werden würde, desto weniger würden die Lieben daheim bemerken, wie sehr sie litt. Aber genau das Gegenteil war der Fall. Bei einem Telefonanruf von Olli, eine Woche nach dem Besuch beim Botschaftsarzt, bei dem sie sich wieder so unheimlich anstrengen musste, nicht einfach

loszuheulen und deshalb ganz kurz angebunden blieb, denn es sei ja so teuer ..., brach es aus ihm heraus.
„Vicki, was soll das Getue? Ich kenne dich doch! Glaubst du denn, ich weiß nicht, was mit dir los ist? Glaubst du denn, ich fühle nicht, wie sehr du leidest? Ich könnte schreien vor Wut und Ohnmacht und weiß nicht mehr ein und aus ...“, seine Stimme, eh schon brüchig geworden, versagte gänzlich. Ihr unerschütterlicher Olli, ihr Strahlemann, ihre große Liebe, ihr Anker. So weinten sie beide und die Verzweiflung überbrückte die 9.000 km und verband sie auf dieselbe Weise, wie auch ihre Liebe – distanzlos - gleich stark blieb, während die Sehnsucht fast ins Unerträgliche wuchs. Sie konnte als erstes wieder Worte formen und meinte schniefend mit einer gehörigen Portion Galgenhumor, es sei ja bald Sonntag, Gott werde es schon richten; so wurde sie hier ständig getröstet. Das machte ihn erst recht wütend und er meinte, bis das eintrete, werde er schon eine Lösung finden. Friederike habe vorgeschlagen, O.W. einzuschalten. Der mit seinen Beziehungen ... das müsse doch klappen. Sie mussten aufhören, die Telefonrechnung im September hatte wieder die 300 Euro überschritten. Sie hatten dafür kein Geld. „Ich liebe dich so sehr und halte es bald nicht mehr aus ohne dich!“, stammelte er verzweifelt, bevor er auflegte.
Diese Stille danach ... schnell beugte sich Vicki über Moses‘ Bettchen und inhalierte das friedliche,

mittlerweile rundliche Gesichtchen und seinen Geruch, um ihr wundes Herz zu beruhigen.

Die Idee ihrer Mam, O.W. einzuschalten ... ja, warum nicht. Der alte Herr, Onkel Willi, der scherzhaft immer verlauten ließ, wenn er ihre Familie besuchte „Na, heißt es O.W. kommt oder oh weh, er kommt?" war wirklich ein einflussreicher Mann aus Mams Familie. Als Prälat hatte er es in der Kirchenhierarchie ähnlich weit wie ein Bischof geschafft, aber war immer am Boden geblieben und ein charismatischer, für sein Alter fortschrittlich denkender Geistlicher, der mit 70 Jahren, statt in Pension zu gehen, noch zum Studentenpfarrer gewählt worden war. Vielleicht kannte er ja einen einflussreichen Politiker, der sich ihrer misslichen Lage annahm und dem Herrn Oberregierungsrat mal etwas Dampf unterm Hintern machte. Ihren Sozialbericht hielt dieser Herr immer noch zurück, mittlerweile hatte er noch einen Grund gefunden: Im kenianischen Regelwerk hatte er einen Absatz entdeckt, der empfahl, dass beide Elternteile mindestens drei Monate in Kenia verweilen sollten, bevor sie mit dem adoptierten Kind in ihr eigenes Land reisen durften. Das, was Viktoria und Oliver also praktizierten, war seiner Meinung nach illegal und damit Grund genug, den Sozialbericht weiter zurückzuhalten. Es schien ihm völlig gleichgültig, dass Oliver arbeiten musste, um die ganze Adoption, die Flüge, die kleine Mietwohnung in München-Sendling, etc. finanzieren zu können. Dabei war dies gar nicht seine Angelegenheit, das sollte er doch bitte den kenianischen Behörden überlassen, so ließ ihre kompetente kenianische Anwältin verlauten. Oliver wurde nach zig Gesprächsversuchen nun nicht einmal mehr zu besagtem Herrn durchgestellt. Sie waren in einer bürokratischen Sackgasse gelandet.

Eine weitere Woche verstrich, ohne dass sich irgendetwas bewegte. O. W. war in Polen und kam erst die darauffolgende Woche zurück. Als sie erschöpft von ihrer sonntäglichen Pilgerreise nach St. Francis durch die kleine Tür am Eisentor eingelassen wurde, traute sie ihren Augen kaum: Mitten im Hof stand James‘ schwarze Karosse, von ihm jedoch keine Spur. Sie hatte seine Visitenkarte in ihre Geldbörse verbannt, die letzten elf Tage zwar oft an den sympathischen Kenianer gedacht, aber das Herzklopfen, das mit diesen Gedanken einherging, verbot ihr eine Kontaktaufnahme. Genug Probleme. Dafür hatte sie nun wirklich keine Kraft. Und was konnte er helfen? Gar nichts. Ihr war nicht zu helfen. Fast trotzig stapfte sie zum Haus und wollte nach Zippy in der nursery sehen, bevor sie sich vom schwitzenden Moses vor sich befreite. Zipporah war heute Morgen nicht wach zu kriegen gewesen, teacher Mary hatte ihr achselzuckend und gähnend erklärt, dass die Nacht eine Katastrophe gewesen sei, weil so viele Kinder husteten und sie froh sei, dass jetzt noch einige den Schlaf, der

ihnen nachts verwehrt blieb, nachzuholen schienen. Der übliche Lärmpegel umfing sie, die Größeren waren gerade dabei, den Tisch für das Mittagessen zu decken, in der nursery wurde sicherlich schon gefüttert, sie sollte sich beeilen und helfen ... da blieb sie im Türrahmen stehen und musste unwillkürlich lächeln. Mitten im gewohnten Chaos des mit Bettchen, Kleinkindern und Wickelkommoden überfüllten Raumes saß der große James Kamau auf der viel zu kleinen Bank an dem kniehohen Esstisch, umringt von schmatzenden, brabbelnden Zwei- bis Vierjährigen und auf seinem Schoß ihre Zippy thronend und genüsslich sich von ihm füttern lassend. Er war so beschäftigt, dass er sie zunächst gar nicht wahrnahm, erst als die Kleinen sie entdeckten und wie immer laut „Mama Moses" brüllten, sah er hoch und strahlte sie an. Zippy hüpfte von seinem Schoß und hätte dabei fast die Reste des Kartoffel-Gemüsestampfs auf den Boden befördert, rannte zu ihr und rief, die andern zu übertönen versuchend
„Mama Moses amerudi! Look! James yuko hapa!", glückselig deutete sie auf ihren neuen Freund.
„Ndio naona.", lachte Vicki und drückte sie an ihr Bein. Nun bemerkte sie nurse Lucia, die in der Ecke auf einem normalen Stuhl saß, dem Winzling Njuguna die Flasche gab und ihr aus zusammengekniffenen Augen einen derartig bösen Blick zuwarf, dass ihr Körper unwillkürlich zusammenzuckte, und das Lachen auf ihrem Gesicht erstarb.

„Ich gehe nur schnell hoch und befreie mich von dem kleinen Herrn und unseren nass geschwitzten Klamotten, dann ...“, stotterte sie, verunsichert von so viel Bösartigkeit in einem Blick, aber teacher Rose beruhigte sie zwinkernd mit ihrer tiefen Stimme
„Hakuna matata. Wir haben doch einen Helfer und sind gleich fertig. Ich schick dir die beiden hoch, wenn Zippy satt ist.“
Sie saß am anderen Ende des Tischchens und stopfte zwei bis drei kleine Mäuler, die restliche Bande fest im Blick, stetig ermahnend oder ermunternd, je nachdem ob zu schnell oder zu langsam gegessen wurde.
Kaum hatte sie Moses auf dem Wickeltisch abgelegt und ihre pitschnasse Bluse gegen ein trockenes T-Shirt ausgetauscht, da hörte sie schon Zipporahs plapperndes Stimmchen im Gang. Zippy riss die Tür auf und stürmte weiterredend ins Zimmer. Verlegen blieb James Kamau im Türrahmen stehen.
„Schön, dich wiederzusehen, James.“, versuchte sie die Situation zu überbrücken, während sie nun Moses mit frischen Windeln und einem trockenen Strampler versorgte.
„Komm doch rein in unser bescheidenes Heim. Wir haben sogar einen Stuhl in normaler Größe.“, lachend wies sie mit dem Kopf in die Richtung des kleinen Tisches an der Wand. Zippy verstand, setzte sich und deutete auch auf den Stuhl ihr gegenüber. Er blieb stehen.

„Ich möchte nicht stören, sorry, dass ich ... so unangekündigt ..., aber du hast dich ja nicht gemeldet. Soll ich wieder gehen?“
„Oh nein, wirklich nicht. Ich freue mich. Tatsächlich. Bekomme hier nie Besuch – nur von der nurse.“, ergänzte sie stöhnend. Er nickte wissend.
„Hast du Zeit? Ich könnte dir die Teeplantagen zeigen.“
„Oh, ähem, gerne, ja, natürlich – hab sie nur beim Vorbeifahren aus dem Matatu bewundert. Ähem ... sonntags wasche ich nicht. Aber ich habe noch nichts gegessen und Moses wird auch bald wieder hungrig sein ...“
„Für Moses müsstest du was mitnehmen“, entgegnete er zwinkernd und schien nun wieder seine Sicherheit zurückerlangt zu haben.
„Aber für uns habe ich ein Picknick angedacht ... also wenn du möchtest.“
Und wie sie mochte – ein Picknick!! Wie wunderbar.
„Pick-nick?“, fragend blickte Zipporah sie an und sprang von ihrem Stuhl.
„Nini Pick-nick?“
Während ihr James das neue Wort erklärte, packte Vicki in Windeseile die Thermoskanne mit warmem Wasser und ein weiteres Fläschchen mit Milchpulver in den von der Kirche noch vollen Rucksack, ihr Tragetuch schnallte sie oben drauf. Jetzt kam der Maxi-Cosi, den sie als Sperrgepäck von Deutschland mitgenommen hatte, endlich mal in einem Auto zum

Einsatz! Seither hatte sie ihn nur benutzt, wenn Moses tagsüber nicht einschlafen wollte, und das passierte die vergangenen Wochen immer öfter, da konnte sie ihn zum Waschen oder Wäsche aufhängen mittragen und ihn, mit dem Fuß den Kindersitz wippend, in den Schlaf summen.

Ich hängte die Wäsche auf, so wie es Mam mir gezeigt hatte. Gerade noch so erreichte ich die recht hoch gespannten Leinen im Heizungskeller.
Mittags war ich bei Oma in der Gemmingerstraße gewesen. Paps Mama freute sich immer, wenn ich vorbeikam, auch wenn sie etwas überrascht war, dass ich gleich nach der Schule hungrig vor der Tür gestanden hatte. Aber das war für sie kein Problem – sie hatte immer Essen und vor allem Süßes in Hülle und Fülle parat. Ein Problem war für sie jedoch, dass Mam einfach so zu Tante Sylvia gefahren war – mitten in der Schulzeit. Ich erzählte ihr wohlweislich nichts von Rainer, aber sie merkte sofort, dass etwas nicht stimmte. Für sie war klar, dass Alex und ich nun jeden Mittag bei ihr essen konnten, sie freute sich auf uns, nebenbei aber schimpfte sie über unsere Mam, das fand ich nicht gut und ich war schon bald nach dem Essen mit der Ausrede „Lernen" nach Hause gegangen.
Es regnete. Natürlich. Das Sch…wetter passte perfekt zu meiner Stimmung – und der Keller auch, in dem ich nun die letzten Kleidungsstücke aufhängte. Herrje, wie

vermisste ich diesen Kerl, wie schnell war dieses Wochenende vergangen. Viel zu schnell. Und doch langsam genug, um so ein Gefühl in mir auszulösen, das sich nun in eine brennende Sehnsucht verwandelt hatte. Gestern nach der Kirche – es scheint eine Ewigkeit her zu sein – war er noch in diesem Haus, hab ich ihm noch Brote geschmiert für die lange Zugfahrt, bevor Paps ihn zum Bahnhof brachte ... hat er mich nochmal ganz fest gedrückt ... mir war so zum Heulen zumute. Und Mam war auch nicht da. Tammi – klar, hatte ich ihr in der Schule von Olli erzählt, aber ich hatte das Gefühl, sie war noch auf dem Turnier, eben in einer völlig anderen Welt und konnte meine „Spinnerei" um den nächsten „Heiratskandidaten" nicht ganz nachvollziehen.

Aber dies hier war etwas anderes, das spürte ich so stark. Dies hier war überhaupt nicht zu vergleichen mit den Jungs-Schwärmereien davor. Da hatte sich etwas festgesetzt – im Herzen – und jeder Blick des großen Jungen hat es noch mehr verfestigt, seine Stimme, seine dunklen Augen, seine Locken ... oh nein, jetzt heule ich ja tatsächlich. Reiß dich mal zusammen, Vicki. So kann das echt nicht mehr weitergehen. Aber es tut so verdammt weh.

Es klingelte. Paps war in der Arbeit und Alex hatte Nachmittagsunterricht. Also wischte ich mir die Tränen am Ärmel ab und hechtete die Kellertreppe hoch. Tammi!! Meine Tammi stand vor der Tür und erkannte auf einen Blick, was los war.

„Hast du geheult? Ist's so schlimm?"
„Viiel schlimmer ...!", ich zog sie ins Wohnzimmer.
Nach knapp zwei Stunden wusste sie jedes Detail und sie verstand mich soo gut, weil sie sich auch verliebt hatte – am Wochenende auf dem Turnier, in einen Jungen von einem Reitstall in Hannover. Das war mindestens genauso hoffnungslos wie mein Fall und verband uns noch mehr.
Alex war inzwischen heimgekommen und hatte sich in sein Zimmer verzogen. Paps stand auch schon gegen 16.00 im Wohnzimmer und entschuldigte sich mit Migräne nach oben; er sah absolut fertig aus, fand ich und ich sorgte mich ein bisschen um ihn, denn meist vergingen Wochen, mindestens acht Tage, bis ein neuer Anfall ihn heimsuchte, die letzte Migräne aber war erst am Samstagvormittag gewesen ...
Tammi und ich beschlossen, schon mal Briefe aufzusetzen an unsere Jungs – die einzige Möglichkeit, mit den beiden irgendwie in Kontakt zu bleiben. Ich hoffte, Alex hatte Ollis Adresse ... ich hatte mich nicht zu fragen getraut. Punkt 18.00 musste Tammi daheim sein, ich begleitete sie noch mit dem Fahrrad, um jede Minute Zusammensein zu nutzen und fuhr alleine wieder nach Hause. So eine Freundin wie Tammi – das war etwas ganz Besonderes. Nach ihrem Besuch und unserem langen Gespräch fühlte ich mich ganz anders, gestärkt, nicht mehr allein mit meinen Gefühlen. Geteiltes Leid ist halbes Leid, sagte Oma immer. Da hatte sie wohl recht. Tammi und ich kannten uns seit der 1. Klasse –

es war quasi „Liebe auf den ersten Blick" gewesen. Seitdem saßen wir in der Schule immer nebeneinander und trafen uns fast jeden Nachmittag – wenn nicht, wurde wenigstens telefoniert. Natürlich stritten wir auch ab und zu – meist über völlig nebensächliche Kleinigkeiten, aber wir versöhnten uns immer schnell wieder, denn keine von uns konnte es ohne die andere lange aushalten.
In meinem Zimmer legte ich „Help!", eine meiner Lieblings-Beatles-Platten auf, der vorletzte Song war „Y-esterday" ...

Die Woche ohne Mam verlief sehr zäh. Natürlich telefonierten wir am Abend, sie wollte wissen, wie unser Tag war, sie beteuerte uns zu vermissen, sie gab uns Anweisungen, was wir im Haus nicht vergessen durften, aber wenn Alex oder ich sie danach fragten, wie es ihr denn gehe und wann sie wieder komme, wich sie jedes Mal aus. Sie fehlte uns sehr und langsam überdeckte die Sehnsucht nach ihr das Herzweh wegen Olli. Alexander litt still. Er hatte schulisch viel um die Ohren und stürzte sich in die Arbeit. Paps lag auch am Dienstag im Bett und ließ sich kaum blicken, wir brachten ihm Essen und Tee und Kaffee ans Bett, aber er konnte kaum etwas behalten. Als er am Mittwoch versuchte, mit uns am Morgen aufzustehen, schwankte er so im Gang, dass ihn Alex gleich wieder zurück ins Schlafzimmer bugsierte. Mittags sagte ich es Oma, sie begann sofort wieder, Mam die Schuld zuzuschieben, was Alex gar nicht ertragen konnte, so dass sie fast stritten; aber sie kam gleich mit uns nach Hause, um besorgt nach ihrem Sohn zu sehen. Der war tatsächlich nicht mehr im Bett, aber lag auf der Couch im Wohnzimmer mit einer dicken Decke. Als er seine Mutter kommen hörte, setzte er sich sofort auf und versuchte ein entwarnendes Lächeln.

„Leonhard, wie siehst du denn aus? Wie das Leiden Christi in persona! Um Himmels willen! Warum gehst du denn nicht zum Arzt?" Oma übertrieb gerne, aber Paps sah wirklich elend aus. Seine Wangen wirkten eingefallen, die Augen steckten tief in den Höhlen und seine sonst so gesunde Gesichtsfarbe wirkte aschfahl. Das war nicht nur eine Migräne.

„Mama, schön, dich zu sehen und danke für deine aufmunternden Worte! ... Ich habe tatsächlich heute Rudi angerufen und er wird nach Praxisschluss bei mir vorbeischauen. Zufrieden?"

Onkel Rudi war Paps älterer Bruder und als „Internist" für alle Familienkrankheiten zuständig.

Oma machte sich grummelnd in der Küche zu schaffen, um dem armen „Kind" endlich was Gescheites zu kochen, damit es wieder zu Kräften komme.

„Mama, ich vertrage nichts und habe überhaupt keinen Hunger, glaub' mir!"

„Du musst was essen, Junge, sonst gehst du vor die Hunde! Ich mache dir eine Gemüsebrühe. Viktoria, habt ihr Zwieback oder Salzstangen? Ahh ... passt schon. Die alte Semmel ist auch gut." Alex verdrehte die

Augen und verschwand nach oben. Ich kuschelte mich besorgt an meinen Paps.

Nachdem er tapfer ein paar Löffel Suppe zu sich genommen hatte und ewig an einem Bissen von der Semmel kaute, war Oma halbwegs zufrieden und machte sich auf den Weg zurück. Opa kam bald vom Schafkopfen mit seinen Kameraden zurück und sie müsse ja dann die Brotzeit für ihn herrichten.

„Paps, können wir meine Beatles-Platte hören und du hilfst mir ein bisschen mit den Texten?“

„Oh ... ja, gerne, die alten Jungs hab‘ ich schon lange nicht mehr gehört. Wann lernst du denn endlich Englisch in der Schule? So ein Unsinn – heutzutage die Schüler noch mit Latein zu quälen...“

Ich war schon nach oben gespurtet und holte meine „Help!“-Schallplatte. Er hatte schon recht, erst nächstes Jahr, ab der 7. Klasse, würden wir Englisch lernen. Aber mir gefiel Latein. War irgendwie klasse, fand ich. Tammi mochte es gar nicht ...

Zuerst setzte ich den Tonabnehmer auf den vorletzten Song. „Yesterday“ erklang und Paps blickte mich erstaunt an.

„Du weißt nicht, um was es da geht?“

„Nein – ich weiß nur, dass es um „Gestern“ geht ... aber was da war ...“

Paps sang leise und ich summte mit, am Ende sprang ich auf und ließ es nochmal laufen.

„Gib mal die Plattenhülle rüber, da steht der Text drauf.“, Paps übersetzte mir den Text, der wirklich

wundervoll zu den traurigen Klängen passte – aber nicht nur zur Musik, sondern auch zu Paps Situation gerade und es tat mir leid, ich wollte ihn nicht noch trauriger stimmen. Schnell wechselte ich auf den ersten Song der LP, der Titelsong „Help!", der mir immer gute Laune machte.

„Vicki, ich glaube, du willst mich zugrunde richten …", lachend nahm er die Hülle und übersetzte mir auch diesen Song. Ich erkannte, dass es wieder ein Sehnsuchts-Text war, aber irgendwie viel positiver und optimistischer.

„Paps, ich helfe dir! Ich bin immer für dich da!", ganz fest drückte ich meinen leidenden Vater.

„Das weiß ich doch, meine Kleine. Und das spüre ich. Ich hab dich ganz fest lieb!"

Ich spielte den Song noch ein paar Mal, wir sangen mit und Paps half mir mit der englischen Aussprache, so dass ich ihn am Ende wohl einigermaßen gut hinbekam. Dann schickte er mich zu meinen Hausaufgaben, und als ich nach einer Minute vom Flur kam, in dem ich meine Schultasche abgestellt hatte, war er schon eingeschlafen.

Onkel Rudi kam erst gegen 19.30. Paps hatte fast den ganzen Nachmittag geschlafen und wollte beim Brotzeiteln abends wieder kaum etwas essen. Alex und ich waren nun richtig besorgt. So kannten wir unseren Vater gar nicht. Er war ein Stehauf-Männchen, mal ein bis zwei Tage Migräne oder Grippe, aber dann war er sofort wieder der Alte – fröhlich, singend, Witze reißend

... unterwegs. Seit Mama weg war, ja, seit Samstag, schien er nicht mehr recht auf die Beine zu kommen. Auch Onkel Rudi war beunruhigt, das merkten wir. Er bestellte Paps am nächsten Morgen in die Praxis und wollte ein Blutbild machen.

Und da stapften sie nun nach knapp 40 Minuten Fahrt durch diese einzigartigen Teefelder. Ein grüngoldenes, dichtes Blättergeflecht, durch das sich kleine Wege, von der Straße aus nicht sichtbar, zogen, die normalerweise von den Pflückerinnen benutzt wurden. Sie hatte während der Autofahrt nicht viel gesprochen, die kleine Zippy, der James extra ein dickes Kissen mitgebracht hatte, damit sie auch angegurtet werden konnte, hatte dafür umso mehr geredet.
James erklärte ihr in einem einfachen, langsamen Englisch geduldig alle auf Kiswahili gestellten Fragen und ihre Neugierde schien wie ein Fass ohne Boden. Moses war bald eingeschlafen, offensichtlich das ungewohnte Brummen des Motors genießend. Viktoria ertappte sich bei dem sehnsüchtigen Gedanken, so sähe ein normales, glückliches Familienleben aus und schämte sich gleich wieder dafür. Aber wer könnte sie dafür rügen? Nach knapp drei Monaten dieses Wahnsinns ...
Nach weiteren 20 Minuten, in denen James viel über den Teeanbau erzählte und ihr den Unterschied zwischen first und second flush erklärte, erreichten sie

eine kleine Lichtung auf einer Anhöhe und James meinte, diesen Platz habe er für sie ausgesucht, da seien sie manchmal als Kinder mit ihrer „Nanny" Mary gewesen. Viktoria horchte auf, denn seine Stimme hatte bei dem letzten Satz eine melancholische Färbung angenommen, aber als sie nachfragen wollte, fing ihr Magen lauthals zu knurren an.
„Oh sorry. Du musst am Verhungern sein!", sagte er lachend und packte vor den staunenden Augen der kleinen Zipporah die mitgeschleppte Kühltasche aus, während Vicki, die nun wirklich einen gewaltigen Hunger hatte, den neugierig blinzelnden Moses aus dem Tragetuch nahm und dieses kurzerhand als Picknickdecke nutzte. Es gab leckere, offensichtlich selbst gemachte Chicken Sandwiches, aufgeschnittenes Obst, kleine Chips-Packungen und Muffins. Ein absolutes Festessen für die beiden weiblichen Picknickgäste, wie Viktoria den sich entschuldigenden Gastgeber lachend beschwichtigte. James wunderte sich enorm, dass die zierliche Zipporah, nachdem sie ja schon im Heim eine ordentliche Portion gegessen hatte, nun schon wieder ein halbes Sandwich, natürlich Chips und zwei Muffins verdrückte. Der kleine Moses durfte das erste Mal kleine Häppchen der süßen Muffins mit Schokostückchen probieren und ließ dafür – wen wunderte es – seine ungezuckerten Kekse stehen. Schließlich lehnte sich Zippy erschöpft an den kauenden James und schlief ein. Moses erhielt noch sein Fläschchen und tat es seiner Schwester

gleich, neben Mama auf dem Tuch liegend. Zunächst genossen die beiden die herrliche Stille, die sich nun ausbreitete, dann begannen sie gleichzeitig zu reden. Lachend ließ James „Ladies first …" Viktoria den Vortritt. Sie bedankte sich überschwänglich für den Ausflug und seine Geduld mit Zippy und das vorzügliche Essen, wer habe denn das alles vorbereitet und … da unterbrach er sie mit ungewohnt ernster Stimme und legte ihr liebevoll den Zeigefinger auf den Mund.
„Victoria. Wir haben nicht viel Zeit. Die Kinder werden bald wieder wach sein und wir müssen vor der Dunkelheit zurück sein. Zu deiner Dankbarkeit und deinen Fragen nur so viel: Ich stamme aus einer sehr privilegierten Familie, dieses sogenannte Festmahl hat Mary, mein guter Hausgeist vorbereitet. Ich musste es nur bestellen und habe keinen Finger dafür krumm gemacht. Es gibt nichts zu danken. Lass uns die kurze Zeit, die wir haben, nicht mit Belanglosigkeiten verschwenden. Bitte, erzähl mir, was dich so bedrückt. Was hat es mit dieser nurse auf sich? Warum macht sie dir solche Angst?"
Sie war bei seiner kurzen Berührung erschauert, jetzt spürte sie diesen wohltuenden, prickelnden Schauer auch in sich. Da war endlich jemand, der ihre Not sah, der sich für ihre Probleme interessierte, dem sie sich anvertrauen konnte – ohne dass die Minuten zählten und ein unsichtbarer Takt jedes Wort in Münzen abwog. Und so öffnete sie sich ihm. Ohne Umschweife erzählte sie, welchem Psychoterror sie durch die

Vormund-Geschichte ausgesetzt war, wie nurse Lucia ihre Macht auskostete, wie erniedrigend es für sie war, diese Listen zu führen, wie furchtbar unangenehm die Wasch- und Toilettensituation; sie zeigte ihm ihre geschundenen Hände, nicht ohne ihre Bewunderung auszudrücken über die professionellen Wäscherinnen, die auch immer wieder offene Stellen hatten und trotzdem wuschen, wuschen, wuschen, um ihre Kinder zuhause ernähren zu können. Sie breitete offen ihren großen Schmerz vor ihm aus über dieses wunderschöne, paradiesische Land, in dem so viel Armut und Not und Willkür und Macht herrschten, das so viele brutale Gegensätze barg, das immer noch von der westlichen Welt ausgebeutet werde und die Machthaber auf beiden Seiten ließen das alles geschehen und die Leidtragenden? Ja, das seien die Kinder, die doch gar nichts dafür könnten. Wie konnte er hier leben und dies alles aushalten? Sie schwieg und sah ihn mit einem flehend fragenden Blick an. Er rang sichtlich nach Worten.
„Es tut mir leid, ich wollte nicht anklagend sein, wer bin ich, dich so in Verlegenheit zu bringen. Sorry, ich habe dich mit meinem Redeschwall und meinen Problemen zugeschüttet ..." und wieder landete sein Zeigefinger sacht auf ihren Lippen und unwillkürlich küsste sie ihn reflexartig, ohne auch nur Zeit für einen mahnenden Gedanken aufzubringen. Er zog ihn zurück, ruckartig, als hätte er sich verbrannt. Ihr blieb das Herz stehen. Was hatte sie sich nur dabei

gedacht. Gar nichts, sie hatte eben gar nicht gedacht, nur gefühlt. Was macht er jetzt? Will er gehen? James legte vorsichtig die schlafende Zippy neben sich und rückte ganz nah an Viktoria heran, nahm ihr Gesicht in seine Hände und sah sie lange und durchdringend an.

Sie kann nicht einmal mehr atmen. Er kämpft mit sich, das erkennt sie ganz genau und sie hält ganz still, dann lässt er ihr Gesicht los und legt seinen Arm um sie, so dass sie gar nicht anders kann, als sich an ihn zu schmiegen. Diese Nähe, sein Atem, sein Herzschlag, seine muskulöse Brust, die sie durch sein dünnes Hemd erspürt, sie schlingt beide Arme um ihn und umklammert ihn wie eine Ertrinkende. Als er behutsam ihren Rücken streichelt und ihr Haar mit seinen Lippen streift, fängt sie lautlos zu schluchzen an. Er spürt die Erschütterungen, die ihren Körper durchlaufen, und drückt sie ganz fest an sich. Es dauert eine halbe Ewigkeit, bis sie aufhören kann, das Zittern nachlässt und sie tief durchatmet. Mit seiner linken Hand hebt er ihren Kopf hoch, aber das will sie nicht. Sie will ihm nicht ihr verheultes Gesicht zeigen. Sie schämt sich und dreht sich weg. Plötzlich ist da ein Taschentuch, es wird ihr von unten gereicht. Sie erkennt es wieder. Der gleiche Aufdruck, die gleiche dunkelblaue Umrandung. So edel, wie er, denkt sie und muss sich stark zusammennehmen, um nicht gleich wieder loszuheulen. Sanft zieht er sie an sich, so dass sie mit dem Rücken an ihm lehnt und er auf ihre linke Schläfe einen Kuss haucht, bevor er mit seiner warmen Stimme ansetzt zu sprechen, sich räuspert, weil die Worte nicht so kommen, wie er es wohl möchte.

„Victoria, wage ja nicht, dich dafür zu schämen, für deine Gefühle, deinen Schmerz. Du musst so viel aushalten. Es ist ... unglaublich, wie stark du bist. Und du nimmst das alles auf dich, weil du diese Kinder liebst. Diese zwei hier besonders. Es sind deine. Egal was diese nurse versucht, es sind DEINE. Aber du liebst sie alle. Ich sehe es, wie du auch die anderen Heimkinder ansiehst und wie sie dich anhimmeln, mit welcher Liebe ... einfach ... unglaublich." Er schwieg, wieder nach Worten ringend.

„Ich bin ein Wanderer zwischen diesen beiden Welten – ähnlich wie du. Ich wurde schon mit 12 auf ein englisches Internat geschickt. Bin in Kent aufgewachsen, war nur zweimal im Jahr hier in Kenia. Später, als ich in Cambridge Architektur studierte, sogar nur noch an Weihnachten. Ich war ein erfolgreicher Architekt in London, hatte eine ... feste Beziehung ... nein, das klingt furchtbar, es war eine große Liebe. Susan, eine Engländerin. Es stellte sich heraus, dass ich keine Kinder zeugen konnte. Ich wollte mit ihr welche adoptieren – von hier, ich weiß, wie viele Kinder hier keine Eltern haben. Wir flogen erst mal so hierher, ich stellte sie meinen Eltern vor, zeigte ihr die Umgebung, wir besuchten ein Heim. Sie hielt es keine zwei Wochen aus." Wieder schwieg er. Sie wusste keine Worte, also suchte sie blind seine Hand und drückte sie ganz fest.

„Seit zwei Jahren bin ich nun hierher zurückgezogen. Mit großen Plänen. Will die Welt verändern.“, er lachte höhnisch auf. „Dieses Land hier treibt einen in den Wahnsinn. Aber in London konnte ich nicht mehr bleiben. Sie war allgegenwärtig, ich konnte sie dort nicht vergessen. Und ich konnte die Kinder hier nicht vergessen. Ich war mit ihr in einem staatlichen Kinderheim. Warst du schon einmal in einem staatlichen, kenianischen Kinderheim?“, sie schüttelte den Kopf.

„Sei froh. Es ist die Hölle. Die Kinder schlafen auf dem nackten Betonboden. Sie husten alle. Die meisten haben irgendwelche eitrigen Hautausschläge. Die Gesichter sind voller Krätze. Und diese Augen ... die gehen dir nicht mehr aus dem Kopf ...“ Er seufzte tief.

„Wo ist dein Mann?“, fragte er unvermittelt nach einer Weile. Jetzt seufzte sie tief.

„Das ist eine längere Geschichte. Ich versuche eine Kurzfassung ...“, bemerkte sie leiser werdend mit Blick auf die sich noch (!) im Schlaf bewegende Zippy. So erzählte sie das ganze Schlamassel mit dem Jugendamt und Herrn Schalter und dem Sozialbericht und ihrer angespannten, finanziellen Situation, da sie ja nichts verdiente hier und Olli freiberuflich als Musiker gerade so viel Geld verdiente, dass es für Miete und Unterhalt reichte, er aber zu den drei Gerichtsterminen auf jeden Fall kommen musste und die

Flüge ein Vermögen kosteten und … sie verstummte, deutete auf Zippy, die immer unruhiger schlief und rückte von ihm ab, nicht ohne nochmal seine Hand ganz fest zu drücken. Dann drehte sie sich ihm zu und sie sahen sich einfach nur an. In diesen Blicken fanden sie sich – ohne Worte, ohne Berührungen. In seinen Augen sah sie in seine Seele und spürte das Band. Auch er spürte es – wohl schon länger als sie. Verwandte Seelen. Welch ein seltenes Geschenk. Welch ein Gottes-Geschenk.

VIII
Help!

„Das Kreuz ist der Ernstfall der Liebe." Hans Urs von Balthasar

Am Donnerstag hatte ich Nachmittagsunterricht und Klavierstunde. Ich war den ganzen Schultag furchtbar unruhig, unkonzentriert und beim Klavierspielen brachte ich fast gar nichts zustande. Als mich Frau Kellner, meine Klavierlehrerin, zur Rede stellte, kamen mir fast die Tränen und sie ließ es bei einer Ermahnung. Ich war gegen halb fünf daheim. Zu meinem Erstaunen empfing mich Oma - mit geröteten Augen, drückte mich und sofort liefen ihr die Tränen über's Gesicht.

„Oma, was ist denn los?", aber sie schluckte nur und brachte kein Wort hervor.

Alex kam die Treppe runter.

„Onkel Rudi hat Paps nach München überwiesen. Er liegt im Krankenhaus ‚Rechts der Isar'. Es ist was Schlimmes. Er muss gleich morgen operiert werden."

Ich starrte Alex mit aufgerissenen Augen an und wusste nicht, was ich sagen sollte. Er nahm mir den Schulranzen vom Rücken. Oma schnäuzte ordentlich und hatte endlich ihre Sprache wiedergefunden.

„Opa ist mit hochgefahren.", schniefte sie.

„Ich rufe Mam an.", sagte ich. Das war das erste, das mir in den Sinn kam.

„Hab' ich schon – als ich um 14.00 daheim war.", meinte Alex. „Sie kommt heute Nacht. Sie hat den nächstbesten Zug genommen - es ist eine scheiß Zugverbindung, sie muss viermal umsteigen ... man hätte ihr auch eher Bescheid sagen können."

Das war ein Seitenhieb auf Oma, die, als ich Mam ins Spiel brachte, kopfschüttelnd in die Küche verschwunden war.

„Vicki, schau, was magst du denn: Es ist was von der Reispfanne von Mittag übrig oder erstmal Kuchen?" Omas Stimme aus der Küche klang wieder völlig normal, als sei die Sache damit erledigt. Alex verdrehte die Augen und wollte die Treppe hoch.

„Alexander, du magst doch gewiss auch ein Stück Kuchen? Ich hab dir schon einen Kaba gemacht." Omas Tonfall war nicht fragend.

Ich liebte meine Oma und ich liebte ihre Koch- und Backkünste, mit denen sie uns richtig verwöhnte, aber jetzt verstand ich sie nicht. Wir konnten doch nicht einfach Kuchen essen ... doch wir konnten.

„Es hilft eurem Papa nicht weiter, wenn ihr im Gang stehen bleibt. Jetzt kommt ihr Zwei. Wird schon alles gut werden."

„Was hat denn Paps eigentlich?"

„Sie wissen es noch nicht genau. Aber Onkel Rudi meinte, seine Blutwerte seien unterirdisch." Alex kniff die Lippen zusammen. Oma ergänzte:

„Ein alter Studienkollege von ihm ist mittlerweile Professor ‚Rechts der Isar', eine Koryphäe, sagte er. An den

hat er Paps überwiesen. Da ist er in guten Händen. Der hat sogar schon den bayerischen Ministerpräsidenten operiert."
Ich hatte keine Ahnung, was eine Koryphäe ist, aber offensichtlich war es etwas Tolles.
Opa kam kurz darauf. Der hagere, große, weißhaarige Mann wirkte sehr erschöpft. Mit seinen 74 Jahren war die Großstadt München schon rein verkehrstechnisch eine Herausforderung. Oma richtete sofort Brotzeit für ihn her und wir mussten gleich wieder mitessen, obwohl wir gerade ein Stück Kuchen verdrückt hatten. Aber Essen war für Oma schon immer etwas, was Leib und Seele zusammenhalte, wie sie stets predigte. Tatsächlich hatte es etwas Beruhigendes, den Kaffeetisch abzuräumen, die Spülmaschine zu füllen, Brot zu schneiden und wieder aufzudecken. Während des Essens bombardierte Alex Opa mit Fragen, aber der wich zunächst aus. Alex sah mich hilfesuchend und genervt an.
„Opa, du kannst ehrlich sagen, was los ist. Wir sind nicht mehr so klein und wir merken doch ganz genau, dass es schlimm ist. Mama sagt immer, man kann besser damit umgehen, wenn man den Feind kennt. Als Omi Regina so krank war, hat sie uns auch gesagt, dass ihre Mama Krebs hat – da war ich erst 9."
Opa sah mich seufzend an und rückte dann endlich mit der Wahrheit raus:
„Sie vermuten auch bei eurem Paps Krebs. Die Blutwerte sind schon so schlecht, dass es auch nicht im

Anfangsstadium sein kann. Welche Organe befallen sind und wo der Ursprung ist, versuchen sie morgen bei der OP herauszubekommen. --- Die haben ihm beim Empfang sofort seine Tasche abgenommen und wollten ihn in einen Rollstuhl setzen ... das hat er natürlich verweigert - ihr kennt euren Paps. Aber ich war total geschockt, sie behandelten ihn wie einen Schwerkranken. Er hatte gleich viele Untersuchungen und Gespräche, und als dann der Narkosearzt kam, zum Vorgespräch für die OP morgen, schickte er mich schließlich nach Hause."
Wir schwiegen und Oma weinte still vor sich hin.
„Oma, Paps ist ein Kämpfer. Der lässt sich doch nicht unterkriegen. Das weißt du doch."
„Ach, meine Kleine. Natürlich. Du hast ja ganz recht. Aber mein Hardl ..." und wieder versagte ihr die Stimme.
Ich sah Opa hilfesuchend an, er zuckte mit den Achseln und legte seine Hand beruhigend auf Omas.

Irgendwann hatte Alex den beiden klar gemacht, dass wir bis zu Mams Ankunft gegen 22.00 Uhr auch alleine zurechtkämen und sie waren gefahren.
Alex und ich saßen im Wohnzimmer. Ich hatte den Fernseher angeschaltet und zappte in den fünf Programmen herum. Nichts interessierte uns wirklich und wir landeten schließlich bei „Ghostbusters". Wir saßen einfach nur stumm da und ließen uns berieseln.

Da klingelte das Telefon. Alex sprang auf. Es war Paps. Ich versuchte ein bisschen mitzuhören, so hingen wir zu zweit an dem Hörer und lauschten Paps' munterem Optimismus, der so viel Kraft schenkte. Er werde das schon schaukeln. Die schauen morgen mal nach, was da so alles in ihm wachse, was eigentlich nicht wachsen solle und das hauten die dann schon raus. Wir sollen uns nicht verrückt machen. Es gehe ihm eigentlich gut, er wisse auch nicht, was die für einen Aufstand machten. Schließlich fragte er verzagt:
„Kommt Rike?"
„Ja, Mama wird gegen 10 mit dem Zug ankommen. Ingeborg holt sie ab."
„Das ist gut. Dann seid ihr nicht allein. Die Ärzte meinten, morgen mache es keinen Sinn, wenn wer kommt. Die werden wohl länger operieren und dann bin ich erstmal auf Intensiv."
„Paps, das machst du schon!", auch ich versuchte optimistisch zu klingen und ihm Mut zu machen.
„Mam wird sicher hoch fahren ...", meinte Alex. Seine Stimme klang allerdings ein wenig unsicher.
„Sagt ihr, morgen isses wahrscheinlich sinnlos. Sie soll auf das Telefonat vom Prof warten. Er hat mir versprochen, bei euch nach der OP anzurufen. Ich vermisse euch! Drückt mir die Daumen und schickt das ein oder andere Stoßgebet nach oben..."
„Machen wir."
„Schlaf gut, Paps! Wir denken an dich!!", fügte ich hinzu.

Als der Film um 22.00 Uhr aus war, befehligte mich Alex nach oben, ich solle mich bettfertig machen, aber es war klar, dass ich auf Mama warten durfte. Nach wenigen Minuten war ich, im Nachthemd und gewaschen, wieder im Wohnzimmer, schaltete den Plattenspieler ein, legte den Tonabnehmer auf den ersten Song und lehnte mich an meinen Bruder. Dieses Mal ließ er es zu.

Help! I need somebody.
Help! Not just anybody.
Help! You know I need someone.
Help!

Mam kam um halb elf heim; ihre Freundin Ingeborg drückte uns wortlos, bevor sie wieder fuhr. Mam stellte ihren Koffer in den Gang und nahm uns beide fest in die Arme.
„Kommt mit." Wir folgten ihr ins Wohnzimmer. Sie setzte sich mittig auf die Couch zwischen uns. Ich kuschelte mich an sie und genoss ihre Nähe, ihren vertrauten Geruch, ihre Ruhe, ihr Da-Sein. So mussten sich Küken unter den Flügeln ihrer Hennenmutter fühlen.
„Erzählt mal, was gibt es Neues? Habt ihr mit Leo sprechen können?"
Alex berichtete ihr von Paps Anruf, dann fragte ich vorsichtig:
„Mam, bleibst du bei uns?"

„Aber natürlich, Vicki." Ein tiefer Seufzer folgte. „Ich schulde euch eine Erklärung."
Alex war etwas zur Seite gerückt, um Mam anzusehen. Ich genoss weiter die Wärme an ihrer Seite.
„Erstmal, Alex, es tut mir so leid, dass du ... also das vor fünf Jahren. Du hättest mit mir reden sollen. Das mit dir allein auszumachen ... ich schäme mich und ich hab ein schlechtes Gewissen, weil ich nicht für dich da war. Ein Zehnjähriger sollte das nicht mit ansehen müssen, wie seine betrunkene Mama mit einem anderen Mann rummacht. Ich habe die letzten Tage viel darüber nachgedacht und deine berechtigte Anklage hat mich sehr beschäftigt. Ihr beide wisst, dass ich euch über alles liebe und es mir immer weh tut, wenn es euch nicht gut geht – erst recht, wenn ich selbst der Grund dafür bin. ---
Ihr müsst auch wissen, dass Leo und ich aus Liebe geheiratet haben und diese Liebe etwas ganz Besonderes ist – auch, weil wir so verschieden sind. Wenn die Liebe nicht wäre, würden zwei so unterschiedliche Charaktere wie wir wohl gar nicht miteinander auskommen. Es heißt zwar Gegensätze ziehen sich an, aber in Wirklichkeit fühlt man sich doch eher zu Menschen hingezogen, die ähnliche Interessen, Neigungen haben oder wo man sich aufgrund von verblüffenden Gemeinsamkeiten verstanden fühlt. Das war bei uns von Anfang an nicht der Fall. Mich faszinierte seine Andersartigkeit, sein unbezähmbarer Freigeist, seine Kompromisslosigkeit, sein beständiges Streben nach dem musikalischen

Kick. Ich hingegen versuchte mich stets anzupassen, fügte mich ein, übernahm oftmals die Ansichten anderer und bemühte mich immer um Kompromisse. Ich mag Musik, aber die Besessenheit und natürlich das Talent eures Vaters bleiben mir fremd. Ich weiß nicht, was er an mir fand bzw. dass er mich überhaupt fand ...", sie schüttelte leicht lächelnd den Kopf, „Tatsache ist, dass wir uns Hals über Kopf ineinander verliebten und es nicht lange dauerte, bis ich schwanger war. Wir waren so unglaublich glücklich darüber und mein ‚Freigeist' ließ sich hier sogar auf eine Bindung ein. --- Ich habe euch schon erzählt, dass ihr Geschwisterchen im Himmel habt ..."

Mam drückte mich fest an sich und ich blickte behutsam nickend zu ihr hoch.

„Mein erstes Kind verlor ich, im dritten Monat der Schwangerschaft, kurz vor der überstürzt organisierten Hochzeit. Leo hielt zu mir, hielt mein Fallen auf, hielt mein Herz am Schlagen und ... hielt an der Hochzeit fest. Dafür liebte ich ihn umso mehr, ja, vergötterte ihn fast. Wir waren erst 23. So jung. So zuversichtlich. So verliebt. Unglaublich. Nach dem Verlust begannen die Traueranfälle bei mir und unsere Liebes-Leichtigkeit war weg. Wir stellten fest, dass es nicht nur ungeheure Geduld und zähes Hoffen braucht, so einen ... Tod zu verkraften - gerade auch körperlich - sondern auch unsere Beziehung, unsere Liebe sorgsamer Pflege bedurfte – da waren wir einfach überfordert. Es dauerte

ganze fünf Jahre, bis du endlich den Weg zu uns fandest."
Sie nahm zärtlich Alexanders Hand.
„In gewisser Weise warst du eine Erlösung, Alex. Du hast unser Leben auf den Kopf gestellt und das war gut so. Wir standen kurz vor einer Trennung, stritten fast nur noch. Die Unterschiedlichkeit war im Alltag kaum mehr zu ertragen gewesen. Durch dich erkannten wir wieder, was für ein Geschenk solch eine Liebe ist, durch dich lernten wir uns neu kennen und wieder lieben – als Eltern. Durch dich verschwand endlich der Druck, der beständig auf dem Liebesakt lastete und ihn zur Pflichterfüllung degradierte."
Sie hielt eine Weile inne und ein tiefer Seufzer durchbrach die Stille. Alex und ich waren instinktiv ganz still.
„Es heißt immer, ein Kind sei keinesfalls die Lösung für eine scheiternde Ehe. Bei uns war das aber so. Auch du, Vicki, warst ein Wunschkind und hast uns wieder verbunden.
Entschuldigt, ihr zwei Lieben, dass ich so weit aushole, aber ihr seid noch zu jung, um zu verstehen, dass jede Liebe – und sei sie noch so besonders – verwelken kann wie eine Blume, die kein Wasser erhält. Die Freude über die Blüte darf einem nicht das beständige Gießen vergessen lassen, das durchaus Arbeit und Anstrengung bedeutet. Im überfüllten Alltagstrott kann es sogar passieren, dass man die Blüte nicht einmal mehr wahrnimmt, einfach übersieht – und gar nicht mehr pflegt. Leo und ich haben immer wieder die Kurve

gekriegt, Leid und Freude, die zwei Gefühlsextreme, haben uns immer wieder zusammenfinden lassen. --- Interessant, wenn ich so zurückblicke, es waren immer so 4-5 Jahre bis zur nächsten Krise - und Versöhnung. Als das mit Rainer passierte – zum ersten Mal – hatten wir gerade wieder einen Tiefpunkt und lebten eigentlich völlig eigenständig nebeneinander her. Funktionierten gut. Aber Liebe ...? Euer Paps hat seine Erfüllung in der Musik und dem Show Business, er wird von vielen angebetet, er ist ein wahrer Flirt-Meister. Ich habe gelernt, dies zu tolerieren, ja zu akzeptieren und schließlich zu ignorieren. Ich brauche das auch nicht so wie er. Trotzdem oder gerade, weil ich mich damit abgefunden hatte, im Schatten zu stehen, war ich damals völlig perplex, als mich Rainer ins Licht zerrte und MICH anstrahlte – nicht Leo. Ich habe es eurem Vater erzählt – damals, ja Alex, Leo weiß davon, er weiß, dass ich mich verliebt hatte, weil mich endlich wieder jemand als Frau wahrnahm. Das reichte, um ... die Gießkanne zu holen und unser Pflänzchen schnell vorm Verdursten zu retten. Nun – nach wieder fünf Jahren ... ihr habt ja selbst Augen im Kopf ..."

Dieses Mal war es eher ein frustriertes Schnauben als ein Seufzen, das Mam von sich gab.

„... es hätte jetzt nicht gleich einen Krebs gebraucht, um wieder zu ihm zurückzufinden ..."

Ihr versagte die Stimme.

Ich schlang beide Arme um meine Mama und spürte, wie ihre Tränen auf mein Haar fielen. Und da rannen auch meine. Alex betrachtete uns beide, leicht den Kopf schüttelnd holte er eine Packung Tempos. Aber er brauchte gar nicht so cool zu tun, als er was sagen wollte, musste er sich auch erst mal räuspern, weil er einen Kloß im Hals hatte.

„Mam, weißt du, was das einzig Gute an dieser Hiobsbotschaft von Papas Krankheit ist: Mein ganzes trotziges Bocken wegen Rainer und dir erscheint mir so, so unwichtig jetzt, wo es wirklich andere Probleme gibt. Irgendwie habe ich dich auch verstanden und das machte meine Angst, dich zu verlieren, nicht kleiner. Aber Hauptsache, wir überstehen das Ganze irgendwie gemeinsam. Wir sind sehr froh, dass du wieder da bist!"

„Komm her, mein Großer!", sie drückte ihn schniefend an sich.

Irgendwann waren wir drei nach oben ins Bett geschlichen. Bevor ich einschlief, hörte ich mir noch einmal „Help!" an, es kam mir vor wie ein flehendes Gebet und - als wäre ich um Jahre gealtert.

When I was younger, so much younger than today
I never needed anybody's help in any way
But now these days are gone and I'm not so self assured
Now I find I've changed my mind, I've opened up the doors
Help me if you can, I'm feeling down
And I do appreciate you being 'round
Help me get my feet back on the ground
Won't you please, please help me?
And now my life has changed in oh so many ways ...

Diesmal hatte James darauf bestanden, ihre Nummer auf seinem Handy zu speichern. Auf der Fahrt zurück war Zipporah seltsam still, so dass James ungestört laut nachdenken und Pläne schmieden konnte. Er wollte den Hausarzt seiner Familie bitten, einen Besuch in der „Kisiwa" zu machen, so spontan ... und ein paar Kindern könnte eine ärztliche Untersuchung nicht schaden, meinte er, Ziel des Ganzen allerdings sollte Moses sein bzw. die vermaledeite Liste von nurse Lucia, die ihm irgendwie in die Hände gelangen musste, damit er laut verkünde, dass sie völlig unnötig sei, da müsse man kein Arzt sein, um zu sehen, dass dieser Junge absolut gesund sei. Bei diesen Worten hatte er seine Stimmlage geändert und offensichtlich die des Arztes nachgemacht, was Vicki zum Lachen brachte. Sie drehte sich zu Zippy um, aber diese lachte nicht mit. Sie sah nicht gut aus. Besorgt hoffte Viktoria, dass sie nicht krank werde. James fuhr, nun ganz in Fahrt, fort, dabei durften Viktoria und auch er mit dem Arztbesuch nicht in Verbindung gebracht werden, um diverse Racheakte zu vermeiden. Nein, wirklich, man dürfe sich nicht alles gefallen lassen. Außerdem wolle er einen Freund seiner Familie, einen sehr guten Anwalt, bitten, Erkundigungen einzuholen, welche Rechte ein Vormund in Sachen Adoption habe und wieviel Einfluss so ein Bericht auf das Verfahren. Dieser nurse würden sie schon einheizen. Viktoria fing an wieder Hoffnung zu schöpfen und ihr angeborener Kampfgeist, der sich in den letzten Wochen irgendwo verkrochen hatte, lugte wieder aus seinem Loch hervor, natürlich, da hätte sie auch drauf kommen können. Aber ihre kenianische Anwältin kostete ein Vermögen und rechnete jeden Anruf kleinlichst und hochpreisig ab. Als sie auf die Holperstraße einbogen, fing Zippy zu wimmern an.

„James, bitte halt an.“, bat Viktoria, stürmte aus dem Auto und machte die Autotür bei Zippy auf, gerade noch rechtzeitig ... die Kleine übergab sich. Vicki löste den Gurt und hob sie vorsichtig auf die Straße und schon kam ein zweiter Schwall. James stand entgeistert daneben, während Vicki die kleine Zippy von hinten festhielt und ihr mit der einen Hand in sanften Kreisen über den Rücken strich.

„Bitte, könntest du aus dem Rucksack die Feuchttücher holen?“, bat sie ihn ruhig. Nach dem dritten Mal musste Zipporah noch ein paar Mal würgen und dann schien es vorbei.

„Haben wir noch Wasser?“, fragte Vicki, während sie der aufgelösten Kleinen liebevoll das Gesicht abwischte und versuchte ihr Kleidchen, das auch etwas abbekommen hatte, vom Gröbsten zu befreien. James brachte die Wasserflasche und Vicki nahm einen Schluck, gurgelte und spuckte das Wasser wieder aus.

„Fanya hivyo – mach es mir nach“, bat sie die Kleine, die ihre Mutter mit großen Augen ansah. Gehorsam gurgelte sie und spuckte das Wasser wieder aus.

„Und nochmal, tafadhali. ... Mzuri sana. ... Sawa? Geht's wieder?" Zippy nickte tapfer. Viktoria hob sie hoch und begutachtete den Autositz, der hatte fast nichts abbekommen, aber der Ausstieg ... James folgte ihrem peinlich berührten Blick und meinte
„Victoria! Bitte! Das macht doch nichts."
Sie setzte Zippy vorsichtig am Boden ab und holte eine Packung Tempos aus dem Rucksack.
„Victoria. Es ist ok."
„James, das stinkt furchtbar. So kannst du nicht heimfahren, gib mir die Wasserflasche und halte die Kleine." Er tat wie ihm geheißen.
„Wir gehen wohl besser zu Fuß heim."
„Das kommt nicht in Frage. Die Kleine ist ganz wackelig auf den Beinen. Ich fahr ganz vorsichtig, du setzt dich zu ihr, wir lassen die Fenster offen und warte, ich müsste noch irgendwo eine Plastiktüte haben."
Sie nickte dankbar. Auch daran erkannte sie, aus welchem Holz er geschnitzt war. Sein teures Luxusauto war ihm egal, die Kinder waren ihm wichtiger.

Diesen Abend beschloss sie, Zippy mit hochzunehmen und bei ihnen beiden auf der Schlafgalerie schlafen zu lassen. Die Nurse hatte sich schon in ihr Zimmer zurückgezogen und teacher Rose nickte ihr dankbar zu. Ein Kind weniger. Zipporah war immer noch etwas angeschlagen. Sie gab ihr nur noch Wasser zu trinken, wusch sie, verbannte das riechende Kleid in einen Eimer auf den Gang und zog ihr einen

Schlafanzug an, das kannte die Kleine nicht, sie schliefen immer in ihren Kleidern, die abends gewechselt wurden und morgens oftmals wieder aus diversen Gründen. Vicki hatte ihr schon einige Sachen auf dem Second Hand Markt in Limuru gekauft, aber einen Pyjama und ein süßes Nachthemd hatte sie nur im village market ergattert – aus besagten Gründen. Mit einem Eimer zwischen den Matratzen bettete sie die völlig erschöpfte und dankbare Zippy neben Moses' Schlafbettchen, bevor sie diesen, der immer noch im Maxi Cosi wippend, interessiert den „Neuzugang" beobachtend, schlaffertig machte und ihm das vorletzte Fläschchen für heute gab. Erst dann hatte sie Zeit, ihrem Olli eine SMS zu senden und ihm in aller gebotenen Kürze zu erzählen, dass es der beste Sonntag gewesen war, seit sie hier war und dass sie vielleicht Hilfe erhielt. Von Alexander war auch eine SMS da – wie schön. Er wollte sie heute Abend anrufen, hätte news. Ok. Sie hatte Rose entschuldigend gesagt, dass sie heute nicht mehr runter käme, da sie Zippy noch nicht allein lassen wollte, also rief sie gleich an. Alex war sehr aufgeregt, das hörte sie schon an seiner Stimme.
„Was ist denn los, Bruderherz, was gibt es für aufregende news?"
„Vicki! Wie schön, dass du Zeit hast. In zwei Wochen sind doch Allerheiligenferien."
„Äh … ja. Schön für euch. Fahrt ihr weg?"

„JA – und zwar zu dir!“, sie sah sein lachendes Gesicht direkt vor sich.
„Waas?“
„Alexandra und ich haben gestern die Flüge gebucht. Mam nimmt die Kids und Olli unterstützt sie dabei, sobald er von München weg kann. Wir hatten am Donnerstagabend ein langes Telefonat und endlich rückte er mal raus, wie schlecht es dir wirklich geht. Ich hab das doch schon die ganze Zeit gespürt, du warst so gar nicht du selbst, spielst immer die Tapfere und ich war so unglücklich und unruhig, weil ich nix tun konnte. Jetzt ist Schluss. Wir kommen – wenigstens für ne Woche bist du nicht allein. Für Alexandra war es auch gleich klar. Wir lassen dich nicht hängen, Vicki. Wir haben dich doch so lieb! Warum sagst du denn gar nix?“
Viktoria musste schon wieder heulen, ihr Nervenkostüm war praktisch nicht mehr vorhanden, einfach furchtbar. Sie schluckte, holte tief Luft und sagte
„Oh, mein Alex. Mein Held, wie wunderbar.“ Mehr ging nicht. Tief Luft holen.
„Aber eure Kinder? Und die teuren Flüge? Für eine Woche? Ihr seid ja verrückt.“
„Hey, ich bin doch schon Oberstudienrat – weiß gar nicht, wohin mit meiner Kohle …“, er lachte so befreit. Sie liebte sein Lachen. Sie liebte ihren Bruder. ‚God is great. All the time.‘, würde teacher Rose sagen. Was für ein Sonntag.

Frohen Herzens wachte sie am Montagmorgen zur üblichen Zeit auf, sah beglückt auf ihre beiden Schätze. Zippy war nur einmal wach geworden, als Moses die zweite Nachtflasche erhalten hatte, so gegen 4.00. Sie hatte sich zu den beiden gekuschelt und war gleich wieder eingeschlafen, so dass Vicki sie problemlos auf ihre Matratze zurückschieben konnte, nachdem Moses seine flüssige Mahlzeit beendet hatte. Nun lag die Kleine verkehrt herum in ihrem Bettchen. Viktoria hatte schon von teacher Rose gehört, dass das Mädchen einen furchtbar unruhigen Schlaf hatte und nie dort aufwachte, wo es eingeschlafen war. Die Jungs in ihrem Bettstall mussten einige Knuffe des Nächtens wegstecken. Doch jetzt lag sie absolut friedlich, mit leicht geöffneten Lippen, selig schlummernd da, als könne sie kein Wässerchen trüben.

Die beiden Gesichter waren das Wunderschönste, das sie je gesehen hatte, sie anschauen zu dürfen ... Viktoria konnte sich nichts Erfüllenderes vorstellen. Ihr Herz strahlte vor lichter Wärme.

Der Ort, der dort nur den beiden gehörte, schien ganz in helles, warmes Sonnenlicht getaucht.

Schweren Herzens löste sie sich von dem verzaubernden Anblick und schlich sich auf leisen Sohlen hinunter. Einen Augenblick verweilte sie am Fenster und sah hinaus auf die im hellgelben Morgendunst liegenden Felder. Nur wenige Frauen waren unterwegs, in bunten Gewändern mit Krügen oder Körben

auf den Köpfen, anmutig und schnell ausschreitend. Ein Esel mit einem großen Grasbüschel auf dem Rücken wurde von einem kleinen Jungen mit einem dünnen Stecken vorangetrieben. Jetzt Zeit haben, um dies auf eine Leinwand zu bannen: die pastellfarbene Landschaft ... alle Grellheit war den Farben durch den lichten Nebel genommen ... die zarte Morgensonne hauchte einen goldenen Schimmer über die rötliche Erde und die grünlichen Pflanzen ... dazwischen die leuchtend bunten Farben der Tücher, die die Frauen trugen, ... und schließlich das zarte Himmelsblau, das dem Bild nach oben hin Unendlichkeit verlieh.
Nicht immer hatte sie Augen für diese Schönheit. Aber heute schon. Sie musste – mal wieder - an Karen Blixen denken, in deren Buch „Jenseits von Afrika“ diese Landschaft wunderbar beschrieben wurde. Der gleichnamige Film mit Meryl Streep und Robert Redford hatte sie 1986 nachhaltig beeindruckt, als er noch einmal, ein Jahr nach seinem Erscheinen, die Kinos stürmte, weil er mit acht Oscars ausgezeichnet worden war.

Mam hatte uns in der Schule krank gemeldet und so saßen wir, am Vormittag zunächst hoffnungsvoll, beim Mittagessen schon sehr still, am Nachmittag zunehmend besorgt, und warteten auf den erlösenden Anruf der Klinik. Um vier kamen Opa und Oma, da sie es daheim nicht mehr aushielten. Oma merkte, wie sehr wir alle innerlich zitterten und begann den Rosenkranz zu beten. Ich kannte das von Vorabenden bei Beerdigungen, an denen mich Mam manchmal mitschleppte und ich hatte mich bei dem Geleiere immer zu Tode gelangweilt. Diesmal jedoch beteten wir alle mit – sogar Alex – und mit jeder Strophe wurden wir ruhiger.

Der Anruf kam gegen 17.00 Uhr. Der Professor selbst war dran, bestätigte nach der achtstündigen Operation, dass es sehr ernst sei. Bauchspeicheldrüsenkrebs, vieles befallen, sie hätten zahlreiche Organe entfernen müssen. Morgen früh müsse Herr Krug nochmal unters Messer, um etwaige Nachblutungen zu stoppen. Morgen Nachmittag könne ihn seine Frau besuchen. Kinder? Nein. Er sei auf Intensiv. Noch keine Kinder. Mam hatte aufgelegt, sich mitten auf dem Gang auf den Boden gesetzt und hemmungslos geschluchzt, bevor sie uns stotternd die Hiobsbotschaft offenbarte.
Als sie am nächsten Abend von München heimkam, war sie wieder die Alte. Kopfschüttelnd berichtete sie uns und den Großeltern, dass dieser Mann einfach unglaublich sei. Sie hatte die Intensivstation betreten, auf das Schlimmste gefasst, da saß er schon halb aufgerichtet im Bett und sah sich die Nachrichten an.
„Seine Augen leuchteten und strahlten so viel Zuversicht und Freude aus. Ich hab' einfach nur geweint vor Erleichterung. Die Ärzte bezeichnen ihn bereits als medizinisches Wunder, so wie er die beiden schweren OPs überstanden hat. Sie haben ihm buchstäblich den

halben Bauchraum entfernt. Natürlich die Bauchspeicheldrüse komplett, deshalb ist er ab jetzt Diabetiker, dann die Gallenblase, die Milz, den Zwölffingerdarm, den halben Magen und große Teile des Darms. Aber er sitzt da und lacht."

Am Sonntag besuchten ihn Oma und Opa, Alex hatte im Stadttheater zu tun und ich telefonierte über eine Stunde mit Tammi, die sich seit Freitag nicht anzurufen getraut hatte. Danach beschlossen Mam und ich, ins Kino zu gehen. Es lief „Jenseits von Afrika".

Wir verließen nach gut zweieinhalb Stunden den Kinosaal als letzte. Beide hatten wir rot geschwollene Augen vom Heulen. Im Auto saßen wir still nebeneinander und hingen unseren Gedanken nach. In mir entstand eine Sehnsucht nach diesem fernen Land, die fast schmerzte. Ich wollte da hin – unbedingt. Die bizarr-wilde Landschaft, die exotisch-gefährlichen Tiere, die dunklen, schönen Menschen faszinierten mich. Es entstand der feste Wunsch, ein großes Ziel, nach dem Abi dorthin zu gehen. Auch die dramatisch verschlungene Liebesgeschichte beschäftigte mich. Als Mam abends nochmal ins Zimmer schaute, fragte ich sie geradeheraus:

„Mam, war jetzt Denys ihre große Liebe? Obwohl sie doch verheiratet war?"

„Oh, ich glaube schon, Vicki." Sie setzte sich seufzend zu mir auf die Bettkante.

„Aber irgendwie hat sie Bror doch auch geliebt, oder? Sie ist ihm schließlich nachgereist, hat irre Strapazen auf sich genommen, mit ihm geschlafen ...“
„Ja, es scheint so.“
„Aber, gibt es denn das? Obwohl man eine große Liebe hat? Zwei lieben? Darf man das?“
„Das sind zwei Fragen, meine Kleine. Erstmal: Ja, natürlich gibt es das. Unser Herz ist doch unendlich groß, da haben mehr Platz als nur ein Mensch. Du wirst hoffentlich viele Menschen in deinem Leben lieben lernen. Jeder bringt eine neue Farbe in dein Herz, so dass es am Ende ganz bunt wird. Einige Farben werden jedoch im Laufe der Zeit wieder verblassen, andere werden dir vielleicht zu grell erscheinen, die überpinselst du dann am besten mit neuen.“
„Aber, Mam, ich meine doch die EINE große Liebe zu einem Mann ... mit ... ja, mit dem ganzen Sex-Zeug und so.“
„Die rote Farbe, meinst du?“, sie lächelte still. Ich nickte und sah sie mit großen Augen erwartungsvoll an.
„Auch Rot hat verschiedene Nuancen. Wie konnte ich mich, obwohl Leo meine „große Liebe“ ist, wie du richtig betonst, in Rainer verlieben? Ich habe da drauf keine Antwort, Vicki. Ich weiß nur, es geht, es passiert, das gibt es. Aber zu deiner zweiten Frage: Nein, das DARF man nicht – nicht in unserem christlichen Kulturkreis. Die Menschen haben es ausprobiert. Ende der 60er, wo man alles auf den Kopf stellen wollte und gegen alle gesellschaftlichen Konventionen rebellierte,

unter anderem natürlich auch gegen die Ehe. Ein Studienfreund deines Papas wohnte in einer gemischten Lebensgemeinschaft und sie posaunten überall herum, dass sie sich alle liebten – in jeglicher Hinsicht - jeder mit jedem schlief und dies ganz toll sei. Sogar Leo, der ja gerne Sachen ausprobiert und leidenschaftlich provoziert, ging dies zu weit. Unsere Skepsis war berechtigt. Schon nach wenigen Monaten zofften die sich alle. Neid, Eifersucht, Selbstsucht und Selbsthass ... viele Wunden wurden da geschlagen und manche Verletzungen heilten nicht so schnell. Aber das ist ein Extrembeispiel, das zeigt, dass man mit Liebe nicht experimentieren sollte. Sie ist eine zu ernste Sache. ---
Die Liebe zwischen Mann und Frau ist ein unglaublich schönes, intensives Gefühl, es kann dein Herz zum Glühen bringen – in Rot, wenn du möchtest. --- Aber es kann auch furchtbar weh tun. Bror hat Karen sehr verletzt, weil er ständig Affären hatte und nicht ausschließlich für sie da war."
„Er war ein richtiger Idiot."
„Ja, da hast du recht. Aber erinnere dich, am Anfang waren sich beide einig, dass es eine Zweckehe sei. Sie löste sich schließlich von ihm – aber: um den nächsten besitzen zu wollen, Denys, dessen Freiheitsliebe noch größer war. Sie liebte und ich denke, ihre Liebe wurde auch erwidert – von beiden Männern. Aber nicht in dem Maße, wie sie es sich erhoffte und nicht ausschließlich für sie. Die Liebe ist ein Band, das sich leicht, streichelnd um zwei Liebende winden sollte – sobald

man es aber festzurrt, entsteht Enge, entstehen Reibungen, im schlimmsten Fall Wunden. Es ist eine Gratwanderung, meine Kleine. Sich binden und doch eigenständig bleiben."

Die Klänge des Adagios summend, 2. Satz von Mozarts Klarinettenkonzert A-Dur, das Robert Redford alias Denys Finch Hatton seiner Karen vorspielt, holte sie das Wasser aus der Zisterne und sah kurz in die nursery und auf ihr gut gelauntes „Good morning, everybody!", ertönte ein vielstimmiges „Mama Moses!". Sie klatschte die entgegengestreckten Händchen ab, strich dem verschlafenen Thomaso über seinen Wuschelkopf, erklärte den Jungs, dass es ihrer Zippy wieder gut gehe und wollte gerade mit ihren Flaschen hoch, als eine aufgeregte nurse aus dem Büro nebenan stürmte.

„Wo ist Zipporah? Die Lady, die sie adoptieren will, ist da und möchte sie sehen!"

Viktoria starrte sie wie einen Geist an und verstand gar nichts.

„Es ist dir nicht erlaubt, das Mädchen einfach mit ins Zimmer zu nehmen. Du kennst die Regeln. In den Privatzimmern haben die Heimkinder nichts zu suchen. Und nun schnell, hol sie, bevor die Dame noch was merkt. Sie redet gerade mit dem Heimverwalter wegen der Formalitäten."

„Was für eine Dame? Welche Formalitäten und sorry, aber Zippy ist für mich nicht irgendein Heimkind …“ Lucia stieß Viktoria ungestüm zur Seite und rannte eiligen Schrittes nach oben, gefolgt von einer langsam panisch werdenden Viktoria.
„Die Kinder schlafen doch noch …“, aber die nurse war schon im Zimmer und rief bestimmend
„Zipporah! Komm herunter.“
Vicki setzte ihre Flaschen mitten im Zimmer ab, schubste Lucia nun wirklich wütend zur Seite und stieg die schmalen Stufen hoch zu einer blinzelnden, auf der Matratze sitzenden, völlig orientierungslosen Zippy.
„Kuja hapa, mein Liebling, komm her.“ Zippy krabbelte zu ihr und schlang zärtlich ihre kleinen Arme um sie.
„Good morning, Mama Moses. Ninilala upstairs, nurse!!“ (Ich habe oben geschlafen, nurse!) rief sie stolz über Vickis Schulter zu nurse Lucia hinunter. Für sie war alles ein großes Abenteuer.
„Kuja hapa – haraka.“ (Komm hierher, aber schnell.), herrschte diese die Kleine an, die erschrocken Mama Moses losließ und ihr einen fragenden Blick zuwarf. Viktoria redete nun bewusst auf Deutsch beruhigend auf sie ein, während sie vorsichtig die Stufen mit Händen und Füßen rückwärts hinunterkletterten. So hatte sie es ihr schon öfter gezeigt, wenn sie manchmal nach dem schlafenden Moses sahen.

„Oh nein, was hat sie denn an? Was ist das denn für ein Aufzug?“, entsetzt starrte Lucia Zipporah im hellblauen Pyjama an und schlug theatralisch die Hände über dem Kopf zusammen.
„Das nennt man Pyjama. So was trägt man nachts in der zivilisierten Welt.“, entgegnete Viktoria genervt mit einer gewissen Schärfe in der Stimme.
„Zieh sie schnell um, ich hoffe, du hast ein hübsches Kleid hier.“, skeptisch sah sie Richtung Kleiderschrank, „Und dann bring sie ins Büro, aber schnell.“, befahl sie barsch und ging zur Tür.
„Nurse Lucia, was soll das ganze Theater?“, rief ihr Viktoria hinterher.
„Das soll dir der Heimverwalter erklären. Jetzt beeilt euch.“
Am liebsten hätte sie der Kleinen das stinkende Kleid von gestern angezogen – zum Trotz, aber das konnte sie ihrer Zippy nicht antun. So zog sie ihr ein langärmeliges, weißes T-Shirt und das schlichte hellblaue Wickelkleid an. Als Zipporah auf dem Töpfchen im Eck einen durchfallartig, entsetzlich stinkenden Haufen hinterließ, entschied sie sich, ihr eine große Windelhose überzuziehen – für alle Fälle.
„Uji??“, fragte Zippy fordernd.
„Ja, klar, du hast Hunger und möchtest deinen Haferbrei. Sorry, Kleine, dafür ist jetzt wohl keine Zeit – warum auch immer. Downstairs ...“, sie wollte gerade mit ihr losziehen, als sich Moses Stimme erhob ... oh nein, natürlich, es war 7.00 Uhr, er wollte sein

Fläschchen ... „Ich komm gleich wieder, mein Kleiner.“, rief sie nach oben, hob Zippy hoch und brachte sie zum Büro, wo vor der Tür – wie ein Zerberus – nurse Lucia wartete und ihr Zipporah vom Arm nahm, sie auf den Boden stellte und deren Kleid glattstrich, nicht ohne einen missbilligenden Blick auf Viktoria zu werfen.
„Geh hoch. Der Junge schreit.“ Moses Gebrüll war sirenenartig angeschwollen und auch noch hier unten gut zu vernehmen. Hilflos musste sie gehorchen und drückte der kleinen, ahnungslosen Zippy einen dicken Schmatz auf die Stirn.
„Bis gleich. Ich komme zurück. Narudi.“ Letzteres richtete sie mit einem drohenden Unterton an Lucia und legte all ihren Kampfgeist, ihre Wut und ihre Abscheu in IHREN bösen Blick, bevor sie hochhechtete, um den offensichtlich kurz vorm Hungertod stehenden Moses zu retten.
Kaum sah er sie vor sich, verstummte er auch schon in freudiger Erwartung. Als er aber nur einen Schnulli zum Nuckeln bekam, wurde er so richtig sauer und krähte weiter seinen Hunger in die Welt hinaus. In Rekordzeit machte sie, den schreienden Moses auf einem Arm hin- und herwiegend, das Fläschchen fertig, lieber etwas zu kalt als zu warm bei dem Heißhunger, gab es ihm, ließ ihn sein Bäuerchen machen, wobei sie ihm schon den Strampler auszog, wickelte ihn, zog ihm den frischen Strampler und ein Mützchen an, packte ihn mit einer Decke in den Maxi

Cosi und eilte wieder nach unten. Die Bürotür war offen, der Raum leer, auch in der nursery war auf die Schnelle keine Zippy zu sehen, teacher Rose redete weiter beruhigend auf die beim Wickeln schreiende Sara ein, bedeutete Vicki mit einer Augenbewegung zur Fläschchen gebenden nurse in der Ecke und einem Finger auf dem Mund, still zu sein und einem unauffälligen Nicken Richtung Tür, dass sie gleich kommen würde. Viktoria wurde immer nervöser, ihr Herz schlug rasend schnell, da stimmte etwas nicht – da stimmte etwas ganz und gar nicht. Das war nicht teacher Roses Art – sie sagte immer forsch und geradeheraus, was Sache war und sie kuschte auch nicht vor der nurse. Sie war die Einzige, die ihr immer wieder Paroli bot und sich nicht von ihr rumkommandieren ließ. Sie wollte schnell nachsehen, ob Zipporah im Kindergarten bei den anderen war, obwohl ... der startet ja eigentlich erst um 9.00, also lief sie im Gang auf und ab, den armen Moses hin- und herschaukelnd ... die wenigen Minuten, bis Rose die kleine Sara fertig hatte, kamen Vicki wie eine Ewigkeit vor. Rose schob sie beide schweigend vor sich her in die Küche und hinter's Haus, an den Feuerstellen vorbei zur hinteren Zisterne, wo sie allein waren.

„Rose ..."

„Victoria, hör mir zu, ich habe nicht viel Zeit. Das Miststück da drin wird gleich nach mir suchen. Sie hat offensichtlich die Frau angerufen, die vor einem Jahr mal hier war und die einen Narren an deiner

Zippy gefressen hatte. Sie kommt aus Ruiru und muss wohl schon sehr früh los sein, egal, jedenfalls hat die damals mit der Direktorin ausgemacht, dass sie Zipporah adoptieren wolle und ist dann auch nochmal gekommen und hat Zippy mit blinkenden Glitzerturnschuhen und so einem Unsinn ausgestattet. Aber seit gut einem Jahr war sie nicht mehr hier. Ich weiß nicht, ob da irgendwas schriftlich festgelegt wurde oder die Direktorin das Ganze vergessen hat oder was auch immer – jedenfalls ist sie jetzt wieder da und erhebt Anspruch. Fuck, sorry. Diese miese Hexe ..."

Viktoria war kreidebleich geworden, hatte Moses abgestellt und hielt sich an der Zisternenwand fest.

„Rose ... wo ist Zippy jetzt?"

„Sie hat sie mitgenommen ..."

„WAS?"

„Nicht mit nach Riuru, Victoria, reg dich nicht auf, nur nach Limuru zum ‚Shoppen', als ob man in Limuru shoppen könnte ..."

Sie hatte Viktorias Hand in ihre beiden Hände genommen und drückte sie behutsam, während sie verächtlich schnaubte.

„Ich muss zurück. Ich lass mir was einfallen, Victoria. Du bist ihre Mutter. Das spüre ich. Ich liebe die Kleine auch und bei der alten Schachtel müsste sie nur schuften – das is' nicht fair. Aber halt dich erstmal im Hintergrund. Gegen eine Kenianerin hättest du vor

Gericht keine Chance. Doch soweit kommt es nicht. Vertrau mir. God is great ...?"
„All the time ...", flüsterte Viktoria tonlos, Rose klopfte ihr aufmunternd auf die Schulter und stapfte wütend nach drinnen.
Moses hatte seinen Schnulli ausgespuckt und fing zu granteln an. Er riss sie aus ihrer Schockstarre. Fast verzweifelt schnallte sie ihn los und drückte ihn ganz fest an sich.
„Sie will uns Zippy wegnehmen", erzählte sie ihm mit zitternder Stimme, ihn im Arm wiegend „Das lassen wir nicht zu, oder? Mein Liebling, sie werden deine Schwester nicht kriegen. Jetzt lernt sie mich kennen."
Oben im Zimmer schickte sie erst mal eine SMS los an Olli, Mam, Alex, Rob und Sarah, Melanie, Pater Elias: ‚Ich brauche euer Gebet.Sie wollen uns Zippy wegnehmen.Eine Kenianierin will sie adoptieren.Betet.'
James hatte ihr einen guten Morgen-Gruß gesendet und nochmal betont, wie schön der Sonntag für ihn gewesen sei. Das schien plötzlich so weit weg. Sollte sie ihn anrufen? Aber was könnte er schon tun? Sie schickte ihm die gleiche SMS auf Englisch. Dann schrieb sie zum ersten Mal an Frau Rusch: ‚Eine Frau ist hier und möchte Zipporah adoptieren. Was soll ich davon halten? Können Sie das bitte klären?"
Dann stürzte sie sich in die Arbeit. Außer dem stinkenden Eimer im Gang hatte sich auch noch genug Wäsche angesammelt. Moses nahm sie im Maxi Cosi mit zum Waschplatz. Sie suchte sich einen Platz, von

dem aus sie das Tor gut im Blick hatte. Es dauerte nicht lange und sie hörte es energisch ans Eisentor klopfen. Wamagunda öffnete und eine Frau betrat das Areal, eine eingeschüchterte Zippy hinter sich herziehend. Sie sprang auf und hielt sich die Hand vor den Mund, um nicht loszurufen, aber Zippy hatte sie sofort erblickt, riss sich los und rannte „Mama Moses" schluchzend auf sie zu. Jetzt war sie nicht mehr zu halten, lief ihr entgegen und ging in die Hocke, um sie in ihre Arme zu schließen.
„Sawa, Zippy. Sawa. Tulia, tulia. Beruhige, dich meine Große, alles wird gut."
Da roch sie es. Ohje ... Zippy stank erbärmlich und als sie die Kleine vorsichtig umdrehte, sah man deutlich, dass ihr Kleidchen an einer gewissen Stelle nicht mehr blau, sondern eine etwas hellbräunliche Farbe angenommen hatte.
„Kuja hapa. Komm mit. Wir bringen das wieder in Ordnung."
Sie nahm das Mädchen bei der Hand, holte Moses im Maxi Cosi und ging, ohne die Frau, die ihnen ein paar Schritte entgegen gegangen war, zu beachten, in die nursery. Teacher Rose starrte die beiden entgeistert an, sie wickelte gerade die kleine Wairimu.
„Teacher Rose, Zipporah hat schon wieder Durchfall, irgendetwas stimmt wohl nicht mit ihrem Darm, denkst du, es ist ansteckend? Dann müssten wir sie im Krankenzimmer isolieren, bevor ein Arzt klärt, was es ist."

Rose checkte es sofort, erst recht, als sie die Frau im Türrahmen entdeckte. Mit besorgter Stimme antwortete sie betont beiläufig:
„Ja, das ist wirklich auffällig und langsam müssen wir etwas unternehmen – wir wollen ja die anderen Kinder nicht in Gefahr bringen. Manchmal sind übrigens solche Krankheiten für uns Erwachsene noch schlimmer – du solltest sie besser auf Abstand halten und dir die Hände desinfizieren. Ich sage dir, da gibt es Würmer, die fressen einen von innen auf. Eine Bekannte arbeitete in einem staatlichen Kinderheim …"
Die Frau im Türrahmen hatte offenbar genug gehört und eilte in Richtung Toilette. Rose führte ihre Horrorstory noch zu Ende, konnte aber kaum mehr ein Lachen unterdrücken. Vicki flüsterte grinsend „Habt ihr Handschuhe da?", und fischte aus dem Eimer neben der Wickelkommode schnell die stinkendste Ladung Stoffwindeln, die sie finden konnte und warf sie auf den freien Wickeltisch. Flink zog sie der verblüfften Zipporah im Stehen die durchgeweichte Windelhose herunter, warf diese in den Mülleimer, den ihr die geistesgegenwärtige Rose hinhielt und hob erst jetzt die Kleine auf die Kommode. Rose reichte ihr die Gummihandschuhe, die sie aus irgendeiner Schublade gezaubert hatte. Gerade noch rechtzeitig, denn die Dame erschien wieder im Türrahmen, sich die Hand vor die Nase haltend. Das Schauspiel konnte fortgesetzt werden. Mit angewiderter Miene und spitzen Fingern machte sich Vicki daran, zunächst die

in Mitleidenschaft gezogenen Beine zu säubern, bevor sie sich den eigentlichen Ort des Geschehens vornahm.
„Wie erkennt man denn solche Würmer?“
„Lass mich mal sehen, manchmal sieht man sie.“
Rose kam mit dem eben fertig gewickelten Baby Wairimu im Arm hinüber, blieb aber dann abrupt stehen und wollte das Baby, sich von Viktoria und Zippy wegdrehend, der Frau an der Tür reichen.
„Ah ... nein ... sie waren ja auch mit ihr in Kontakt. Ok, Moment, Mama Moses.“
Einen großen Bogen um den vermeintlichen Infektionsherd machend, hob sie Wairimu in ihr Bettchen und inspizierte dann, sich ein Taschentuch vor den Mund haltend, Zipporahs Hinterteil.
„Also ich würde lieber draußen warten, Miss, wenn ich sie wäre.“, riet sie der immer noch sprachlosen Frau an der Tür, bevor sie sich auch Handschuhe überzog. Die Frau zog ab in Richtung Hof. Schnell schloss Rose die Tür und die beiden prusteten los.
„Reiß dich zusammen, Victoria. Das Miststück schleicht auch noch irgendwo rum.“, ermahnte sie die immer noch kichernde Vicki und legte ihr eine saubere Unterhose und ein Kleidchen aus Zippys Schublade neben die Wickelauflage.
„Ich rede mal mit der „armen“ Frau“, dabei verdrehte sie die Augen „und kläre sie auf, was sie als Vorsichtsmaßnahme machen soll.“

Sich das Desinfektionsmittel schnappend, stolzierte sie, nurse Lucia nachahmend, hoch erhobenen Hauptes nach draußen. In dem Augenblick kam teacher Njoki mit zwei übel riechenden Jungs an der Hand in die nursery und zog die beiden schimpfend aus.
„Mama Moses, nini ‚Würmer'?", fragte die kleine Zippy ängstlich.
‚Shit', dachte Vicki, ‚Unglaublich, was sie alles mitbekam …'
„Zippy, du weißt doch, dass Thomaso manchmal Geschichten erzählt – von Ungeheuern und mit was er alles im Hof gekämpft hat?"
„Ndio, Mama Moses. Upuuzi mwingi." (Viel Unsinn.), wie eine Große schüttelte sie altklug den Kopf.
„Manchmal erfinden die großen Menschen solchen Unsinn. So wie teacher Rose auch gerade. Keine Sorge. Hakuna matata. Mit dir ist alles in bester Ordnung."
Sie drückte ihre Tochter ganz fest an sich und diese drückte ihr ein nasses Bussi auf die Backe.
„Nakupenda (Ich hab dich lieb...), Mama."
Sie hatte das erste Mal ‚Moses' weggelassen! Vicki drückte sie zutiefst gerührt noch einmal und sagte
„Nakupenda, yangu Zippy! Und jetzt ab in den Kindergarten!"
Moses war über dem ganzen Trubel in seinem Maxi Cosi eingeschlafen. Normalerweise schlief er dann locker über eine Stunde im Zimmer oben, so dass sie mittlerweile meistens die Wäsche schaffte, ihn

wieder fütterte und zum Wäsche-Aufhängen mit nach unten nahm. Heute jedoch ließ sie ihn nicht aus den Augen und trug ihn vorsichtig zum Waschplatz mit. Dabei kam sie an teacher Rose und der Frau vorbei. Rose hatte Tee geholt und redete in ihrer ruhigen Art auf die an der Tasse nippende Lady ein. Sie zwinkerte Vicki beruhigend zu.

Der Tag schritt voran, sie hatte von allen entsetzte und/oder aufmunternde SMS zurück bekommen. Ihre Mam war in die Kirche gegangen und hatte eine Kerze angezündet. Melanie und Gerlinde hatten die Leute vom Gebetskreis mobilisiert und sie wollten eine Novene für sie starten, also neun Tage jeden Abend für sie und die Kinder ein Gebet sprechen oder ein Lied singen. Pater Elias sandte ihr ein stärkendes Gebet und versprach, dass das ganze Kloster für ihre kleine Familie bete und Sarah meinte, was denn noch alles kommen müsse, sie sei in Gedanken ganz oft bei ihr. Alex schickte drei verstörte „???“ und ihr Olli schrieb „Das darf nicht wahr sein, meine Vicki,was musst du noch alles aushalten.Ich drück dich.Spürst dus?“
Und in der Tat, sie spürte es. Sie kannte dieses Gefühl von früher, als das mit ihrem Vater los ging. Da befand sie sich auch manchmal im freien Fall, jeden Halt verlierend und auf einmal hörte das Fallen auf und sie hatte sich getragen gefühlt.

Ähnlich jetzt. Dieser enge Kreis von ganz lieben Menschen, die fest an sie glaubten und in Gedanken oder im Gebet bei ihr waren – das bewirkte etwas tief in ihr. Da entstand eine ruhige Gelassenheit und sie kam nicht aus ihr selbst, sie war plötzlich da.
Die kleine Vicki hatte es ihrer Mam beschrieben, es sei ein bisschen wie eine warme Suppe, die erste Mahlzeit, wenn man länger krank war, da spürt man auch so eine Wärme von innen raus und eine Kraft.
Jetzt kam es ihr vor wie eine wärmende Decke, die jemand um einen legt, wenn man friert. Eine wärmende Kraft von außen, die aber innen drin anwächst und stärkt und trägt. Schwer in Worte zu fassen.
Pater Elias hatte gemeint, das seien Gotteserfahrungen und Viktoria damals, als sie ihr erstes Kind verloren hatte, den Text „Spuren im Sand" geschenkt, der auch hier an ihrer kleinen Pinnwand hing:

„Eines Nachts hatte ich einen Traum:
Ich ging am Meer entlang mit meinem Herrn.
Vor dem dunklen Nachthimmel erstrahlten,
Streiflichtern gleich, Bilder aus meinem Leben.
Und jedes Mal sah ich zwei Fußspuren im Sand,
meine eigene und die meines Herrn.
Als das letzte Bild an meinen Augen vorübergezogen
war, blickte ich zurück. Ich erschrak, als ich entdeckte,
dass an vielen Stellen meines Lebensweges nur eine Spur
zu sehen war. Und das waren gerade die schwersten
Zeiten meines Lebens.

Besorgt fragte ich den Herrn:
"Herr, als ich anfing, dir nachzufolgen, da hast du mir versprochen, auf allen Wegen bei mir zu sein.
Aber jetzt entdecke ich, dass in den schwersten Zeiten meines Lebens nur eine Spur im Sand zu sehen ist.
Warum hast du mich allein gelassen,
als ich dich am meisten brauchte?"
Da antwortete er: "Mein liebes Kind, ich liebe dich
und werde dich nie allein lassen,
erst recht nicht in Nöten und Schwierigkeiten.
Dort wo du nur eine Spur gesehen hast,
da habe ich dich getragen."

Sie fühlte sich getragen.

IX
Engel

„Ein Engel ist jemand,
den Gott dir ins Leben schickt,
unerwartet und unverdient,
damit er dir,
wenn es ganz dunkel ist,
ein paar Sterne anzündet."

Phil Bosmans

James hatte nicht geantwortet.

Zum Mittagessen war nurse Lucia wieder aufgetaucht, sie war den restlichen Vormittag über bei dem fiebernden Sammy im Jungentrakt gewesen, wie sie dozierend und laut verkündete. Für Rose und Vicki Glück im Unglück. Dem Jungen schien es besser zu gehen, da nurse Lucia nun wieder die nursery beherrschte, sich die Frau geschnappt hatte und ihr anbot, Zipporah zu füttern, wobei die Kleine zu ihrem Erstaunen dankend ablehnte. Also schob sie Zippy den Teller hin und wollte demonstrieren, wie gut diese schon selbst aß, aber Zippy hatte heute keinen rechten Hunger und wollte nicht essen. Als Lucia ihr genervt einen vollen Löffel in den Mund schob, presste die Kleine stur den Brei langsam wieder aus ihrem Mund heraus. Viktoria beobachtete das Schauspiel nur aus den Augenwinkeln, da sie bei der Essensausgabe half, Moses vor sich im Tragetuch, aber bevor ihr erheiterter Gesichtsausdruck sie verriet,

nahm sie selbst einen Teller und verschwand nach oben. Einen kleinen Teil der Kartoffeln und ein Stück Karotte zerdrückte sie mit der Gabel, gab einen Schluck heißes Wasser aus der Thermos dazu und ließ so Moses an ihrem Mahl teilhaben. Der Kleine wurde bald vier Monate alt und ihre Schwägerin Alex hatte gemeint, sie solle vorsichtig mit dem Zufüttern beginnen. An den kleinen Haferkeksen nagte er ja schon seit ein paar Wochen und liebte das Kekskrümelspeichelgemisch. Das Essen mit dem Löffel jedoch hatte sich als Herausforderung dargestellt. Die kleinen Patschehändchen wollten immer im Teller manschen, der Löffel als Fremdkörper wurde samt Inhalt mit der Zunge wieder aus dem Mund befördert und alles endete die ersten Male in einem einzigen Brei-Chaos. Die klebrige Substanz landete überall, nur nicht in Moses' Mund. Sie war froh, dass sie das nicht in der nursery vor allen kritischen Blicken versucht hatte, nurse hätte ihre wahre Freude an ihrer Verzweiflung gehabt und wahrscheinlich würde sie es eh nicht gutheißen. Die Babys unten bekamen alle erst nach circa sechs Monaten Uji – Haferbrei und Essen erst, wenn sie selbst sitzen konnten.
Moses leerte noch sein Mittagsfläschchen und war nach dem aufregenden Vormittag offensichtlich müde genug, so dass sie ihn in sein Bettchen legte und er an seinem Schnulli nuckelnd einschlief.
Sie schnappte sich die kleine Plastiktüte mit Wäscheklammern, die sie wie einen Schatz hütete, denn sie

waren gefragt bei den Wäscherinnen und auch Kindern; oft fand sie ihre Wäscheteile am Boden liegend und die Klammern waren verschwunden. Auch dass sie einige Beutel im Cleanshelf kaufte und spendierte, half nur für kurze Zeit. Die Wäscheklammern waren offensichtlich eine heiß begehrte Ware. Kurz überlegte sie, noch einmal in die nursery zu schauen, aber sie vertraute teacher Rose – erst recht nach dieser filmreifen Vorstellung am Vormittag - und holte stattdessen ihre beiden großen Eimer voll nasser, schwerer Wäsche und schleppte sie ans andere Ende des Heimareals, wo die meterlangen Wäscheleinen reihenweise gespannt waren – auch etwas, das sie nicht verstand. Warum man sich diese Schlepperei nicht ersparte und die Wäsche in der Nähe des Waschplatzes aufhängte? Die Wäscherinnen hatten nur mit den Schultern gezuckt, als sie gefragt hatte, entweder sie hatten ihr Anliegen nicht verstanden oder es war ihnen einfach egal. Die Leute hier nahmen viel mehr einfach als gegeben hin und hinterfragten viel weniger. Für sie eine große Geduldsprobe und ihr wesensfremd.
Sie hatte gerade den ersten Eimer zur Hälfte auf der Leine, als Zippy angelaufen kam und helfen wollte. Das war sonst gar nicht ihre Art, sie ließ sich tagsüber kaum blicken, war im Kindergarten oder tobte mit den anderen Kindern herum und wurde nur gebracht, wenn es galt, die Hose zu wechseln. Erfreut lobte sie ihre Kleine und meinte, sie würde ja schon

richtig groß sein, wenn sie schon beim Wäsche-Aufhängen helfen konnte. Stolz fischte Zipporah Wäscheteile aus dem Eimer und kramte verzückt in der Tüte mit den bunten Klammern. Kaum eine Minute später ertönte ein bekanntes Autohupen vor dem Tor. Frau Rusch kam. Ja, sowas. An einem Montag. Ganz seltsam, dachte sie mit einem Anfall von Zynismus. Es half nichts, die Dame musste warten, denn die Wäsche würde sonst nicht mehr trocknen bzw. es würde sich kein Meter freie Leine mehr finden lassen, wenn sie ihre Arbeit nicht jetzt noch erledigte. Die Wäscherinnen legten die verbleibende Wäsche dann nämlich einfach auf der nur spärlich mit Gras bewachsenen roten Lehmerde aus, wo sie zwar trocknete, aber mit rötlichen oder grünlichen Flecken übersät war, das konnte sie bislang immer vermeiden. Zippy stimmte ein Lied aus dem Kindergarten an und Vicki unterstützte sie summend, während der zweite Eimer geleert wurde. Da hupte es schon wieder. Das war nun wirklich seltsam, gleich zwei Autobesuche an einem Tag. Zippy stieß einen Freudenschrei aus, als sie James in seinem Auto erkannte, ließ das rosa Kleidchen, das sie gerade reichen wollte, in den Dreck fallen und stürmte ihm entgegen. Viktoria winkte ihm, hob das Kleid auf, das natürlich nicht mehr ganz sauber war, schüttelte es, drehte sich wieder zur Leine, hängte es trotzdem auf und hoffte, dass auf Zipporah Verlass war und sie den Herrn zu ihr schleppen würde - und sich ihr Herz, das wie wild zu

pochen angefangen hatte, bis dahin etwas beruhigen würde. Und prompt musste sie nicht lange warten und hörte die plappernde Zippy kommen, James im eleganten Anzug im Schlepptau.
„Hapari – wie geht's?", strahlte er sie an.
„Mzuri - gut", antwortete sie wenig überzeugend mit gekräuselter, hochgezogener Nase und einem tiefen Seufzer.
„Es wird alles gut. Du wirst schon sehen. Ich habe einen Plan. Das andere Auto gehört nicht zufällig der Heimdirektorin?"
„Äh ... doch, was hast du vor?", fragte sie ihn mit skeptischem Blick, bei dem sich zwischen ihren Augenbrauen zwei tiefe Stirnfalten bildeten.
„Sehr gut.", erwiderte er, sichtlich zufrieden, holte die restlichen zwei Strampler von Moses aus dem Eimer, reichte einen ihr und hängte den anderen selbst auf, Zippy bediente sie mit farblich passenden Wäscheklammern.
„Komm mit. Vertrau mir."
Auf dem Weg zum Haupthaus kam ihnen schon der achtjährige Sammy entgegengelaufen, der am Vormittag noch so Fieber hatte und deshalb wohl nicht in der Grundschule war.
„Mama Moses, kuja, haraka, die Direktorin sucht dich!"
„Wir kommen ja schon.", entgegnete Vicki leicht genervt. Frau Rusch war wohl wieder in Eile und da stürmte sie auch schon aus dem Haus, hielt jedoch

erstaunt an, als sie James mit der kleinen Zippy auf den Schultern mit ihr kommen sah.
„Stell mich vor!“, raunte er ihr zu, während er sein breitestes Lächeln aufsetzte.
„Frau Rusch, hallo, schön, dass sie Zeit gefunden haben. Darf ich ihnen Mr. James Kamau ...“
„Gitoma“, ergänzte er, setzte Zipporah ab und reichte der verdutzten Frau Rusch formvollendet die rechte Hand.
„Architekt und Sohn des Inhabers der nahe gelegenen Dhahabu tea plantation. Ich durfte Misses Heilmann auf der deutschen Botschaft kennen lernen, wo ich gerade den Erweiterungsbau verantwortlich leite, und die kleine, betörende Familie ...“, er blickte kurz auf Viktoria und ihre Tochter, „vor allem diese junge Dame hier“, dabei bückte er sich und blickte der andächtig lauschenden Zippy tief in die Augen, so dass diese kichern musste, „hat mich sofort verzaubert. Ich durfte die drei von Nairobi hierher chauffieren und ... Frau Rusch, ich muss sagen, ich war wirklich sofort angetan von ihrem exzellent geführten Kinderheim hier. Sie müssen wissen, meine Familie unterstützt seit Jahrzehnten diverse staatliche Kinderheime, aber wenn wir diese besuchen, fragen wir uns jedes Mal, wo wohl unser Geld hinfließen mag, denn die Zustände dort – aber da brauche ich ihnen sicher nichts zu erzählen ... kurz und gut, ich bin begeistert von ihrem bahnbrechenden Projekt, junge, kinderlose Paare aus dem Ausland hier ein paar

Monate mitleben zu lassen, bevor sie die adoptierten Kinder mit nach Hause nehmen. Sehen sie sich diese beiden an ..."
Als hätten sie es einstudiert, nahm Zipporah in diesem Augenblick die Hand der völlig verdutzten Viktoria und blickte zu ihr hoch.
„... da ist bereits eine solch liebevolle Verbindung entstanden, das spricht doch Bände. Sie sollten dies wirklich anderen N.G.O.s empfehlen. Meine Familie hat sich jedenfalls entschieden, von nun an dieses Kinderheim finanziell zu unterstützen, mit Augenmerk auf diese Besonderheit."
Und dabei deutete er mit einer ausladenden Handbewegung auf Viktoria und Zippy. Es war schwer zu sagen, wer von den beiden erwachsenen Frauen verdatterter war. Frau Rusch hatte sich als erste wieder im Griff.
„Ähem, danke, Herr ...Gitoma, ja?", James nickte erhaben,
„Das kommt jetzt ja, sehr plötzlich und völlig unerwartet, aber wunderbar, ja wirklich wunderbar. Das ist ... das freut mich sehr, dass ihnen unsere „Kisiwa" gefällt. Sammy ..."
Der kleine Sammy hatte mit ein bisschen Abstand James Rede gespannt verfolgt und war sofort zur Stelle.
„Würdest du bitte Herrn Gitoma zunächst einmal den Jungentrakt zeigen, bevor du ihm hier auf der Terrasse eine Tasse Tee servierst? Sie möchten doch eine Tasse Tee, Herr Gitoma?"

Und wieder nickte James.
„Sehr gerne, Frau Direktorin."
„Ich komme gleich wieder zu ihnen, Herr Gitoma, Frau Heilmann und ich haben noch eine Angelegenheit zu besprechen. Kommen Sie, Viktoria?! Wir gehen am besten in ihr Zimmer hoch."
Sie war nun wieder ganz die Alte, hatte ihren Befehlston wiedergefunden und marschierte ins Haus. Die immer noch sprachlose Viktoria folgte ihr gehorsam, drehte sich aber noch einmal zu James um, schüttelte bewundernd den Kopf und formte ein lautloses „ASANTE!" mit den Lippen. Zippy riss sich von ihrer Hand los und rannte zu James und Sammy. Viktoria beeilte sich Frau Rusch einzuholen, huschte oben an ihr vorbei und erklärte ihr, dass Moses schlief, aber eh gleich aufwachen würde, während sie leise die Tür öffnete und Frau Rusch ihren Stuhl anbot.

Paps musste mehrere Wochen in München bleiben. Schon nach nur drei Tagen durfte er die Intensivstation verlassen und auch Alex und ich konnten ihn am Wochenende besuchen. Er erholte sich weiter erstaunlich schnell und lernte langsam, seine Ernährungsweise auf die eines Diabetikers umzustellen, der noch dazu nur noch die Hälfte seines Magens und verkürzte Darmwege hat. Aber sein unglaublicher Lebenswille und seine große Lebensfreude waren die besten Heilmittel, die es gab. Die Ärzte und Krankenschwestern liebten den lebenslustigen Schwerkranken, der dem Tod buchstäblich noch einmal von der Schippe gesprungen war. Sie hatten den Tumor und fast alle Metastasen beseitigen können, nur in der Leber befanden sich noch zwei kritische Stellen. Eine weitere OP im Sommer musste durchgeführt werden und danach Chemotherapie oder Ähnliches. Mam besuchte ihn fast täglich, am Spätnachmittag, nach Büroschluss. Sie arbeitete die erste Woche von 7.30 – 15.30 durch, damit sie noch nach München konnte, kochte abends für uns vor, sortierte die Wäsche und putzte. Ich lernte Einfaches zu kochen, übernahm das Wäscheaufhängen und Bügeln. Alex hatte drei Mal die Woche Nachmittagsunterricht, Bläserprobe und Fußballtraining. Er war nicht oft daheim. Ich war viel allein. Es hatte nochmal einen Wintereinbruch gegeben, das nasskalte, graue Wetter passte wunderbar. Mit Tammi stimmte auch irgendetwas nicht. Sie benahm sich so komisch - seit dem Wochenende, an dem Paps operiert worden war. Ich verstand es nicht. Sie war sonst immer für mich da – gerade wenn es mir schlecht ging. Die letzten Tage aber hatte sie ständig eine Ausrede parat, warum sie nicht kommen oder telefonieren konnte. Ich verzog mich in mein Zimmer, in mein Schneckenhaus, flüchtete in Romanwelten und suhlte mich in Selbstmitleid. Das konnte ich gut.

Nach einer Woche merkte man Mam die Erschöpfung an, sie war immer müde, gereizt, aß nur noch im Gehen, ständig in Hektik. Als sie wegen irgendeiner

Kleinigkeit am Montag im Büro der Schreinerei in Tränen ausbrach, schickte sie der Chef besorgt gegen Mittag heim. Ich hatte mir gerade die Tomatensuppe warm gemacht und Toast geröstet, als sie hereinschlich – körperlich und nervlich am Ende.
„Mam, was ist denn los? Bist du jetzt auch krank?"
„Nein, meine Liebe, nur furchtbar müde. Ich konnte mich nicht mehr richtig konzentrieren in der Arbeit und hab etwas falsch gebucht, Jürgen hat mich heimgeschickt. Ich leg mich hin."
„Nein, du isst jetzt erstmal Suppe. Komm, setz dich hin."
Ich bugsierte meine Mama an den Esstisch, machte nochmal Toast und deckte einen weiteren Teller auf. Folgsam ließ sie es geschehen und allein das zeigte mir, wie fertig sie wirklich war.
„Mam, ich kann doch auch bei Oma essen und sie will auch zum Putzen kommen ..."
„Bloß nicht, das höre ich dann wieder wochenlang, von ihr, von ihren Nachbarn, in der Kirche, wie sehr sie sich für uns aufopfert und das, obwohl ich doch schuld bin am Krebs ihres Sohnes. Nein, danke. Wir schaffen das, Vicki."
Ich schwieg. Ich hatte das schon gemerkt, dass das Verhältnis eisig war zwischen Oma und meiner Mam. Die ersten Tage waren wir Kinder mittags wieder zu ihr gegangen. Sie verwöhnte uns essenstechnisch nach Strich und Faden; ich konnte wunderbar mit ihr reden, während Alexander meist gleich nach dem Essen nach Hause verschwand. Sie erklärte mir das mit der EINEN

großen Liebe einfach und kompromisslos: Gott schenke nicht jedem die Gabe, so eine große Liebe erleben zu dürfen. Man müsse sich erst durch geduldiges Warten und das Bewahren seiner Unschuld würdig erweisen. Wenn man dann das Geschenk bekäme, müsse man ein Leben lang daran festhalten und dem lieben Gott ewig dankbar sein. Alles andere, wie z. B. Frauen, die sich schon vor der Ehe „verschenkten" oder sich von ihren Ehemännern scheiden ließen, seien undankbare Sünder, denen das Schicksal von Sodom und Gomorrha zustünde. - Das verstand ich besser, es war einfach klarer, wer die Guten und wer die Bösen waren, und außerdem passte es auch besser in mein romantisches Weltbild von dem Einen, auf den ich warten musste, um dann das Glück auf Erden gepachtet zu haben. Ich hatte den Einen noch dazu ja schon getroffen. Trotz all der tragischen Ereignisse träumte ich weiter von „meinem" Olli. Ich konnte und wollte ihn nicht vergessen. Und er schrieb mir! Alex hatte ihm wohl in einem Brief erzählt, was passiert war, und seinem prompten Antwortbrief lag eine Postkarte für mich bei, eine Ottifant-Postkarte mit der Aufschrift „Gute Besserung!" und der Ottifant hielt eine kleine Blume in seinem Rüssel. Hinten drauf hatte er in einer kaum zu entziffernden Krakelschrift, die ich jedoch sofort liebte, gekritzelt: „Liebe Vicki! Ich weiß, du bist ja gar nicht krank, sondern dein Papa, aber ich fand keine Ottifanten-Trostkarte. (Ich such weiter!) Gute Besserung, dass dein Leben wieder besser wird! War schön bei euch! Olli(fant) und dahinter

hatte er einen Ottifanten mit Schlagzeugsticks und Wuschelmähne gezeichnet.
Ich war selig. Außerdem hatte ich nun einen Grund, ihm zu antworten.
Nach drei Tagen gab es einen riesigen Krach zwischen Mama und Oma und ab dem Zeitpunkt durften wir nicht mehr hin. Jetzt wurden wir daheim mehr eingespannt und ich fand zunächst weder Zeit noch passende Worte für einen Brief. Auch ich fiel jeden Abend gegen halb zehn todmüde ins Bett und fühlte, dass es so in unserer Familie nicht mehr weiter gehen konnte.

Es klingelt.
Erna Kupfer, die Seniorchefin der benachbarten Schreinerei, steht vor der Tür. Sie hat einen großen Topf dabei.
„Hallo Vicki. Stell das mal kurz auf die Herdplatte, Stufe 2, bitte. Müsste noch warm sein. Wo ist deine Mama?"
„Hier bin ich, Erna. Was machst du denn hier? Ja, was bringst du denn um Himmels willen ..."
„Friederike – ich muss mit dir ein ernstes Wort reden. Setz dich hin. Oh, ihr habt Suppe. Dann esst erst mal die Suppe, sonst wird sie kalt!"
Ihr Tonfall duldet keinen Widerspruch. Der Frau merkt man die Führungsrolle an, die sie in dem kleinen Betrieb immer noch innehat. Ihr Mann war schon vor 20 Jahren gestorben und sie hatte ihrem Sohn fest unter die Arme gegriffen, damit der damals 25-Jährige, der

viel zu früh in die Chefrolle schlüpfen musste, die Schreinerei halten konnte. Erst seit meine Mam im Büro war, der sie mittlerweile voll und ganz vertraute, gönnte sich die fast 70-Jährige zwei freie Tage.

„Ich hab euch Gulasch mitgebracht. Hab heut Mittag zu viel gekocht und hörte dann von Jürgen, dass du fast zusammengebrochen bist im Büro. Du siehst furchtbar aus, Friederike."

„Oh, vielen Dank für das Kompliment, Erna."

„Mir ist nicht zum Spaßen zumute, Frau Krug. Mal ehrlich, wie viel hast du in der letzten Woche abgenommen? Du isst offenbar gar nix mehr. So geht es nicht weiter. Das hilft weder Leonhard noch den Kindern, wenn du dich aufarbeitest. Das lasse ich nicht zu. Schon allein, weil ich meine beste Bürokraft nicht verlieren will, sonst muss ich am Ende noch bis 80 arbeiten ..."

Sie wirft mir einen schmunzelnden Blick zu, während sie Mamas linke Hand tätschelt, die mittlerweile ihre Suppe mit Tränen nachsalzt. Ich reiche ihr ein Taschentuch und sie schnäuzt energisch.

„So, meine Lieben. Ab jetzt läuft das anders. Du, Friederike, arbeitest, solange der Hardl noch in München sein muss, von 7.30 bis 13.30, wenn die Kinder in der Schule sind – ich habe überlegt, dich ganz abzulösen, aber ich komme mit dem neuen Abrechnungssystem, das du eingeführt hast – und das ja super funktioniert – nicht so zurecht. Also mache ich lieber etwas anderes, was ich besser kann, nämlich Kochen. Also zum Mittagessen kommt ihr Drei dann zu mir. Heut Nachmittag

habe ich frei und werde bei euch saugen und die Bäder und das Klo putzen. – Nein, da brauchst du gar nicht versuchen zu widersprechen, Friederike. Das ist kein Angebot. Das ist jetzt so. Wir brauchen dich im Büro. Dein Mann braucht dich im Krankenhaus und deine Kinder am Abend. Das ist genug. Der Rest ist Nebensache. Ich nehme es dir gerne ab."
Mam schnäuzt wieder vernehmlich in ihr Taschentuch und versucht etwas zu erwidern, aber die Stimme versagt ihr, Erna ist eh schon in der Küche und bringt das Gulasch und es schmeckt köstlich. Es enthält ganz viele kleingeschnittene, super weiche Fleischstücke und viel Kartoffeln und wenig Gemüsekram – genau so, wie ich es liebe.
„Du bist ein Engel, Erna. Danke.", Mam hat sich wieder gefangen und wir räumen gemeinsam den Tisch ab. Ich drücke Erna ganz fest und da muss sie plötzlich schnell nochmal nach Hause – ich habe trotzdem gesehen, dass auch sie Tränen in den Augen hatte.

Als Mama am Abend erschöpft von München heimkommt, haben Alex und ich schon den Brotzeittisch gedeckt. Um 20.00 Uhr sehen sich die beiden meist die Tagesschau an und ich verkrümele mich bis zum Filmbeginn um 20.15 Uhr nach oben. Heute, Montag, den 28. April 1986, jedoch bleibe ich mit unten, weil ich mich einfach an Mam kuscheln möchte. Nur am Rande bekomme ich mit, dass wohl schon am Samstag irgendein Atomunfall in Russland passiert ist, dies aber vertuscht wurde. Irgendein deutscher Minister wird interviewt und erklärt, dass eine Gefährdung der deutschen Bevölkerung absolut auszuschließen sei. Alexander regt sich furchtbar über den CSU-Mann auf, er mag die Partei gar nicht, weshalb er schon oft mit Opa gestritten hat. Aber dieses Mal geht es nicht um die Parteiangehörigkeit, sondern um irgendeine Radio-Aktivität, die extrem gefährlich sei. Ich frage, unwissend wie ich bin, warum denn das Radio auf einmal gefährlich sei, werde von Alex gemein ausgelacht und bekomme dann prompt einen Vortrag meines supergescheiten Bruders, der das offensichtlich gerade in Physik durchgenommen hat.

„Der Zimmermann sagt ernsthaft, so ein Reaktorunfall sei nur im Umkreis von 30 bis 50 km eine Gefahr – der spinnt doch. Der hält uns wohl für komplett bescheuert. Die radioaktiven Strahlen gelangen in die Atmosphäre und verschwinden doch nicht einfach. Sie werden sich verteilen und durch die Regenfälle wieder auf die Erde gespült – wo sie halt grad der Wind hinweht. So ein Scheiß ...“

„Alexander, reiß dich zusammen.“, Mam versucht meinen aufgebrachten Bruder zu beruhigen.

„Mam, ernsthaft. Das ist eine nukleare Katastrophe. Und wir sind viel zu nah dran an Russland, wie hieß der Ort gleich wieder?“

„Scherobil oder so.“

„Da muss ich morgen mal in Erdkunde nachfragen, wo das ist. Den Haller-Knaller in Physik haben wir erst

wieder am Mittwoch, bin gespannt, was der dazu sagt. Ein Wahnsinn. Hoffentlich werden wir nicht alle krank."

„Alex, jetzt mach aber mal halblang. So schlimm wird es schon nicht sein. Es gibt zigtausend Atomkraftwerke. Wenn die alle so gefährlich wären, dann ..."

„Mam, das SIND sie. Nur will es keiner glauben, weil man es nicht sehen kann. Die Atomkraftwerke sind der reine Irrsinn, lauter tickende Zeitbomben. Ich trag nicht einfach so meinen Button „Atomkraft – NEIN DANKE."

Frau Rusch erklärte Viktoria in ihrer nüchternen, schnell auf den Punkt kommenden Art, dass die Frau tatsächlich vor über einem Jahr Interesse an der kleinen Zipporah bekundet hatte. Es sei hier in Kenia durchaus üblich, dass sich alleinstehende, ältere Frauen, sofern sie über die finanziellen Mittel verfügten, Mädchen adoptierten, die den Haushalt übernähmen und sie dann im Alter versorgten. Sie habe dieses Ansinnen allerdings nicht recht ernst nehmen können, denn Viktoria sehe ja, dass diese Frau, Miss Esther Omondi, bereits weit über 60 Jahre alt sei – Viktoria sah das gar nicht, sie konnte das Alter von kenianischen Frauen überhaupt nicht einschätzen – also bis Zipporah eine Haushaltshilfe sein könne, dauere es mindestens noch zehn bis zwölf Jahre. Sie wurde kurz von Moses unterbrochen, der wach geworden war; Viktoria hatte eh schon während Frau Ruschs Ausführungen das Fläschchen fertig gemacht und holte ihn nun von der Schlafgalerie herunter. Die Direktorin fuhr unbeirrt fort: Teacher Rose habe der Dame das wohl am Vormittag vernünftigerweise schon klar gemacht, zudem wirke Miss Omondi völlig überfordert, was die Pflege eines Kleinkindes angehe, sie habe auch ständig, fast panisch von irgendwelchen ‚Würmern' gefaselt, als ob es in DIESEM Kinderheim Würmer gebe, wo sie das wohl her habe, kurzum es sei eh nichts schriftlich vereinbart gewesen, dennoch ihr Wort hatte sie, aber unter den aktuellen Umständen ... nun ja, Herr Gitoma habe es ja noch einmal betont, man müsse es ja nicht noch einmal sagen, da sei ja wohl schon ein Band entstanden ...

Dieses Terrain war für Frau Rusch, als beträte sie ein Minenfeld. Sie kann nicht loben, dachte Viktoria, fast amüsiert, das bereitet ihr offensichtlich fast körperliche Schmerzen. „Also, Viktoria, ..."

„Frau Rusch, warum in Gottes Namen haben sie mir nichts davon gesagt oder es vielleicht geklärt, bevor Miss Omondi auftaucht und für mich aus dem Nichts heraus Anspruch auf MEINE Tochter erhebt?"

„Also, ähm, Viktoria ...", sie räusperte sich, so hatte Viktoria noch nie mit ihr gesprochen und mit selbstbewussten Frauen konnte sie wohl noch weniger umgehen als mit Lob.

„Dann gehen sie jetzt runter und klären das? Und noch eins: Zipporah hat heute hier oben bei mir geschlafen und ich denke, das wird sie jetzt öfters tun, sagen sie das ihrem Vormund."
Viktoria genoss es zutiefst, einmal die Bestimmende zu sein und nicht kuschen zu müssen und wickelte, ohne eine Antwort abzuwarten, Moses an ihren Bauch und ging zur Tür.
„Ja, natürlich, aber, Viktoria, bitte überlassen Sie es mir und meiden Sie die Dame – das verkompliziert die Sache sonst unnötig. Es ist für mich eh schwierig, allen Sponsoren immer gerecht zu werden – das Heim verschlingt Unsummen an Geld. Wir sind an einer anderen Lösung dran. Der Heimverwalter hat gerade die elfjährige Riziki ins Büro geholt und stellt sie ihr vor ..."

So war das also, die arme Riziki, oder war es besser für sie, aus dem Heim wegzukommen? Sie kannte Miss Omondi nicht. Aber sonders sympathisch war sie ihr nicht erschienen, nun gut, objektiv war Vickis Urteil sicherlich nicht. Ob Riziki weiter auf eine Schule gehen durfte? Oder war sie nun zur Hausarbeit und zur Altenpflege verdammt? Und was war dann mit ihr, wenn die alte Dame starb?

Sie folgte Frau Rusch mit etwas Abstand und ging geradewegs hinaus auf die Terrasse, James saß dort mit einer Tasse Tee, Zippy auf seinem Schoß thronend, die freie Hand auf der Schulter eines sehr stolzen Sammys, umringt von mindestens weiteren zehn Kindern, die eben von der primary school heimgekommen waren. Geduldig beantwortete er alle möglichen Fragen. Die Jungs wollten alle Details über das Auto wissen. Es war ein Land Rover, Range Rover mit 270 PS, ... die anderen technischen Details sagten Viktoria gar nichts. Sie fand, es war eine viel zu große, hässliche und eckige Kiste und auch noch schwarz – gar nicht ihr Ding. James konnte ihr Urteil in ihrem Gesichtsausdruck lesen und erklärte den Jungs, mit einem Seitenblick auf sie, dass es ein Firmenauto sei von dem Architekturbüro, für das er arbeite. Und da er oft auch schwer zugängliche Baustellen außerhalb des Stadtgebietes habe, sei er sehr froh über den Allradantrieb und den hohen Radstand. Auch hier den Hügel hoch könne das ganz schön hilfreich sein, wenn es mal regnete, oder? Und da überschlugen sich die Stories über Matschwege und Schlammpisten zur Schule und dass es dann auch noch Ärger gab, wenn man mit den dreckigen Schuhen ins Klassenzimmer ging, aber wie sollte man es denn sonst schaffen, manchmal stapften sie barfuß und zogen die Schuhe erst in der Schule an ... die Mädchen wollten wissen, ob er verheiratet sei und Kinder habe, er verneinte lächelnd und Vicki wusste, dass es ihm sicher weh tat, auch dieses Gefühl war wieder auf ihrem Gesicht abzulesen, denn er nickte ihr beschwichtigend zu und wechselte geschickt das Thema, in dem er fragte, was sie denn mal werden wollten, wenn sie groß seien. Vicki kannte viele der Antworten, deutete ihm an, dass sie nach der Wäsche sehen würde und ging nach hinten. Es löste immer widerstreitende Gefühle in ihr aus, wenn sie die Kinder so aufgeregt von ihren Zukunftsplänen reden hörte. Natürlich war es wundervoll, wenn sie solche Träume hatten, aber realistisch gesehen würde keines dieser Kinder Anwältin, Arzt oder Pilotin oder Bankdirektor werden, egal wie intelligent er oder sie waren. Und das stimmte sie sehr traurig.

Der Vers aus Psalm 91 fiel ihr ein, den sie ihrem Patenkind Lea, die Älteste von Alex und Alex, zur Taufe auf Leinwand gemalt hatte: „Denn er hat seinen Engeln befohlen, dich zu behüten auf all deinen Wegen." Heute hatte ihr Gott gleich zwei Engel in Menschengestalt geschickt, Rose und James. Sie hoffte so sehr, dass den Heimkindern hier auf ihren steinigen Wegen auch Begleiter und Beschützer zur Seite stünden. Am liebsten wollte sie sie alle mitnehmen, für sie alle da sein, denn jedes dieser Kinder hatte es verdient, geliebt zu werden.

Sie waren ihr alle ans Herz gewachsen. In den vielen ihr wertvollen Abendstunden in der nursery, wenn sie mit teacher Rose versuchte, dem sauberen Wäscheberg des Tages Herr zu werden, die die älteren Kinder nach der Schule von den Leinen abnehmen bzw. vom Boden aufsammeln mussten und nur grob sortierten, hatte sie von vielen die Geschichten erfahren. Nach ein paar Wochen, in denen sie meist schweigend, sortiert, gefaltet und die riesigen Schubläden mit Stramplern, Kleidern und T-Shirts nach Größen geordnet gefüllt hatten, fassten sie Vertrauen zueinander und Viktoria hatte gewagt, nach den Hintergründen einzelner Kinder zu fragen. Rose erzählte mit ihrer tiefen Stimme, in ihrer ruhigen, unaufgeregten Art, ohne zu beschönigen oder zu dramatisieren. Sie erzählte Schicksale, die Vicki zutiefst berührten und aufwühlten. Sie erzählte vom kleinen Thomaso, der so eine reiche Phantasie hatte und ein bisschen Roses Liebling war, wie Vicki fand, denn er durfte sich manchmal viel mehr rausnehmen als andere, bevor ihm teacher Roses strenger Blick Einhalt gebot. Sie erzählte, dass er einen Monat nicht sprach, als er von der Polizei als Dreijähriger in die „Kisiwa" gebracht worden war. Das war nicht besonders auffällig, da gebe es viele, aber er wollte auch nicht mehr laufen, blieb im Bettchen liegen, ließ sich herausheben, füttern, blieb wieder sitzen mit leeren Augen, bis er wieder ins Bett gehoben wurde, da er alles andere verweigerte. Wenn man jetzt den lebendigen, immer quasselnden Thomaso vor Augen hatte, war dies schwer vorstellbar.

„Ich habe ihn oft, sofern es dieser hektische Wahnsinn hier erlaubte, einfach nur auf meinen Schoß gelegt, an mein Herz gedrückt und wie ein Baby geschaukelt."

Rose schwieg und schluckte. Sie habe nachgeforscht, was diesem kleinen Jungen widerfahren sei, das ihn innerlich sterben ließ und war im Büro in seinem Ordner auf den Polizeibericht gestoßen ... sie schluckte wieder.
„Dieser kleine Junge musste aus seinem Versteck mit seinen unschuldigen Augen mit ansehen, wie sein volltrunkener Onkel mit einer Axt seine junge Mutter erschlug und den Kopf seines kleinen Bruders, ein nur wenige Monate altes Baby, zertrümmerte."
Sie waren beide sprachlos geworden und ihnen rannen die Tränen hinunter. Rose hatte sich als erste wieder im Griff, schnäuzte sich kräftig und versuchte tapfer ein Lächeln.
„Und jetzt sieh ihn dir an.", sie ging zum großen Bettstall und blickte liebevoll auf den schlafenden Thomaso.
„Wir haben ihn zurückgeholt ins Leben. Gott hat seine Seele heilen lassen. Gott ist groß! Ndio, Victoria?"
„All the time.", schniefte diese.

Gedankenverloren stand sie vor der Wäscheleine. Was trieb die Menschen zu solchen Grausamkeiten? Was verursachte solch eine unvorstellbare Brutalität gegenüber völlig Wehrlosen? Animalisch? Nein, Tiere taten sich so etwas nicht an. Die menschliche Bösartigkeit war unübertroffen einzigartig. Und doch war sie behutsamer geworden im Verurteilen, seit sie hier lebte. Sie wohnte gegenwärtig in ärmlichen Verhältnissen und arbeitete hart, aber sie befand sich immer noch in einem geschützten Areal, mit einer liebenden Familie und sorgenden Freunden im Hintergrund, sie hatte nur eine leise Ahnung, wie es nur wenige Meter entfernt, im Misri Slum zugehen mochte, was es hieß, nicht zu wissen, wie man den nächsten Tag überleben sollte, woher man Nahrung und Wasser für sich und seine Kinder ergatterte, …

Was Alkohol und Drogen mit Menschenhirnen und -herzen machten, war ihr drastisch vor Augen geführt worden, als sie mit knapp 15 Christiane F.s „Wir Kinder vom Bahnhof Zoo" gelesen hatte. Da musste man nicht mit erhobenem Zeigefinger nach Kenia blicken, das alles gab es auch im reichen Deutschland, Drogen, Alkohol, Vergewaltigung, Gewalt und Missbrauch in Familien. Aber die Armut und mit ihr die Hoffnungslosigkeit hier, die Aussichtslosigkeit, ja fast Gewissheit, keine Zukunft zu haben – das war viel ausgeprägter und verbreiteter.

Sie streichelte ihrem Moses über den Rücken und er blickte mit seinen großen Augen zu ihr hoch und strahlte sie an. Ein Licht und eine Wärme überfluteten sie und vertrieben die dunklen Gedanken, die bohrenden „Warum"-Fragen, das stille Entsetzen, das sie immer, wenn ihr manche Schicksale in den Sinn kamen, erfasste.

Die kleine, schüchterne Wangari tippte sie vorsichtig an, Vicki hatte sie gar nicht kommen hören. Sie ging

in die Knie und beim Blick in die so ernsten Augen des kleinen Mädchens lief die nächste Geschichte in ihren Gedanken ab. Sie hatte eines Tages versucht, die Kleine hochzuheben und sie sich wie alle anderen, seitlich auf die Hüfte zu setzen, wobei alle Kinder automatisch die Beine um sie schlangen ... nicht so Wangari, die hatte die Augen zusammengekniffen, versteifte ihren ganzen Körper und ließ ihre Beine geschlossen, so dass Vicki kurzerhand unter beide Beine griff und die dafür schon viel zu Große sachte vor sich wiegte. Das ließ sie zu, öffnete wieder ihre Augen und entspannte sich langsam. Viktoria musste nicht nachfragen, was der Vierjährigen wohl angetan worden war, Rose bestätigte ihre Vermutung später. Jetzt fragte sie sie.
„Nanini? Was ist...?"
„Kuja, Mama Moses, kwa mtu mkubwa ...", piepste Wangari und deutete auf die ferne Terrasse. Von Letzterem verstand sie nur ‚mkubwa' – groß, hievte sich hoch und ließ sich an der kleinen Hand zur Terrasse führen.
Von Weitem sah sie, dass nurse Lucia Miss Omondi zum Tor begleitete – ohne Riziki - die Angst überfiel sie wieder und hielt ihr Herz im Würgegriff, so dass es wie verrückt zu pochen begann. James stand neben der redenden, im Aufbruch befindlichen Frau Rusch und winkte ihr zu. Viktoria brachte keinen Ton heraus, als sie den beiden gegenüberstand, Wangari drückte ihre Hand und rannte zum Spielplatz. Wo

war Zipporah? Frau Rusch beendete ihren Vortrag, der wohl einen geschichtlichen Überblick der „Kisiwa“ zum Inhalt hatte, und wandte sich ihr zu.
„Ah, da sind sie ja, Frau Heilmann. Ja, wir sind sehr froh über den neuen Sponsor, den sie zu uns geführt haben. Das ist ... äh ... überaus erfreulich, ja. Ich habe Herrn Gitoma gerade erzählt ...“
„Entschuldigung, Frau Rusch, was ist mit Zipporah?“, unterbrach sie Viktoria barsch mit zitternder Stimme. Irritiert mit einem Seitenblick auf James, den sie ja in Unwissenheit wähnte, antwortete die Direktorin:
„Äh, ich weiß nicht, wo sich Zipporah gerade aufhält, Frau Heilmann, entschuldigen sie, ich war beschäftigt. Äh, die andere Angelegenheit ... ja, hat sich zum Wohle aller erledigt. Der Heimverwalter ist noch im Büro, wenden Sie sich bitte an ihn.“
Und damit drehte sie ihr den Rücken zu und widmete sich ganz „dem neuen Sponsor“: „Entschuldigen Sie bitte, Herr Gitoma, wo war ich stehen geblieben?“
Viktoria eilte nach drinnen und stürmte ins Büro.
„Mathew, bitte sagen Sie mir, was jetzt bei der ganzen vermaledeiten Sache rauskam!“, überfiel sie den gerade Ordner einräumenden Heimverwalter.
„Oh, Victoria. Bitte beruhigen Sie sich. Alles wird gut! Gott ist groß, oder?“, diesmal war sie viel zu aufgewühlt und wütend und ja auch genervt, so dass sie das obligatorische „All the time.“ einfach nicht über die Lippen brachte, sondern ihn stattdessen mit

trotzigem, fordernden Schweigen zu einer klareren Antwort zwang.
„Miss Omondi hat davon abgesehen, Zipporah zu adoptieren."
Viktoria musste sich setzen und atmete tief durch.
„Was ist mit Riziki?"
„Oh, also das ... ja, das haben wir mal in die Wege geleitet. Aber wie Sie wissen, Victoria, das braucht hier alles seine Zeit. Und das Mädchen soll wenigstens die primary school abschließen dürfen."
„God is great.", sagte nun sie – aus tiefster Überzeugung und Mathew antwortete, seinerseits sichtlich zufrieden.
„All the time."

X
Auszeit

„Was war, war. Was sein wird, wird sein: Leben im Jetzt."
(aus einem persönlichen Brief)

Irgendwie war innerhalb weniger Tage meine heile Welt komplett zusammengebrochen. Ich fühlte mich ein bisschen wie mitten in einem aufgewühlten See. Ich schwamm und schwamm, schnappte nach Luft, wollte an Land, wurde immer erschöpfter, aber das rettende Ufer kam nicht näher und die Kräfte schwanden.
Und es ging nicht nur mir so. Meine Mam, mein Fels in der Brandung, unerschütterlich, immer da, Halt und Schutz bietend, sie kämpfte selbst mit den Wogen des Schicksals. Tagsüber wurde zwar vieles leichter, seit General Erna das Kommando übernommen hatte. Aber bei Paps gab es wohl neue Komplikationen. Sie erzählte nicht viel, wenn sie abends heimkam, aber wenn sie mit Ingeborg telefonierte, bekam ich einiges mit. Und nachts hörte ich sie leise weinen.
Alexander stürzte sich in die wissenschaftlichen Fluten und las alle möglichen Lexikonartikel über Kernenergie und in den Zeitungen alles, was er über den Reaktorunfall in Tschernobyl herausfinden konnte. Seine Stimmung wurde dadurch nicht besser. Am Mittwochnachmittag kam er nach Hause und stürmte in mein Zimmer, in dem ich gerade mehr oder weniger erfolgreich versuchte, Latein zu büffeln.

„Vicki, der Haller-Knaller hat's bestätigt. Ich hatte recht. Es ist saugefährlich. Und wir sind auf jeden Fall mitten drin. Sie beginnen jetzt überall mit den Geigerzählern die Strahlung zu messen. Sogar Lebensmittel sind betroffen. Es ist ein einziger Wahnsinn." Und weg war er wieder.

Am Abend, Mam war gerade nach Hause gekommen und hatte verwundert erzählt, dass Paps darauf bestand, dass sie die nächsten Tage nicht ins Krankenhaus fahren solle, rief Omi aus Köln an. Mams Eltern telefonierten jetzt fast jeden Abend kurz durch und informierten sich über die aktuelle Lage. Diesmal klang Omis Stimme sehr aufgeregt.

„Vicki, hol mal die Rike und den Alex ran. Opi und ich haben eine Überraschung für euch drei."

So kam es, dass wir am nächsten Tag, Donnerstag, 1. Mai, Omi und Opi gegen 12.00 Uhr mittags vom Bahnhof abholten, ins Auto packten und mit ihnen ins Südtiroler Grödnertal, nach St. Christina zu den Runggaldiers fuhren. Mamas Eltern hatten alles organisiert und auch mit Paps abgesprochen, dass er Mam nichts von der Überraschung erzählte, aber ihr klar machte, dass er auch mal vier Tage ohne sie auskäme. Uns Kinder hatten sie für Freitag in den Schulen abgemeldet. Nicht nur dafür liiiebte ich sie. Mittlerweile hatte es sich in Ingolstadt rumgesprochen, dass Leonhard Krug einen heimtückischen Krebs hatte. Mein Klassenleiter, Herr Demmelmeier, und die Direktorin Sr. Paula, wussten schon seit eineinhalb Wochen Bescheid. Mam hatte

gleich am Montag nach der OP in beiden Gymnasien angerufen und um Nachsicht gebeten. Ein bisschen wurde ich behandelt wie ein rohes Ei – auch von meinen Klassenkameradinnen. Aber das war mir gerade egal. Tammi war selbst so niedergeschlagen und schweigsam, sie war überhaupt keine Hilfe. Sie war eine totale Enttäuschung.
Die Familien Heimer und Runggaldier waren seit Jahrzehnten befreundet. Irgendwie hatten sich Opi und Großvater Runggaldier im Krieg kennen und schätzen gelernt und Mama verbrachte dort viele Urlaube mit ihrer Familie. Auch wir waren schon ein paar Mal zum Törggelen über Allerheiligen dort gewesen. Für uns Flachländler waren die Dolomiten ein Naturschauspiel. Vor Alex' und meinem Zimmer türmte sich der mächtige Langkofel auf, mit seinem „Bruder", dem imposanten Plattkofel an der Seite. Wenn ich aufwachte, blickte der große Berg durch die Balkontür herein und strahlte Ruhe und Kraft aus. Es war dort alles noch so urtümlich, vieles aus Holz, die Runggaldiers waren Schnitzer. Das Essen einfach und wunderbar lecker. Es gab Schlutzkrapfen, Spinat- und Speckknödel und süße Mehlspeisen wie Buchteln, Apfelküchl, Topfenschmarren, ... alles selbst gemacht von Großmutter Runggaldier. Das Haus lag über St. Christina, auf circa 1.600 m Höhe und dahinter begann der lichte Bergwald, dazwischen eine sanfte, grüne Hügellandschaft, durch die ein eiskalter, klarer Bergbach sprudelte. Wir befanden uns plötzlich in einer anderen, wohltuenden Welt. Auch

wenn es nur 350km waren – es schien, als hätten wir Ingolstadt, München und damit alle Probleme weit hinter uns gelassen. Ich erinnerte mich an den letzten Aufenthalt vor vier Jahren, als ich mit den Runggaldier-Kindern, vier an der Zahl, hinterm Haus spielte und mir vorkam wie Heidi mit dem Geißen-Peter. Am Donnerstagabend, als wir ankamen, hatten wir uns nur kurz begrüßt, Valentin, der Älteste, war ganz schön gewachsen. Wir hatten das letzte Mal die gleiche Größe und jetzt überragte er mich deutlich. Sie mussten allerdings am Freitagvormittag in die Schule. Ich nutzte die Zeit und schrieb endlich eine Postkarte an Olli, Alex hatte seine Adresse dabei:
„Lieber Olli(fant)! Wir machen gerade Kurzurlaub in Südtirol und ich muss heute nicht zur Schule. Danke für deine lustige, liebe Karte. Sie hat mir sehr gefallen. Ich hoffe, dir geht es gut. Uns jetzt hier schon. Daheim nicht so. Herzliche Grüße! Deine Vicki
PS: Ich denke viel an das schöne Wochenende mit dir, als die Welt noch fast in Ordnung war.“
Das PS schrieb ich in millimetergroßen Buchstaben verkehrt herum über die erste Zeile, da mir der Platz ausgegangen war.
Nachmittags – nach einem gigantischen Südtiroler Apfelstrudel zu einer großen Tasse Kaba - fanden wir Kinder uns am Bach ein. Alex blieb in seinem Zimmer, er kam sich schon zu groß vor für's Spielen mit uns. Nur kurz hatte die Schüchternheit die Oberhand, dann bauten wir an Valentins „Staudamm“ am Bach weiter - ich

gehörte einfach dazu. Der Bach führte ungewohnt viel Wasser. Valentin erklärte, es habe die letzten beiden Tage viel geregnet und jetzt schmolzen langsam die letzten Schneereste weiter oben. Evi, Miriam und der fünfjährige Josef, an den ich mich nur als schreiendes Baby erinnerte, hatten es bald satt, den Anweisungen des großen Bruders zu folgen und ständig Steine anschleppen zu müssen, so waren wir nach einer Weile zu zweit. Völlig in unser Bauprojekt vertieft, vergaßen wir vollkommen die Zeit und die Welt um uns herum. Opi holte uns Stunden später zum Abendessen und bestaunte unsere Staulandschaft mit künstlichem Teich, kleinen Holzhütten, Brücken und vielen bizarren Steinfelsen. Morgen wollten wir ein Mühlrad bauen, Valentin erklärte Opi begeistert seine Pläne.

Als uns auch am nächsten Tag ein in der Morgensonne leuchtender Langkofel begrüßte, musste ich nicht mit dem Rest Bergwandern, sondern durfte bei Valentin bleiben. Wir hatten schon beim Frühstück weitere Bauvorhaben sachkundig durchdiskutiert und er hatte meiner Familie klar gemacht, dass er sich auf seine anderen „Arbeiter" ja nicht verlassen konnte und mit mir als „Amtsgehilfe" endlich vorankäme. Wir verstanden uns prächtig und verbrachten den ganzen Tag draußen in meiner „Heidi-Landschaft". Sogar das Mittagessen ließen wir ausfallen, weil mir Valentin „ein Stückerl weiter oben" die Mineraliensammlung seines Onkels zeigen wollte. Er hatte mitbekommen, wie sehr mir die unterschiedlichen Gesteinsarten, Granit und Gneise, teils mit glitzernden Quarzadern durchzogen, gefielen. So bekamen wir stattdessen einen mit Vinschgerl, Speck und Bergkas gespickten Rucksack für ein Picknick im Freien mit. Das „Stückerl weiter oben“ war ein steiler Aufstieg von circa 40 Minuten, bei dem unsere unterschiedliche Herkunft deutlich zu Tage trat. Beherzt hüpfte ich die ersten fünf Minuten hinter Valentin her und dann bekam ich einfach keine Luft mehr. Ich schnaufte schlimmer als meine Oma nach dem Treppensteigen und musste stehen bleiben. Valentin war richtig besorgt. Er dachte zunächst, ich hätte Asthma oder so was. Als sich mein Atem wieder etwas normalisiert hatte, machte ich ihm klar, dass ich Berge einfach nicht gewohnt war und bei seinem Tempo nicht mithalten konnte. Aber anstatt mich auszulachen, passte er seine Schritte rücksichtsvoll an und machte ständig Halt, um mir einen besonderen Stein oder eine golden glitzernde Pyrit-Ader in den Felsen zu zeigen. Ich hingegen wies ihn auf die zarten Frühlingsgewächse wie Leberblümchen, Anemonen und Schlüsselblumen hin, die sich so weit oben erst jetzt, Anfang Mai, teils noch durch dünne Schneeflecken ans Licht kämpften. So war ich von der Anstrengung abgelenkt und bewältigte die Höhenmeter spielend. Ein bisschen war es, als erlebte ich dieses Jahr meinen geliebten Frühling ein zweites Mal.

Die Mineraliensammlung seines Onkels war ein Traum. Ich war total begeistert von den vielen verschiedenen Fundstücken, die in allen möglichen

Farben und Formen glänzten und glitzerten: Amethyst, Bergkristall, Achat, Pyrit, Rosenquarz, ... am meisten beeindruckten mich die sogenannten Geoden oder Drusen, die außen gewöhnlichen, grauen Kieselsteinen glichen und innen einen Hohlraum mit einer glitzernden Kristallwelt enthielten. So was wollte ich unbedingt auch mal finden. Valentins Onkel gefiel mein ehrliches Interesse und er lud mich ein, mal im Sommer zu kommen. Dann nehme er mich mit zum Sammeln. Ich war happy. Valentin strahlte mich an und wir machten uns an den Abstieg. Die Brotzeit auf einer Holzbank mit Blick auf „meinen" Langkofel vervollständigten das Glücksgefühl.

Viktoria stürmte in ihr Zimmer und sandte allen Eingeweihten eine SMS mit „Entwarnung.Alles Weitere später über Olli.Danke euch allen."
Die Direktorin war schon gefahren, als sie nach draußen schwebte, auf der Suche nach James und Zippy. Aber diese Ohrfeige der Missachtung ihrer Person und ihres ‚Anliegens' konnte sie gerade wie nichts wegstecken. Sie entdeckte die beiden Gesuchten auf dem Spielplatz: James hob ein Kleines nach dem anderen auf die Rutsche und mit einem sich steigernden „Hooooohhh-RAY!" ließ er sie – manche Händchen haltend – nach unten gleiten. Zipporah mitten unter ihnen, enorm geschäftig alle rumkommandierend. Vicki lief auf die Gruppe zu und drückte die

etwas verwunderte Zippy ganz fest an sich und den sich sofort lauthals beschwerenden Moses. Am liebsten hätte sie auch James ganz fest umarmt, aber der war erstens umzingelt von wuselnden, schreienden Kleinen „Na mimi! Na mimi – jetzt ich!!“ und zweitens sah sie aus den Augenwinkeln, dass nurse Lucia das Geschehen vom Haus aus mit Argusaugen verfolgte. So blieb es bei einem Augenkontakt; in den legte sie all ihre Dankbarkeit und ihre Erleichterung hinein und sein Strahlen, das über die Augen sein ganzes Gesicht erfüllte, teilte ihr Glücksgefühl.
„Wir müssen das feiern!“, rief er ihr zu, das Kindergeschrei übertönend, und versuchte nun ein Ende der endlosen Schlange zu finden, in dem er bestimmte, wen er als Letztes hochheben und rutschen lassen wollte. Sie lachte ihr Glück laut heraus, als sie sah, dass die Kinder seinen Versuch durchschauten und sich immer wieder welche dazwischen quetschten, so dass die kleine Mwende, die die Letzte sein sollte, immer weiter nach hinten rutschte. „Acha – ni zamu yake!“ (Stopp – sie ist an der Reihe!), lachend schob sie Mwende an den Schwindlern vorbei zu James, um ihn zu erlösen. Seine schwarze Anzugshose hatte ganz schön gelitten und viele kleine, staubige Fußabdrücke waren darauf zu sehen. Sie versuchte ihn etwas abzustauben, aber er lachte einfach nur.
„Lass uns das am Wochenende feiern, ok? Ich lade dich ein! Hast du Zeit?“

„Oh, Moment, ich sehe mal in meinem Terminkalender nach ...“ pantomimisch blätterte sie in dem imaginären Kalender „Tatsächlich. Du hast Glück. Das Wochenende stehen noch keine Termine drin.“
Grinsend meinte er, er würde sie per SMS kontakten. Mit einer Kopfbewegung Richtung nurse fragte er:
„Ist sie das? Die nurse, oder?“
Vicki nickte, ohne hinzusehen.
„Ja, aber heute behielt ich die Oberhand – auch dank deines filmreifen Auftritts.“, ein tiefer Seufzer der Erleichterung entfuhr ihr.
„Ich muss noch die Wäsche reinholen und Moses wird bald wieder hungrig ...“, entschuldigend hob sie die Schultern und blickte Richtung Wäscheleine, er reagierte kaum und schaute sie einfach nur an.
„James? Erde an James?“, lachend stupste sie ihn an.
„Oh, sorry, natürlich. Ich muss auch zurück, ein paar wichtige Telefonate stehen an. Ich hab‘ gern geholfen. Das weißt du.“
Sie reichte ihm die Hand und er nahm sie sanft. Er hatte große, feine Hände. Man spürte, dass sie noch nie schwere Arbeit hatten verrichten müssen.
„Ich melde mich. Ach ja, schau mal ...“, er kramte in seiner Hosentasche,
„Ich habe dir eine kenianische Simcard mitgebracht. Wechsel sie gegen die deutsche, wenn du mit deiner Anwältin oder irgendwem in Kenia telefonieren oder smsen musst. Das ist dann viel billiger. WIR können auch telefonieren.“

Und er riss sich zwinkernd mit einem Seufzer los.

Es dauerte, bis sie abends endlich Zeit fand, Olli zu kontaktieren. Zippy sollte wieder bei ihr schlafen, aber zwei Kinder bettfertig zu machen, war eine etwas größere Herausforderung, vor allem da sie Zippy nicht einfach in ihren Bettstall heben konnte, wo sie dann bleiben musste. Das quicklebendige, aufgedrehte kleine Persönchen schien überhaupt nicht müde zu sein und wollte ständig ausbüchsen – die Nähe zum Schlafsaal der größeren Mädchen, aus dem Singen und Geschnatter drang, war da nicht gerade hilfreich. Es kostete sie viel Erfindungsreichtum und noch mehr „Biskits", bis sie beide endlich im Bett hatte.
Olli und sie hätten für Stunden Gesprächsstoff gehabt, doch wieder mussten sie sich auf's Nötigste beschränken. Sie versuchte möglichst knapp die aufregenden Ereignisse des Tages zusammenzufassen und wollte Olli auch nicht unnötig mit ihrer fast traumatischen Verlustangst, schon wieder ein Kind zu verlieren, belasten. Es war ja alles nochmal gut gegangen. Olli solle die Details an Mam und Rainer weitergeben, die würden dann Sarah und Rob und Alex und Alexandra informieren; Pater Elias und Melanie könne er morgen Bescheid sagen, Entwarnung war ja raus. Aber Olli hatte auch gute news: Er hatte O.W. erreicht und dieser hatte sofort eingewilligt zu helfen. Er werde noch diese Woche nach München fahren,

Oliver treffen, damit er alle wichtigen Informationen erhalte und dann könnten sie ja im Ratskeller essen gehen. Ja, das war ihr Onkel Willi. Immer da, wenn ihn jemand aus seiner riesigen Großfamilie brauchte und immer großzügig.
Danach versicherte sie sich, dass ihre beiden Schätze schliefen und schlich zu teacher Rose in die nursery. Diese hatte schon einen Großteil des Wäscheberges mit Hilfe von Atikinyi abgearbeitet, eines der großen Mädels, das sehr hilfsbereit war, aber aufgrund seines stark ausgeprägten Mitteilungsbedürfnisses auch sehr anstrengend. Als Rose Vicki sah, verwandelte sich ihr Gesicht in ein breites Grinsen. Vicki wusste nicht, wie sie ihren Dank anders ausdrücken sollte und schlang einfach beide Arme um ihren Engel in fülliger Menschengestalt, ohne auf die verdutzt plötzlich still werdende Atikinyi zu achten. Rose drückte sie kurz und fest und hielt sie dann an den Schultern fest, um ihr tief in die Augen zu blicken. Vicki ahnte, was sie nun sagen würde, und kam ihr zuvor:
„All the time! Gott ist wahrhaft groß, liebe Rose, aber ohne die großartige Hilfe eines Engels wie dich würde er viele Taten nicht schaffen."
Rose bedeutete ihr mit einem vielsagenden Seitenblick auf Atikinyi, dass sie auch nicht konkreter werden dürfe. Schweigend falteten und sortierten sie und ließen Atikinyi von ihrem anstrengenden Schultag mit unfähigen Lehrern weitererzählen.

Die nächsten beiden Tage verliefen im Vergleich zum Montag wieder absolut ruhig, im gewohnten Rhythmus – bis auf die Abende. Das Zubettgehen von Zipporah entwickelte sich zu einem Kräftemessen zwischen Mutter und Tochter.
In der nursery wurden die Kinder direkt nach dem Abendessen gewickelt, neu eingekleidet und ins Bett gesteckt. Zippy nutzte es nun aus, dass sie neue Privilegien hatte und Viktoria ihr nicht gleich nacheilen konnte, wenn sie Moses das Fläschchen gab oder ihn wickelte oder zur täglichen Gewichtskontrolle zur nurse musste. So spazierte die Kleine zu den großen Mädels nebenan in eine für sie sehr aufregende Welt und Vicki konnte sie nur unter großem Gezeter wieder von dort wegbringen.
Am dritten Abend wimmerte sie schon: „Nataka kwenda kwa wengine. Downstairs." Sie wollte zu den anderen. Runter.
Am vierten Abend schlief sie erst nach zwei Stunden Gebrüll, in das Moses nach einer Weile aus Protest mit einstimmte, vor Erschöpfung ein und wollte am nächsten Morgen ohne ein Frühstück sofort „downstairs".
Nurse Lucia bekam das alles nebenan hautnah mit und ihre triumphierenden Blicke jeden Morgen waren kaum zu ertragen für Viktoria.
Den ganzen Donnerstag lief die Kleine vor Viktoria davon und schon am frühen Abend wollte sie zu ihren

Jungs in den Bettstall. Teacher Rose, die ihre letzte Nacht Dienst hatte und dann drei Tage frei, meinte zu Viktoria:

„Lass sie. Komm nachher runter. Dann reden wir."

Und wieder kämpfte sie mit den Tränen, als sie Moses sein Abendfläschchen gab. Das Handy blinkte. Da Moses inzwischen sein Fläschchen selbst halten konnte, sah sie, dass James getextet hatte. „Wechsel mal die SIM card und ruf mich an." Das ließ sie sich nicht zweimal sagen, musste aber warten, bis Moses im Bettchen lag, mit einer Hand ging das nicht.

„Hallo James. Habari?"

„Mzuri, liebe Victoria. Was ist los? Du klingst niedergeschlagen."

Das gibt es doch nicht, dachte sie, habe ich mich denn gar nicht mehr im Griff oder kann er tatsächlich Gedanken lesen?

„Ach, James ..."

„Erzähl. Ich hab Zeit."

Und da sprudelte es aus ihr heraus, das ganze Abend-Schlamassel mit Zippy und dass sie jetzt wieder „downstairs" sei und sie habe komplett versagt und dass sie sich nicht mehr sicher war, ob Zipporah überhaupt adoptiert werden möchte und dass sie die Kleine auf keinen Fall zwingen möchte und ...

„Pole pole. Jetzt mal langsam, Victoria. Wenn ich eines mit absoluter Sicherheit sagen kann, dass ihr zwei, nein ihr drei, zusammengehört. Ich bin ein sensibler Mensch, ja, richtig, es gibt auch sensible

Männer, du musst gar nicht lachen. Und ich habe gespürt, dass sie dich wirklich sehr gern hat, Victoria. Ein Kind spielt sowas nicht vor. Glaubst du nicht, dass der Vorfall am Montag die Kleine auch mitgenommen hat? Die ist ziemlich clever und kriegt viel mehr mit, als wir Erwachsene ihr zutrauen. Wer weiß, wieviel kenianische Frauen und deutsche Volunteers schon kamen und die kleine Zippy furchtbar süß fanden und sie wieder verließen – ohne wiederzukehren. Vielleicht testet sie dich ..."
Dieser Mann war so gescheit und einfühlsam und überhaupt. Sie hoffte so, dass er recht hatte. Er schlug vor, dass sie am Freitag zum Essen gingen, davor wollte er ihnen sein Elternhaus zeigen. Das Problem war nur, dass sein Club erst ab 5pm warmes Essen servierte, d.h. sie würden es keinesfalls vor Einbruch der Dunkelheit in die „Kisiwa" zurückschaffen – ob sie sich vorstellen könnte, mit den Kindern bei ihnen zu übernachten, sie hätten natürlich Gästezimmer?
„Oh.", war alles, was Viktoria herausbrachte.
Er missdeutete es und beeilte sich hinzuzufügen, dass er auch am Samstag ein Mittagessen organisieren könne, wenn es am Freitag nicht passe oder vielleicht ihr Mann etwas dagegen hätte. Da musste Vicki lachen.
„Ich muss es ihm ja nicht erzählen.", bemerkte sie schelmisch.
Schweigen am anderen Ende.

„Nein, James, alles in Ordnung. Oliver hat sicherlich nichts dagegen. Ich bin nur völlig überrascht. Ich bin knappe drei Monate hier, aber war noch nirgends außer in Nairobi und im Heim ...und ich weiß nicht, wegen Zippy ... wenn sie nicht will ..."
Jetzt musste er loslachen.
„Du meinst ernsthaft, sie wird nicht ins Auto steigen und uns alleine fahren lassen?"
Nein, das konnte sie sich nun wirklich nicht vorstellen.
„Ja, James, ich möchte gerne, sehr gerne."
„Wunderbar, dann hole ich euch morgen, gegen 3pm ab und nicht wundern, ich komme mit meinem Privatauto."
„Ok. Vielen lieben Dank. Gute Nacht ..." ... ‚mein Engel', fügte sie in Gedanken hinzu.

Ein Song ging ihr seit Tagen nicht mehr aus dem Kopf
„Just like a star across my sky, just like an angel off the page – you have appeared to my life, feel like I'll never be the same, just like a song in my heart, ... honor to love you ..."

Summend und mit leichterem Herzen ging sie zu Rose in die nursery und warf einen wehmütigen Blick auf ihre Tochter, die inmitten der Jungs selig schlief. Rose deutete mit der Hand auf den Platz neben ihr und sie falteten zunächst schweigend die unzähligen, kleinen Wäschestücke.

„Ich kenne die kleine Prinzessin, seit sie hier ist, also fast ihr ganzes Leben.“, begann Rose.
„Sie ist starrköpfig und sehr klug und weiß, was sie will. Sie hat das Sagen hier, weißt du das?“ Vicki nickte. „Aber auch sie hat eine Geschichte. - Kennst du ihren zweiten Namen?“
Viktoria nickte bang. Sie fürchtete sich vor dem, was nun kommen mochte.
„Maua – Blumen. Man hat sie vor der kleinen Kirche nebenan als Neugeborene abgelegt – inmitten eines Meers von Blumen.“
Erst nach einer kurzen Pause fuhr sie fort.
„Aber anstatt sie gleich hierher zu bringen, wollte sie eine ältere Frau als Gottesgeschenk für sich behalten. Sie versuchte, das Baby mit Kuhmilch...“, Rose schüttelte sich „mit KUHMILCH durchzubringen, aber Zippy vertrug die Milch nicht. Erst als das Baby nur noch Haut und Knochen war, brachte sie es ins Krankenhaus. Daraufhin wurde Zipporah der Frau genommen und seitdem ist unsere „Kisiwa“ ihr Zuhause. – Sie erholte sich schnell und wurde bald zum Liebling der nursery. Schau dich mal um, ist dir aufgefallen, dass sie in ihrem Alter das einzige Mädchen ist? Wir haben nur dreijährige Jungs. Sie hat früh gelernt sich durchzusetzen. Aufgrund ihres Liebreizes war sie bei all unseren Volunteers sehr beliebt und an jede klammerte sie sich und jede hat sie verlassen.“
„Das hat James auch vermutet.“, flüsterte Vicki.

„So, hat er das? Ein sensibles Kerlchen, dein James."
„Rose – er ist nicht MEIN James!"
„Stimmt,", meinte Rose schmunzelnd, „deine Tochter himmelt er genauso an wie dich."
„Rose!!"
„Ich hab recht und das weißt du. Pass auf dein Herz auf. Es ist groß."

Jetzt bekam Vicki eine Gänsehaut. Sie kannte diesen Satz. Vor gut einem Jahrzehnt hatte das ihr geliebter Paps einmal zu ihr gesagt und er hatte damals so recht gehabt, so recht.

„Er hat uns am Wochenende zu sich eingeladen. Uns alle drei.", sagte sie kleinlaut.
„Soll ich lieber absagen?"
„Natürlich nicht, Dummerchen. Nutze die Chance, mal hier rauszukommen. Das wird anders sein dort. Der Sohn der Dhahabu tea plantation ... was für ein Fang ..." und sie kicherte in sich hinein wie ein junges Mädchen.
Und wieder ernst ergänzte sie:
„Zippy hat ihren Selbstschutz aktiviert und testet deine Liebe. Ein Wochenende NUR mit euch beiden oder soll ich sagen mit euch Dreien ...", wieder kicherte sie.
„Rose, nun hör schon auf ...!!"
Vicki musste wohl oder übel mitlachen. Rose fing sich wieder:

„Es wird euch gut tun – sie weiß dann, wo sie hingehört. Hoffentlich weißt du es dann auch noch..."
Diesmal lachte sie nicht mehr.

Oliver freute sich, dass sie endlich einmal etwas anderes kennen lernen durfte, als sie ihm am Morgen über SMS Bescheid gab. Sie freute sich auch riesig und bügelte das Stimmchen, das sich piepsend aus der Gewissensregion meldete, nieder mit dem empörten gedanklichen Aufschrei, sie habe jetzt wirklich eine Auszeit verdient und sei ja mit den Kids dort. Sie wusch nur das Nötigste, damit es bis 15.00 trocknete, informierte den Heimverwalter, dass sie von dem neuen Sponsor eingeladen waren und packte. Dabei bemerkte sie, dass es ganz schön aufwendig war, für zwei Kleinkinder zu packen ...
Zipporah war von teacher Rose morgens schon informiert worden, dass sie mit Mama Moses zu James fahren würden und da wollte sie nicht mal mehr in den Kindergarten gehen, damit sie ja nicht das Auto verpasste ... so viel zu Vickis Befürchtungen.
Als schließlich um drei Uhr nachmittags eine fremde, helle Hupe erklang, war von den Schulkindern noch niemand zuhause. Viktoria riss Mund und Augen auf und schüttelte ungläubig den Kopf. Da fuhr ihr Traumauto vor: ein metallicblauer Austin Mini Cooper mit zwei breiten silbernen Streifen vorn auf der Kühlerhaube. So einen wollte sie schon, seit sie einen Führerschein hatte, aber sie waren nicht ihre

Preisklasse … James stieg mit einem breiten Grinsen aus, hob die jauchzende Zippy hoch und meinte:
„Misses Heilmann, das Vehikel entspricht offenbar eher ihren Vorstellungen, wenn ich ihren Gesichtsausdruck richtig deute. Darf ich bitten?“
Er setzte Zipporah hinter den Fahrersitz auf ein Kissen und gurtete sie an. Vicki bugsierte Moses im Maxi Cosi hinter den Beifahrersitz, musste diesen aber ziemlich weit nach vorne fahren. James quetschte den kleinen Koffer und die Reisetasche in den winzigen Kofferraum, während Viktoria sich entschuldigte, dass sie so viel Zeug gepackt habe, aber die Kinder … er grinste einfach nur und man sah ihm die Freude ins Gesicht geschrieben. Da kam nurse Lucia anmarschiert und wollte wissen, was das solle. James klappte gerade den Kofferraumdeckel zu, baute sich in all seiner Größe vor ihr auf und streckte ihr seine Hand entgegen:
„Freut mich aufrichtig, sie kennen lernen zu dürfen, Miss …?“
„Ähem … Odhiambu, Krankenschwester hier … ja ganz meinerseits. Was machen sie mit den Kindern?“
„Darf ich höflichst fragen, was sie mit dieser Frage meinen, Miss Odhiambu?“, sein höflicher Tonfall war nun deutlich schärfer geworden und ein leicht drohender Unterton war nicht zu überhören.
„Ich habe mich gestern der Direktorin persönlich vorgestellt und meine Unterstützung in dem aktuellen wie auch in zukünftigen Adoptionsprojekten

angetragen, was Frau Rusch ohne Einschränkung begrüßte. Frau Heilmann wird diesen Nachmittag und Abend in meinem Gästehaus verbringen und das ausschließlich, um die Verbindung zwischen ihr und den Kindern weiter zu vertiefen – bonding, verstehen sie? Irgendwelche Einwände?"
Ohne eine Antwort abzuwarten, wendete er sich ab und stieg ins Auto. Die wieder einmal von seiner Rhetorik und Autorität beeindruckte Viktoria beeilte sich es ihm gleichzutun. Wamagunda ließ sie winkend passieren und schloss das Tor hinter ihnen.
„Yeah!!", Viktoria konnte nicht anders und trommelte mit ihren Händen auf das Handschuhfach vor ihr.
„Perfekt, James, einfach genial. Du hast sie mundtot gemacht – und wie!! - und ich ließ sie stehen. Oh, tut das guuut!"
Er lachte einfach nur, während sie die Holperpiste im Schritttempo überquerten.
„Wenn ich etwas von den Briten gelernt habe, dann das, wie man jemanden höflich, aber bestimmt, in die Schranken weist."
„Und das beherrschst du wirklich grandios. Meine Bewunderung!", strahlte sie ihn an.
„In einer knappen halben Stunde sind wir da!", strahlte er zurück.
Zipporah sang selig auf dem Rücksitz und Moses war bei dem Geschaukel sofort eingeschlafen. Das kleine Auto konnte ihr großes Glück kaum fassen.

„Wie kommst du, großer Mann, denn auf so ein Mini-Fahrzeug, du passt ja gerade so rein?"
„Wenn ich ehrlich bin, war das eher so eine trotzige Protestaktion gegen meinen Vater, bei dem alles überdimensional und protzig sein muss. Für einen 30-Jährigen etwas pubertär, ich weiß, aber man greift zu allem, um sich gegenüber so einem Silberrücken zu behaupten."
Ein verbitterter Unterton war nicht zu überhören, Vicki wartete auf weitere Erklärungen, aber er schwieg. So ließ sie es dabei bewenden, er würde schon mehr erzählen, wenn er wollte.
Sie fuhren auf der Banana road und bogen kurz nach dem Kentmere Club scharf links ab. Das letzte Wegstück, wohl circa 1,5 km, war nicht mehr geteert, aber im Vergleich zum holprigen Pfad in die „Kisiwa" ohne Gesteinsbrocken und Schlaglöcher. Langsam, aber leicht passierbar. Sie schwieg das letzte Stück und war so gespannt, wo er wohl wohnen würde ... eine Auffahrt, von Büschen umsäumt ... und dann sah sie es in der Ferne. „Et voilà, hier bin ich die ersten zwölf Jahre meines Lebens aufgewachsen, das ist die Kawamwaki Farm.", er sah sie prüfend von der Seite an. Ein einstöckiges, weißes Gebäude mit dunklen, bodenlangen Sprossenfenstern begrüßte sie freundlich. Viktoria lächelte. Das war nichts Protziges und nicht riesig groß. Es gefiel ihr auf Anhieb.
„James, so stelle ich mir Karen Blixens Haus vor. Kennst du Karen Blixen?"

„So alt bin ich nicht, als dass ich die Ehre gehabt hätte … aber ja, du hast recht, es dürfte der gleiche Stil sein, ähnliche Entstehungszeit. Unsere Farm wurde 1920 gebaut."

„Ach, einfach herrlich. … Sind deine Eltern da?"

„Meine leiblichen Eltern – nein. Die haben in den 90ern eine Villa am anderen Ende der Teeplantage hingeklotzt, wo sie seitdem wohnen. Nicht meins. Das ist jetzt ihr Gästehaus. Ich habe hier ein Appartement bezogen, als ich von England zurückkam und lebe mit dem Paar zusammen, das mich aufgezogen hat – sie sind eigentlich meine Eltern – also gefühlsmäßig."

„Deine Herzens-Mama und -Papa.", ergänzte sie ernst.

„Oh … ja, das passt. Was für eine schöne Formulierung."

„Kindgerechte Adoptions-Fachsprache.", sie zuckte mit den Schultern, „Man spricht von Herzens-Mama und Bauch-Mama."

Vor dem Haus angelangt, stiegen sie aus, und während James die aufgeregte Zippy vom Gurt befreite und Vicki den immer noch schlafenden Moses samt Maxi Cosi heraushob, näherte sich eine Frau in traditioneller Kleidung mit passendem Tuch um den Kopf gebunden. Der dezent graugrün-rostfarben gemusterte, schmale Rock, wurde ergänzt von einem anliegenden, taillierten Oberteil mit kastenförmigem Ausschnitt, weiten, halblangen Ärmeln und in Falten gelegten Rockschößen in denselben gemusterten exotischen, aber gedeckten Farben. Die Frau strahlte auch durch ihre stolze, kerzengerade Körperhaltung eine ehrfurchteinflößende Eleganz aus. Als sie jedoch nahe genug war, dass Viktoria ihre Gesichtszüge erkennen konnte, sah sie gütig leuchtende Augen und ein herzliches Lächeln, das einen sofort für sie einnahm.

„Kamau! Endlich! Wo bleibt ihr denn?!“, rief sie, ging in die Hocke und breitete die Arme aus, um Zipporah zu begrüßen:

„Du musst die kleine Schönheit sein, von der mein Junge so schwärmt! Kuja hapa, Zipporah!“

Zippy, die kleine, lebendige Zippy, nahm Vickis freie Hand und ging zögernd, fast ehrfürchtig, zu der Lady, ließ sich aber von ihr kurz drücken.

„Und das ist die große Schönheit, von ...“

„Mary, jetzt isses aber genug!“, beeilte sich James sie zu unterbrechen. „Du machst die beiden ja völlig nervös. Victoria, das ist Mary, meine Herzens-Mama.“ stellte er die Lady vor.

„... von der ich schon viel hörte. Herzens-Mama ... hm ... gefällt mir.“, ergänzte sie schelmisch, zwinkerte James zu und reichte ihr die Hand.

„Wie schön, dass ich Sie kennen lernen darf.“, erwiderte Viktoria etwas steif.

„Ganz meinerseits, ganz meinerseits. Und das ist wohl Moses – was ist das für ein kleiner Sweetie! Den muss man ja gern haben! - Jetzt kommt erstmal rein, ich habe ein paar Schoko-Cookies gebacken“, raunte

sie Zippy zu „und seht euch eure Zimmer an. Willkommen auf der Kawamwaki Farm, Kamaus home!"
Sie nahm Zippy an der Hand, die sie spätestens bei dem Wort ‚Cookies' ganz in ihren Bann geschlagen hatte und führte die kleine Gruppe ins Haus. James hatte gleich den Koffer und die Tasche mit ausgeladen.
Das Innere des Hauses strahlte eine ähnliche Behaglichkeit aus wie der mit einer blühenden Rankpflanze - wohl eine Clematisart, wie Viktoria vermutete – an ein englisches Cottage erinnernde Eingang. Man befand sich sofort in einem offenen Wohnraum, der durch die Fenstertüren auf die traumhafte Terrasse an Größe gewann. Eine schwere Kommode mit aufgesetzter Vitrine, in der sich farbiges Tongeschirr und unzählige Gläser stapelten und mehrere mit orange-, rot- und sommergelbfarbenen Kissen bestückte, niedrige Sitzgruppen mit runden, kleinen Tischchen dazwischen vermittelten sofort unaufdringliche Gemütlichkeit. Trotz der dunklen, rustikalen Holzmöbel wirkte der Raum hell und lichtdurchflutet. Rechts und links führten zwei Gänge, die am Ende von hohen Fenstertüren beleuchtet wurden zu weiteren Zimmern. Mary führte sie zielstrebig nach links und redete mit der kleinen Zipporah auf Kiswahili, offenbar erzählte sie etwas Lustiges über den kleinen James, da Vicki immer wieder „mdogo Kamau" (der kleine Kamau) verstand und Zippy kicherte.

„Du brauchst mich gar nicht so fragend ansehen, …“, lachte James, als sie sich zu ihm umdrehte, „… von mir bekommst du zu den peinlichen Kindheitsgeschichten keine Übersetzung.“
„Wie schaaade …!“
„So, ihr Lieben, da wären wir, hier habe ich euch zwei Zimmer hergerichtet, die sich in der Mitte ein Bad teilen.“, Mary öffnete beide Türen.
„Welches ist deins?“, fragte Viktoria James etwas verwirrt.
„Oh, nein, mein Appartement ist gleich nebenan. Ihr habt zwei Zimmer zur Verfügung.“
„Ach du meine Güte, James, liebe Mary, das ist sehr großzügig von Ihnen, aber EIN Zimmer für uns drei reicht vollkommen aus. Ich glaube kaum, dass die Kinder in der fremden Umgebung ohne mich schlafen, es tut mir leid, dass Sie …“
„Schon gut, mein Liebes, macht es euch einfach gemütlich und fühlt euch wohl! Ich erwarte euch mit Tee und Cookies auf der Terrasse!“, sie zwinkerte Zippy zu
„Magst du gleich mit mir kommen, kleiner Schatz?“
Zipporah sah fragend zu ihrer Mama hoch.
„Natürlich, Zippy, geh nur mit, die Cookies rufen.“, ermunterte sie lächelnd. James hatte Koffer und Tasche in das hintere Zimmer getragen und sie folgte ihm. Ein riesiges Doppelbett in einem geschwungenen schwarzen Eisengestell und orangegelbem Bettbezug leuchtete ihr entgegen, auch dieses Zimmer war

durch die hohen Sprossenfenstertüren herrlich hell und die fast durchsichtigen, sich leicht im Wind wiegenden Vorhänge gaben immer wieder kurz den Blick frei zum parkähnlichen, grünen Garten mit blühenden Blumenrabatten und Büschen. Viktoria hielt den Atem an und stand einfach nur staunend mitten im Zimmer. James nahm ihr behutsam den Maxi Cosi ab und stellte ihn auf's Bett, um dann vorsichtig den ebenso staunend um sich blickenden Moses hochzunehmen.

„Gefällt es dir?", fragte er grinsend.

„Ach, James, ‚gefallen' ist eindeutig untertrieben. Ich liiiebe es hier. Es ist wie in einem Traum.", schwärmte sie und konnte den Blick nicht vom Garten abwenden.

„In einem Traum würde der kleine Mann hier sicher nicht so stinken.", lachend hielt er ihr Moses' Hinterteil vor die Nase.

„Oh nein, so sorry." Das holte sie sofort in die Realität zurück und sie begann eilig, Windeln, Wickelunterlage und Feuchttücher aus der großen Reisetasche herauszukramen und sich nach einer geeigneten Wickelstelle umzusehen. „Komm ins Bad.", hörte sie James von nebenan und folgte der Stimme. Wieder musste sie stehenbleiben. Ein kleines, einflügeliges Sprossenfenster auf Kopfhöhe beleuchtete ein mit cremefarbenen Fließen ausgekleidetes Badezimmer mit einer gemauerten Duschecke, WC und zwei Waschbecken, die in einem gut zwei Meter langen

Waschtisch aus dunklem Holz eingebettet waren. Im Eck hatte James oder vielleicht war es auch Mary eine Decke ausgelegt, auf der schon der kleine Moses leicht quengelig werdend auf seine Erlösung wartete. „Ja, perfekt, danke.", lächelte sie James an, der nun mit einer einladenden Handbewegung Platz machte. „Das überlasse ich dir gerne.", schmunzelte er. „Ich hole noch das alte Gitterbettchen von nebenan für ihn, wenn dir ein Zimmer für euch drei reicht."

Schnell hatte sie Moses gewickelt, mit einem Waschbecken nebenan, farblich sortierten Handtüchern in allen Größen auf Regalbrettern unter dem Waschtisch, wo sie auch einen gut verschließbaren Eimer für die Stinkbombe entdeckte und überall Spiegel, die Moses faszinierten, da war sogar das Wickeln fast ein Vergnügen. James war zu den anderen auf die Terrasse gegangen. Das Gitterbettchen, das er gebracht hatte, war perfekt – für Zippy. So etwas kannte diese – etwas größer – aus der nursery und da Moses ja noch keinerlei Anstalten machte, sich zu drehen, hatten Vicki und er locker in dem großen Doppelbett Platz. Sie legte Pyjama, Schlafstrampler und Babyschlafsäcke bereit, denn sie würden sicher relativ spät vom Essen zurückkommen. Ihr obligatorischer Wickelrucksack mit Notfall-Strampler, Schnulli, Fläschchen etc war gepackt. Ach ja, die Thermos musste noch mit frisch gekochtem Wasser aufgefüllt werden. Und sie selbst wollte doch endlich raus aus ihrem zerknitterten T-Shirt und Jeans und einmal ihre weiße Bluse mit der floralen Lochstickerei und den roten Wickelrock mit filigranen Blümchen am unteren Rand anziehen und Mascara hatte sie dabei und die Haare wollte sie doch noch schnell hochstecken … es dauerte fast 20 Minuten, bis die beiden mit der leeren Thermoskanne auf der Terrasse erschienen. Zipporah und James spielten Ball auf dem grünen Rasen, Mary war nirgends zu sehen; auf dem großen ovalen schwarzen Eisentisch mit vielen weiß lackierten Bambussesseln drumherum standen ein Stövchen mit einer bauchigen, knallroten Teekanne mit großen weißen Punkten darauf, daneben umgedrehte, weiße Bechertassen, Zuckerdose und Milchkännchen und eine runde Schale mit verlockenden Schokocookies. „Wir sind endlich fertig, sorry.", rief sie den beiden Ballspielern zu. James, der, mit dem Rücken zu ihnen, gerade den Ball gefangen hatte, drehte sich um und sah sie verblüfft an. Erst als Zippy schimpfend zu ihm rannte und ihm den Ball entwand, löste sich seine Starre. Viktoria genoss seinen staunenden Blick. So hatte sie Olli auch angesehen, als er ihr nach langer Zeit wieder gegenüberstand – fünf Jahre nach dem dramatischen Frühling 1986. Sie war 17 gewesen, zur jungen Frau herangewachsen …

Sie stibitzte einen Cookie, was Zipporah bemerkte, denn sie lief juchzend auf sie zu:
„Mama, biskit ni tamu sana! Na mimi?"

Da bog ein sehniger, hochgewachsener Mann um die Ecke, angetrieben von der laut auf ihn einredenden Mary hinter ihm.
„Das ist Joseph, Marys Mann. Ein sesshaft gewordener Massai, aber er hatte keine Wahl, wie du siehst."
James gesellte sich grinsend neben sie. Mary erklärte, dass sie diesen sturen Mann buchstäblich von seiner Arbeit weg prügeln musste, damit er sich noch duschen und umziehen könne.
„Ich bin Joseph.", stellte er sich mit einem kräftigen Händedruck und tiefer Stimme vor.
„Mary und Joseph ...", lächelte Viktoria.
„Ja, aber glauben sie nicht, dass dieser junge Mann hier deshalb Jesus ist.", bemerkte er augenzwinkernd, bevor er wieder kehrt machte und um die Ecke verschwand.
„Die beiden wohnen in einem kleinen Haus bei den Stallungen.", erklärte James lachend. „Komm, ich zeige euch mein bescheidenes Domizil."
„James, Kamau! Dafür ist nachher noch Zeit, sollen Tee und Gebäck im Stehen bzw. Laufen verzehrt werden?"
Mary hatte sich mit Zipporah an den Tisch gesetzt und schenkte der Kleinen gerade viel Milch und noch viel mehr Zucker und ein bisschen Tee ein. Sie gehorchten beide sofort und setzten sich dazu.
Nach einem halben Stündchen genüsslicher Teatime, bei dem Mary gekonnt die Unterhaltung so führte, dass sie auch Zippy immer wieder mit ins Gespräch

einbaute und bei Laune hielt, zeigte ihr James die Küche, in der sie den Wasserkocher gleich anschaltete, um nachher ihre Thermos zu füllen. Über den Garten näherten sie sich seinem Appartement, ein kleiner, versetzter Anbau, direkt an das Haupthaus angeschmiegt, die Giebelseite war oben ganz verglast und unten sorgten zwei große Glasschiebetüren mit Sprossen für ganz viel Licht im Inneren. Ein bis zum Dach offener Raum, mit etwas nach hinten versetzter Galerie oben, nur spärlich und einfach möbliert, ließ den kleinen Wohn- und Essbereich mit winziger Küchenzeile an der fensterlosen Wand geräumig erscheinen. Oben auf der Galerie, Zippy wollte sofort die leichte Holztreppe hochklettern, hatte man einen herrlichen Ausblick auf die Teeplantage. Dort befand sich ein großes Doppelbett, ähnlicher Stil wie das ihre im Gästehaus, ein Schreibtisch mit PC und viele Architekturmodelle in leichten Regalen, die Zipporah – und auch Viktoria – faszinierten. Das Bad mit Dachfenster war sehr klein mit Schräge, aber für eine Person perfekt. Es war offensichtlich, dass es ein moderner Anbau war, James Werk, das sich wunderbar an das alte Haus anpasste, unauffällig, schlicht und in seiner Pragmatik doch ästhetisch – ein architektonischer Kunstgriff, wie Viktoria bewundernd lobte. Sie verließen das Kleinod durch eine seitliche Eingangstür und über einen zwei Meter langen überdachten Gang, gelangten sie ins Haupthaus, wo sie sich direkt vor Viktorias Zimmer befanden.

Vicki liebte es, andere Häuser und Wohnungen zu entdecken und zu erschließen, in Gedanken analysierte sie vieles, verglich, wägte Schönheit und Nutzen ab, ließ Farben wirken und stellte manches Möbelstück imaginär um, sich überlegend, wie der Raum dann wohl wirken würde. Da kam die Innenarchitektin durch, die sie mal hatte werden wollen.
Hier jedoch fühlte sie sich von Anfang an wohl, es war alles stimmig und wenn es nach ihr ginge, hätte sie gar nicht mehr in ein Restaurant ausgehen müssen – einfach nur diese so ganz andere, für sie perfekte Welt genießen, ohne Aufsicht sein, ein Badezimmer für sich zu haben und diese Ruhe: kein Geschrei aus der nursery, kein Gezanke aus dem Mädchenschlafsaal, keine streitenden Jungs im Garten ... 60 Kinder verursachen einen enormen Geräuschpegel und dieser verursacht automatisch Stress ... und das war weg. Deshalb fühlte sie sich wohl wie auf Wolken, so leicht und watteweich eingepackt. James riss sie aus ihren Gedanken.
„Alles gut? Wir müssten langsam aufbrechen ...“, besorgt sah er sie an.
„Nicht gut. Perfekt. Es ist einfach perfekt hier. Vielen lieben Dank, dass ich, dass wir hier sein dürfen.“
„Aber Vicki, gerne, absolut gerne. Ich finde es auch herrlich, euch hier zu haben.“
Er lächelte sie liebevoll an.
„Wohin fahren wir eigentlich? Bitte nicht Nairobi?“

„Oh nein, keine Angst, das tun wir uns in unserem fortgeschrittenen Alter nur noch selten an, Nairobi am Tag ist schon stressig genug, bei Nacht ist es gruselig. Nein, hier in der Nähe ist ein netter Club, in den ich manchmal abends gehe, wenn ich auf andere Gedanken kommen möchte … es ist gar nicht weit, wir sind vorbei gefahren …"
„Doch nicht etwa der Kentmere Club?", Viktoria strahlte.
„Ja, genau der. Kennst du ihn?", fragte er verwundert.
„Nur aus meinen Träumen.", lachte sie und erzählte davon, dass sie sich schon oft dahin gesehnt hatte, wenn sie ins Matatu gequetscht vorbei gefahren war.

XI
Verbotene Früchte

„Wer so alt ist wie ich, der hat gelernt zu sehen, daß man ganz behutsam sein muß mit Urteilen und gar mit Verurteilen. Man kann nur lieben, lieben, und versuchen, Vernunft, Gesetz und Liebe zusammenzubringen." Pater Franziskus in Luise Rinsers „Die vollkommene Freude"

Es war ein wunderschöner Abend. Der Club wirkte auf Viktoria ein bisschen elitär wie der in „Jenseits von Afrika", aber Frauen waren wohl mittlerweile zugelassen, wie sie lächelnd feststellte, und die Weißen waren eher in der Minderzahl. Die Essensbestellung verlief unkompliziert, Moses trank sein Abendfläschchen auf dem Schoß von Mary, bevor die warmen Speisen aufgetragen wurden; Zipporah kritzelte mit Hingabe den Malblock voll und kuschelte sich liebesbedürftig an Viktoria, die dies sehr genoss. Sie unterhielten sich über alles Mögliche, wobei vor allem die beiden Frauen das Wort führten und sich bei vielen Themen mit ähnlichen Ansichten wiederfanden, James ergänzte ab und zu die eher emotional vorgetragenen Argumente mit sachlichen und Joseph würzte den schmackhaften Gesprächscocktail mit seltenen Kostproben seines trockenen Humors. Nach gut zwei Stunden waren sie auf die Farm zurückgekehrt, herrlich satt, zufrieden und Vicki etwas beschwipst von den zwei Gläschen Wein, die sie nicht mehr gewöhnt war. Sie zog sich mit den Kindern in ihr Zimmer zurück, nicht ohne sich vorher herzlichst für den rundum gelungenen Abend und die Einladung zu bedanken und entschuldigte sich, dass sie nicht wüsste, ob sie nochmal raus könne, je nachdem, wie die beiden in der ungewohnten Umgebung einschliefen. Wider Erwarten verlief es absolut reibungslos, die beiden Kleinen ließen sich ohne großes Aufhebens waschen, in die Schlafkleidung stecken und nach einem kurzen Gebet in den Schlaf singen; Vicki blieb noch eine Weile am Bett neben Moses sitzen, schickte Olli eine SMS mit einem Gute-Nacht-Gruß und traute sich schließlich sogar, nochmal nach vorne zu schleichen, die Tür ließ sie nur angelehnt. James lag lesend auf einer der Couchen, der Raum war von zwei Stehlampen in den Ecken in ein warmes Licht getaucht, auf dem Tischchen vor ihm stand eine Weinflasche, ein leeres und ein gefülltes Glas. Irgendwoher im Raum kam leise Musik, die er mitsummte. Viktoria hielt inne und genoss es einfach nur, dieses Bild von einem Mann anzuschaun. Er spürte ihren Blick offenbar, wandte sich zur Tür, setzte sich auf und schenkte ihr eines seiner warmen Lächeln, während er auf den Platz neben sich deutete.

„Mary und Joseph sind gleich ins Bett, sie müssen morgen früh raus. Noch ein Glas Wein?"

„Oh, ich sollte eigentlich nichts mehr trinken ...", versuchte sie sein Angebot abzuwehren, aber er hatte schon ein halbes Glas eingeschenkt, hielt aber sofort inne.

„Sorry, du musst es nicht austrinken, nur probieren. Ist ein gutes Tröpfchen."

In der Tat war der Rotwein sehr mild, kaum Säure spürbar und auch das pelzige Gefühl, das man bei manchen Rotweinen auf der Zunge verspürte, blieb aus. Stattdessen offenbarte sich ein beeriger, fruchtiger Nachgeschmack, ohne dabei süß zu sein.

„Mhm, wirklich sehr fein.", meinte sie genüsslich. Und wieder strahlte er sie an, was den Nachgeschmack noch einmal auf eine andere Art interessant machte. Oh ja, sie spürte ein Verlangen in ihr aufkeimen, sie wollte sich an diesen Mann nicht nur ankuscheln, sie wollte ihn definitv ganz und gar in sich aufnehmen, seine Lippen über sich wandern lassen, seine Härte spüren, ... ‚Viktoria!!', da meldete sich die brave, innere Stimme – völlig entrüstet über ihre lüsternen Gedanken und sie schmunzelte belustigt und gar nicht beschämt über ihre beiden Seiten, die sich in ihrem Leben immer wieder stritten, seit das süße, körperliche Verlangen, kombiniert mit einer temperamentvollen Leidenschaft von ihr Besitz ergriffen hatte.

„Was amüsiert dich so?", fragte er mit etwas belegter Stimme, was er durch ein Räuspern versuchte zu beheben.

„Oh, nichts ...", jetzt spürte sie diese lästige Röte in ihrem Gesicht aufleuchten und er sah es natürlich auch.

„Der Rotwein ...", ein entschuldigendes Schulterzucken.
„Mhm ..." und jetzt schmunzelte er, während er einen ihr unbekannten Song mitsummte und sie weiterhin mit seinem Blick gefangen hielt.
„Ihr Dunkelhäutige habt dieses Problem ja nicht, da beneide ich euch schon immer, brauchst gar nicht so zu lachen!", empörte sie sich etwas laut, schlug bei den letzten Worten, selbst erschrocken ihre Hand vor den Mund und lauschte in Richtung Tür blickend. Auch das war eine lästige Wirkung von zu viel Alkohol bei ihr, sie wurde lauter, direkter und verlor ihre so schwer antrainierte höfliche Zurückhaltung, die eigentlich nicht zu ihrem lebhaften Wesen passte, aber als Erwachsene zum Überleben in einer „coolen" Gesellschaft so wichtig war wie die richtige Kleidung bei einem Geschäftsessen.
Es blieb alles ruhig, beide Kinder schliefen weiter.
„Schläft Moses mittlerweile durch?", fragte James, ein unverfängliches Thema aufgreifend.
„Oh nein, aber es ist schon viel besser geworden - im Vergleich zum 2-Stunden-Rhythmus anfangs. Er wird sich so gegen 10.30pm melden, dann wieder so gegen 3.00am, wenn ich Glück habe, auch 4.00."
„Da bleibt nicht viel Schlaf für dich übrig. Möchtest du dich hinlegen?", besorgt blickte er auf seine Armbanduhr.

„Jetzt? Für knappe zwei Stunden? Nein, wirklich nicht. Im Heim helfe ich immer teacher Rose in der nursery bei den Wäschebergen ..."
„Tja, damit kann ich hier nicht dienen -", entschuldigend hob er beide Hände, „aber ich kann morgen ja mal Mary fragen, nicht dass du Entzugserscheinungen bekommst."
„Nein, nur keine Umstände.", belustigt schüttelte sie den Kopf.
Nach einer kurzen Pause fügte sie ernster hinzu:
„Sie ist eine großartige Frau, deine Herzens-Mama. Taff, resolut, aber mit einer warmen Herzensgüte. Ich mag sie. Joseph ist stiller, er strahlt eine fast unheimliche Ruhe und Stärke aus."
„Es hätte mir nichts Besseres passieren können, als diese beiden als Elternersatz.", wieder schwieg er und trank einen großen Schluck Wein. Da war eine Verbitterung, ein tiefer Schmerz zu spüren.
„Möchtest du darüber reden?", fragte sie behutsam, nachdem auch sie wieder etwas von dem wirklich köstlichen Tropfen genossen hatte.
„Ich weiß nicht, wie ... ich habe das noch nie in Worte gefasst. Es war auch bislang in meinem Leben eigentlich kein Thema und in England – da hätte es von den westlichen Schnöseln eh keiner verstanden. Entschuldige, Victoria, du weißt, dass ich dich damit nicht meine. Du bist so anders. Ich glaube fast, dass es sich erst jetzt – durch dich, durch die ganze Adoptionsthematik – einen Weg nach oben bahnt. Du hast

diese Gegensätze hier erwähnt. Das hat mich tief getroffen. Nicht dass ich die Augen zu hätte und das alles nicht sehen würde, aber man nimmt es so hin ... und mir ging die letzten Tage auf, dass ich ebenso Teil bin dieses Gegensatzes. Mein ganzes Leben ist ein einziger Widerspruch ..."

Sie ertrug es fast nicht, wie sehr er sich selbst anklagte, sie wollte nicht der Auslöser seines Schmerzes sein, aber sie fühlte, dass er recht hatte, da war etwas tief in ihm verdrängt, versteckt, vergraben und es bahnte sich nun seinen Weg an die Oberfläche, das war sicherlich schmerzhaft, aber andererseits oft notwendig, um sich davon zu befreien. Sie rückte ein Stück näher, sah ihn mitfühlend an und drückte seine Hand. Er verstand die Ermunterung und fuhr fort:

„Ich muss dich kurz mit der kenianischen Geschichte langweilen, damit du besser verstehst ... Unser erster Präsident, Jomo Kenyatta, wurde im Zuge der Unabhängigkeit von den Briten zum Premier ernannt. Klar, hat er dafür gesorgt, dass Straßen und Brücken mit Hilfe des schlechten Gewissens der westlichen Welt gebaut wurden, klar hat er Schulbildung für Kenianer zum Thema gemacht und auch erkannt, dass die Wasser- und Gesundheitsversorgung eine zentrale Rolle spielen, um das Land selbstständiger und wirtschaftlich handlungsfähig zu machen – aber die große Hoffnung, dass es nun gerechter zugehen würde als unter der Kolonialherrschaft der Briten, die zerplatzte für die Mehrheit der Bevölkerung, als

er das für europäische Farmen gestohlene Land nicht den enteigneten kenianischen Bauern zurückgab, sondern verkaufte (!) – verkaufte ... du kannst dir denken, wer dann 60% der Flächen ergaunerte – an vorderster Front seine Familie, seine Stammesangehörigen, seine loyalen Anhänger, die sich in dieser Zeit zur kenianischen Elite emporschleimten und das meiste auch noch finanziert durch Kredite Großbritanniens und der Weltbank."
„Kikuyu.", ergänzte Viktoria nickend.
„Richtig. Darunter meine Erzeuger. Die Farm – fast unverändert so weitergeführt, dass die Plantagenbesitzer immer reicher wurden und die Pflücker und umliegenden Kleinbauern immer ärmer und abhängiger. Jetzt war halt der Boss nicht mehr weiß, sondern schwarz. Genial. Hast du bei unserem Spaziergang in der Ferne die kleine Siedlung gesehen?"
Vicki nickte.
„Noch so ein genialer Streich, mit dem man vorgibt, sozial zu sein und den armen Schluckern Blechhütten zum Übernachten hinstellt. Mit der Zeit wurde das ihr Zuhause – die totale Abhängigkeit. Hier, auf der Farm meiner Eltern, hast du ein Musterbeispiel für den Teufelskreis von Armut und Ausbeutung.", sein Ton war immer sarkastischer geworden. „Meine Eltern ahmten die Kolonialherren nicht nur wirtschaftlich perfekt nach, sie kleideten sich auch wie die Briten, versuchten so zu reden, waren viel auf Reisen, in Clubs, für meinen Bruder und mich blieb da keine

Zeit. Zwei Nachfolger gezeugt – auch westlich geprägt – und damit basta. Mary hat uns beide gestillt, zusammen mit ihren vier Kindern, mit denen uns aber später verboten wurde, zu spielen. Mary ist ja Luhya ... also fast eine Aussätzige, unter der Würde der neuen Elite und Joseph wurde sowieso als Viehhirte behandelt. Da vor allem ich als der Jüngere eine starke Bindung zu den beiden aufbaute und heimlich fast jede Nacht aus diesem damals gefühlt eiskalten Haus in ihre gemütliche Hütte voller Wärme und Freude schlich und sogar bei ihren Kindern im Bett schlief, was meine sogenannte Mutter jahrelang nicht mal bemerkte, schickte man mich, kaum 12 Jahre alt, zeitgleich mit meinem fünf Jahre älteren Bruder nach England – er studierte, ich kam ins Internat. Sobald ich Fragen stellte und Opposition zeigte, verbannte man mich einfach in ein vollkommen fremdes, kaltes Land, in dem ich die ersten Jahre fast zugrunde ging vor Sehnsucht nach Wärme und Sonne – nicht nur klimatisch gesehen ...“

Er starrte vor sich hin und sie streichelte behutsam seine Hand.

„Marys kurze Briefe, voller Liebe, manchmal mit gepressten Blütenblättern darin und immer mit Zuversicht und Hoffnung gefüllt und die Fürsorge meines älteren Bruders Tom, hielten mich am Leben. Weißt du, was Kamau bedeutet?“

Viktoria schüttelte den Kopf.

„Stiller Kämpfer.", er schmunzelte. „Und das war ich wohl ... spät habe ich nun erkannt, dass Liebe nichts mit Blutsbanden zu tun haben muss. Meine Verbitterung, Eltern gehabt zu haben, die es nur auf dem Papier waren, meine ganzen stillen Kämpfe gegen meinen diktatorischen Vater und meine oberflächliche Mutter, alles verblasst mit dieser Erkenntnis, die ich schon immer fühlte, aber wohl nie richtig mit meinem Verstand erfasste: Was bin ich für ein Glückspilz mit solchen Eltern wie Mary und Joseph, die mich mit viel Liebe aufzogen und auch aus der Ferne dafür sorgten, dass ich wusste, dass sie immer auf mich warteten – dass da jemand ein paar Tausend Kilometer weit weg für mich da war."
Er füllte sein leeres Glas nach, legte den Kopf schief und sah sie fragend an und sie hielt ihm auch ihr leeres hin.
„Auf Mary und Joseph.", sagte Viktoria und erhob ihr Glas.
„Auf die Liebe.", erwiderte James und schenkte ihr einen seiner unwiderstehlichen Blicke.
„Ich bin Architekt geworden – etwas, was weder mein Vater noch meine Mutter nachvollziehen konnten, aber im Grunde war es ihnen egal, denn Tom, der arme Kerl, musste ja Wirtschaft studieren, hatte keine Wahl, da er als Nachfolger auserkoren war. Allein meine Studienwahl erfolgte, um ihnen die Stirn zu bieten, ja etwas zu machen, was sie gewiss nicht

gutheißen würden. Viele solcher – eigentlich völlig sinnentleerten Trotzhandlungen folgten.
Als ich vor gut zwei Jahren beschloss, England zu verlassen und hier wieder Fuß zu fassen, war meine erste, sinnvolle Tat, Mary und Joseph ein kleines Haus zu bauen. Ich hatte dafür gespart, denn das Erste, was mein Vater sagte, ist, dass dafür kein Geld da sei – was für eine Genugtuung, ihm zu zeigen, dass ich sein Geld nicht brauchte. Tom hatte schon Jahre zuvor dafür gesorgt, dass dieses Haus hier und ein bisschen Grund drumherum mir überschrieben wurde, eh kein Vergleich zu dem, was er erbt – aber er hat auch eine ganz andere Verantwortung, das is' schon in Ordnung so. Das zweite war, dass ich die beiden schrittweise in die „Elite" einführte. Zunächst mit kleineren Einladungen hier – ohne meine Eltern, aber mit Mary und Joseph an meiner Seite, dann schleppte ich sie – nicht ohne große Widerstände, gerade von Joseph, mit in die Clubs – aus Dankbarkeit, aber wohl auch, um meine leiblichen Eltern zu ärgern. Und sie waren extrem verärgert. Mary kam ja so gut an, du weißt ja, welch eine Ausstrahlung diese Frau hat – man kann ihr schwerlich widerstehen. Was meinst du, war oder ist es selbstsüchtig, die beiden da in meinen persönlichen Rachefeldzug einzubauen?"
„James, das ist es ganz und gar nicht. Mein Eindruck war, dass Mary damit absolut souverän umgeht, sie strahlt so viel natürlichen Stolz und Würde aus und lässt sich auch nicht verbiegen – schau nur, was sie

anhatte – ganz traditionell, aber so elegant. Bei Joseph bin ich mir nicht ganz so sicher, aber er ist auch schwer zu durchschauen. Ich denke, er fühlt sich wohl, wo Mary und du seid. Und ich finde es überhaupt nicht verwerflich, ich glaube auch nicht, dass Rache dein einziger Beweggrund ist. Da ist sicherlich viel Dankbarkeit dabei und natürlich auch Liebe – sie sind deine Herzens-Eltern und das willst du nicht mehr verstecken oder verheimlichen. Da ist aber auch noch was anderes und das stelle mal nicht unter den Scheffel: Du veränderst damit auch ein bisschen diese Club-Welt. Sie akzeptieren die Luhya und den Massai – sicher nicht alle, aber mir ist nur eine blöde Zicke aufgefallen, die etwas pikiert von oben herab auf unsere kleine Gesellschaft blickte – ich dachte, das sei wegen mir."
„Wegen dir? Wieso denn das?", ehrliche Verwunderung stand ihm ins Gesicht geschrieben, er war kurz aufgestanden, um eine andere CD einzulegen.
„Ja, entschuldige, aber sieh mich doch mal an ...", sie stand auch auf und drehte sich um die eigene Achse, wobei sie bemerkte, dass sie sich nun schon ganz schön konzentrieren musste, der Wein wirkte ...
„Gerne!", scherzte er und stellte sich vor sie und musterte sie von oben bis unten – bis er ihre Augen fand und sie nun festhielt, mit einem neuen Ausdruck darin. Lust. Lodernde Lust. Sie schlug ihre Augen nieder, errötete aufs Neue und verspürte ein Sehnen

zwischen ihren Beinen, das sie die vergangenen Monate schon verloren glaubte.
„Also ich war ja wohl der reine Fremdkörper in dieser Welt der Reichen und Schönen und nicht wegen meiner Hautfarbe (!!) – kein Makeup, kein Nagellack, keine hochhackigen Schuhe, kein Kostümchen, keine kunstvolle Perücke, ..."
Er war noch einen Schritt nähergekommen und fuhr ihr durch ihre offenen, lockigen Haare. „Wer braucht bei so einer Schönheit derlei Tand?", dabei strich er ihr über ihre ungeschminkten Wangen, nahm ihre Hand und küsste jeden einzelnen unlackierten Nagel.
„Nein!", lachte sie ihn Kopf schüttelnd aus „Stopp, du wirst mir jetzt nicht die Füße küssen, die in keinen hochhackigen Schuhen stecken, sondern barfüßig und völlig verstaubt!"
Mit einem schelmischen und trotzigem Grinsen, ihren Blick weiterhin mit seinen Augen festhaltend, ging er vor ihr auf die Knie und zeichnete mit seinen Händen die Form ihrer Beine und Füße nach, ohne diese zu berühren. Dabei fing er an, den Song, der eben begonnen hatte, mitzusummen. Sie zog ihn, immer noch lachend und ziemlich beschwipst, hoch und da begann er, den Text des Liedes mitzusingen. Seine warme Tenorstimme, die sie bei seiner Größe nicht erwartet hatte, ließ sie erneut erglühen und er sang sich buchstäblich in ihr Herz:

„We may only have tonight
But 'til the morning sun, you're mine, all mine
Play the music low
And sway to the rhythm of love

Well, my heart beats like a drum, guitar string to the strum
A beautiful song to be sung
She's got blue eyes, deep like the sea
That roll back when she's laughin' at me
She rises up like the tide
The moment her lips meet mine …"

Er hatte – passend zu den Liedzeilen - pantomimisch den Herzschlag imitiert, worüber sie einfach lachen musste und ihr beim letzten Vers einen Kuss auf ihre Lippen gehaucht, während seine Augen die ihren nicht mehr losließen:

„We may only have tonight
But 'til the morning sun, you're mine, all mine
Play the music low
And sway to the rhythm of love"

Verzaubert von seiner Stimme und der Musik drehte sie sich, sachte geführt von seiner Hand nach außen, wirbelte herum und drehte sich wieder ein, wobei sie nun mit dem Rücken an ihm lehnte und sie sich beide zur Musik wiegten.

Als der Song endete, wandte sie sich ihm – völlig hingerissen – zu und ihre Lippen verschmolzen zu einem fordernden Kuss, ihre Körper schmiegten sich, rieben sich aneinander und sie konnte sein hart

gewordenes Verlangen deutlich spüren, ihres brannte unsichtbar lodernd zwischen ihren Schenkeln.
Der nächste Song auf der CD schlug einen schnelleren Beat an und riss sie zurück in die Realität – raus aus dem rhythm of love. Atemlos standen sie sich gegenüber.
„James Kamau …"
Er küsste ihre Worte weg, diesmal zärtlich.
„Jame …"
Lächelnd legte er seinen Zeigefinger auf ihre Lippen, den sie mit ihrer Zunge liebkoste, was seine Zurückhaltung unmenschlich schwer werden ließ, er hob sie hoch, leidenschaftlich ihre Zunge mit seiner suchend und sie umschlang ihn mit ihren Beinen. So trug er sie zum CD-Player und spielte ein paar Songs vor bis zum letzten. Sie schmolz dahin, als er nun wieder mitsang.
„1,2,1,2,3,4, … I love being around you … There's only one thing to do … three words for you … I love you."
„Do you?", hauchte sie.
„Yes, that's what I do.", sein flehender, fragender Blick, als sie von seinen Hüften herunter gleitet, wird mit einem innigen Kuss beantwortet, während sie ihn zur Couch zieht, ihn mit einem sanften Schubs lächelnd zum Hinsetzen bringt, sich tanzend von ihrem Wickelrock befreit und sich genüsslich auf ihm niederlässt. Als sie den kleinen James zwischen ihren Schenkeln spürt, schließt sie lustvoll die Augen und

singt den Refrain mit „You make it easy … there's only one thing to do … those three words, that's what I'll do … I love you …"
Und in den nun folgenden Kuss legen sie all ihre sich gerade eingestandenen Gefühle.

Die Musik verstummt und da hört sie ihn kurz – Moses. Sie löst sich von seinen Lippen, richtet sich auf und lauscht, während James schnell atmend, fragend die Augenbrauen hochzieht. Zunächst ist es nur eine Ahnung, ein leises Quäken. Vielleicht träumt er? Aber dann wird es lauter und sie rennt los. Zippy soll doch nicht aufwachen. Sie hebt ihn leise und beruhigend auf ihn einredend hoch, sucht seinen Schnulli und trägt ihn in die Küche. Mit einer Hand wiegt sie ihn summend, das halbvolle Fläschchen haltend und mit der anderen schraubt sie es auf. James kommt in die Küche und sie hebt entschuldigend die Schultern, während sie ihn anstrahlt. Er nimmt ihr das Fläschchen aus der Hand und sie deutet auf die Thermoskanne.
„Ganz voll machen?"
„Ja, bitte und dann gut schütteln."
Moses wird lauter und ungeduldiger. Sie drückt ihm liebevoll einen dicken Schmatz auf die Stirn und schon ist das Fläschchen fertig. Kurze Temperaturprobe mit einem Tropfen auf den Handrücken. Passt. Schon im Gehen gibt sie ihm die Flasche und er saugt begierig. James lässt sich neben sie beide auf die

Couch sinken und legt den Arm um Vicki. Moses mustert ihn kritisch mit seinen großen Augen und Vicki muss ein Lachen unterdrücken, damit er sich nicht verschluckt.
„Schau dir den Blick an … als wüsste er, was wir gerade getrieben haben. Wie er dich ansieht …!“
„Gut, dass ihr nicht sehen könnt, wie nun ich rot werde …“, lacht James und drückt zuerst dem kleinen Zeh von Moses einen Kuss auf und dann Viktorias Schulter. Sie dreht ihm den Kopf zu und sie küssen sich kurz und zärtlich. Schnell blickt sie Moses an und glaubt in seinem Blick leichte Verwunderung zu entdecken.
„Was glaubst du, findet er es ok?“
„Ohje, Victoria. Keine Ahnung. Ich finde, er schaut skeptisch.“
„Ja, finde ich auch.“, schmunzelt sie.

Das Bäuerchen kommt nicht sofort, so trägt sie ihn über die Schulter, sehr sanft auf seinen Rücken klopfend, leicht schaukelnd umher, bis das erlösende Geräusch zu hören ist.
„Darf ich mit?“, flüstert James, als sie Moses in die Horizontale verlagert und auf ihrem Arm wiegend Richtung Schlafzimmer geht. Sie nickt, legt aber ihren Zeigefinger auf den Mund. Er bleibt im Türrahmen stehen und beobachtet, wie Vicki sich zunächst mit Moses im Arm auf das Bett setzt, ihn immer noch leicht schaukelnd. Als dem Kleinen endlich die Augen

zufallen, verringert sie die Schaukelbewegungen auf ein Minimum, bis sie ihn schließlich nur noch ruhig im Arm hält. Nach einer kurzen Weile, die ihr diesmal wie eine Ewigkeit vorkommt, versucht sie ihn auf's Bett zu legen, doch da öffnet er ein Auge und quäkt empört. Also nochmal sanft schaukeln ... erst beim dritten Versuch taucht er ins Reich der Träume ein und sie verlassen leise das Zimmer, nicht ohne dass Viktoria noch nach Zippy sieht, die diagonal im Gitterbettchen liegt, aber ganz ruhig und tief atmet.

Valentin und ich hüpften den Berg herunter- bergab konnte ich locker Schritt halten, teilweise bremste er mich sogar und bei schwierigeren Kletterstellen reichte er mir seine Hand. Ich merkte, dass er mich oft von der Seite her ansah und ich spürte auch, dass ich ihm gefiel.
Seit ich auf das Mädchengymnasium ging, war ich den Umgang mit gleichaltrigen Jungs nicht mehr gewohnt. Alex' Freunde waren für mich bestenfalls Kumpels, einige ignorierten mich komplett. Ich hatte zwar schon seit einem halben Jahr meine Periode, aber als Frau fühlte ich mich überhaupt nicht. Sämtliche anderen körperlichen Anzeichen dafür waren auch kaum zu sehen. Dennoch begann ich, bei Jungs im Schulbus oder auch bei schüchternen Mitschülern von Alex, mit Blicken oder auch mit Bewegungen zu spielen und beobachtete fasziniert, dass manche erröteten und

wegschauten, andere wiederum zurückzwinkerten, bis ich errötete und wegsah. Ich erreichte mit der Zeit bei einigen eine gewisse Aufmerksamkeit und Wirkung. War das Flirten?
Bei Valentin jedenfalls war ich einfach ich und hatte meines Wissens gar nicht geflirtet oder versucht, irgendeine Wirkung zu erlangen. Und trotzdem hatte ich die wohl erzielt, das fühlte ich.
Mit Olli war es sowieso anders. Olli wirkte auf mich. Von Anfang an war das kein taktierendes Ausprobieren und kein Spiel gewesen. Ich sah ihn und mein Bauch rumorte und im Kopf geriet alles durcheinander. Und ich benahm mich wie eine Idiotin. Trotzdem hatte er mich wahrgenommen. Trotzdem spürte ich, dass da auch bei ihm was war. Trotzdem hatte er mir geschrieben ...
Valentin sagte irgendetwas und riss mich aus meinen Gedanken.
„Was meinst?", ich musste so und so immer mal wieder nachfragen, manche Ausdrücke seines ausgeprägten Südtiroler Dialekts verstand ich einfach nicht.
„Hast du schon mal geschnitzt?"
„Geschnitzt? Nein. Noch nie. Du?"
„Na klar. Warst du noch nie in unserer Werkstatt unten?"
„Äh nein."
„Magst du mal rein? Ich könnte dir's zeigen, das Schnitzen."

„Total gern, Valentin.", ich strahlte ihn an und merkte wieder, wie sehr er sich darüber freute.
Kaum unten angekommen, warf er den Rucksack in die Küche und rief:
„Wir sind in der Werkstatt!"
„Halt – mal langsam, der junge Herr.", seine Mutter sah ihn eindringlich an und deutete auf den Rucksack, der auf dem Boden lag. Genervt stöhnend hob er ihn auf und legte ihn auf die Küchenbank.
„Ihr geht jetzt erst zu den andern in die Stubm. Die kamen grad von der Seceda runter und waren etwas erstaunt, dass Viktoria und du nirgends zu finden seid. Außerdem gibt's frische Buchteln mit Vanillesoß'."
Die Buchteln, die bei uns in Bayern Rohrnudeln hießen, waren gefüllt mit Pflaumenmus und schmeckten mit der heißen Vanillesoße einfach himmlisch. Wir erzählten uns gegenseitig von unseren Bergerlebnissen. Omi und Opi waren nach einer guten Stunde umgekehrt und hatten sich im Zimmer ausgeruht; Alexander und Mam waren über die Seceda Hütte bis zum Col Raiser und über die Regensburger Hütte wieder zurück gegangen und schwärmten von Schneefeldern und grandiosen Panoramen. Ich schwärmte von den Mineralien. Valentin sah mir ungeduldig zu, wie ich eine dritte Buchtel verschlang und zerrte mich dann mit sich.
„Ich zeig' ihr s'Schnitzen!" und weg waren wir.
Die Werkstatt war der Hammer. Ich blieb auf der Türschwelle erstmal stehen und bekam meinen Mund nicht mehr zu. Meine Augen wussten nicht mehr, wohin

sie zuerst schauen sollten, so viele verschiedene Statuen standen in unzähligen Regalen: Mutter-Gottes-Figuren mit und ohne Jesuskind in allen Größen, bunt oder schlicht holzfarben, Krippenfiguren in einer Vielfalt, wie ich sie nicht kannte, vom Schafbock bis zu kleinen Hennen, Hirten, Hirtenjungen, Könige, Bauersfrauen mit Körben voll Obst, Elefanten, Kamele, Hirtenhunde ... einfach unglaublich, was es alles zu entdecken gab. An den Wänden hingen kleine Engerl mit Harfen, Trompeten, Gitarren, Geigen oder nur mit Flügel ohne Körper ... dazwischen saß ein großer Adler majestätisch auf einem Ast, neben ihm kleine putzige Meisen auf Zweigen. Herrlich. Und erst der Geruch – überwältigend nach frischem Holz. Valentin geleitete mich herum und erklärte fachkundig, dass man nicht farbig oder bunt sagt, sondern dass es „gefasst" hieß.
„Man bestellt also eine „gefasste Madonna", wenn man sie angemalt haben will?"
„Genau! Und schaug dir mal die an im Vergleich zu der ..."
„Die wirkt viel eleganter, feiner, zärtlicher, die andere eher ... steif, majestätisch."
„Richtig gut! Die Kunst liegt im Schwung der Figur, schaug her, hier ist es eine S-Form, da, bei dem Rohstück siehst du's noch besser, dann wirkt die Maria weiblicher und eleganter. Wenn du mehr das Königliche der Gottesmutter betonen willst, dann nimmst das mächtigere Stück Holz hier. Bei der Pietá, der Maria,

die den Leichnam Jesu in den Armen hält, brauchst du wieder eine ganz andere Grundform, schaug."

Dann führte er mich zu den Werkzeugen und präsentierte mir stolz seine Werkbank. Ich war baff erstaunt, was er schon alles geschaffen hatte. Er wagte sich an weniger Traditionelles heran und schuf kleine Bären, Eichkätzchen und „Mankeis", Murmeltiere.

„Was glaubst'n ist das Schwierigste der drei Tiere?"

„Das Eichkatzerl, oder? Wegen dem Schwanz?"

„Nein. Tatsächlich die Bären. Wegen der richtigen Proportionen. Die Füß' sind das Problem, ned zu lang und ned zu kurz dürfen's werden."

Bis er mir endlich das Schnitzen selbst zeigte, musste ich noch über die Holzarten Bescheid wissen. Hart- und Weichholz- Unterschiede kannte ich von Omas Kachelofen, mit Fichten-Weichholz heizte man an, dann legte man ein hartes Buchenscheit nach, das brannte länger. Ich dachte mir also, Fichte sei das ideale Holz zum Schnitzen. Nein, das weise viel zu viele Äste auf und harzte zu sehr. Valentin schnitzte am liebsten am Bergahorn, aber Linde hätte auch eine schöne, helle Maserung und sei sehr weich. Das rötliche sei Lärche, auch geeignet. Als er dann schließlich ein circa 8 cm großes Lärchen-Holzstück aussuchte und schweigend zu schnitzen begann, setzte ich mich andächtig auf einen Hocker neben ihn und staunte nur noch. Mit sicheren Handgriffen und unterschiedlich großen und geformten Werkzeugen erschuf er aus dem rechteckigen Holzklotz eine zierliche Eichkätzchen-Silhouette. Dann

war ich dran. Ich durfte den Schwanz bearbeiten. Geduldig ließ er mich das Werkzeug zunächst an einem anderen Hölzchen probieren, bevor ich vorsichtig feine Holzspäne vom Eichkätzchen-Rohling löste und langsam ein buschiger Schwanz entstand. Er nickte anerkennend und griff zu einem Bärenrohling, um den weiter zu bearbeiten. Wir waren so in unsere Arbeit vertieft, dass wir gar nicht gehört hatten, dass Hannes, Valentins Papa, mit Mam und Alex in die Werkstatt gekommen waren und uns zuschauten. So zuckten wir beide zusammen, als Mam meinte:
„Wunderschön, was du da kreierst, Valentin! ... Oh, entschuldige, ich wollte euch nicht erschrecken! So still habe ich meine kleine Vicki nur selten erlebt. Aber toll, man kann den Schwanz schon gut erkennen!"
Alex kam auch näher, nickte anerkennend und klopfte mir auf die Schulter. Hannes führte die beiden durch die Werkstatt und schließlich gingen sie wieder nach oben.
Valentin und ich lächelten uns erleichtert an, als die drei die Werkstatt verließen. Sie hatten ein bisschen den Zauber zerstört, der uns umgab.
Es machte Spaß, mit ihm zu arbeiten. Er strahlte so eine Ruhe und Selbstsicherheit aus; schweigend arbeiteten wir weiter. Kopf und Ohren des Eichkätzchens übernahm er wieder und ich hatte Gelegenheit, nicht nur seine kunstfertigen Hände zu bewundern, sondern auch sein konzentriertes, schönes, bereits kantiges Profil mit den dichten, dunkelblonden, kurzen Haaren.

Er hielt inne und plötzlich leuchteten mich seine hellblauen Augen direkt an. Schnell senkte ich meinen Blick und auch das Eichhörnchen blickte mich nun mit einem Auge und Ohr an. Ich sah wieder auf zu ihm, schüttelte bewundernd meinen Kopf und stotterte:
„Es wird w-wunderschön, Valentin."
Er bearbeitete verlegen auch die andere Gesichtshälfte und dann durfte ich noch ein bisschen mit einem ganz feinen „Holzschnittbeitel" den Brustpelz herausarbeiten, bis wir zum Abendessen gerufen wurden. Er stellte das fast fertige Eichkätzchen auf ein Regalbrett.
„Schaug dir's an."
Ich stand auf und sah es an. Da nahm er meine Hand und streichelte mit ihr behutsam den Pelz des Holztieres.
„Als Schnitzer musst auch mit den Händen schaun.", dabei blickte er mich an und strich mir eine kleine Haarlocke zärtlich aus dem Gesicht. Ich erstarrte und da war es wieder, das Bauchgrummeln. Aber das gehörte doch Olli ... ?
Evi und Josef polterten die Treppe herunter und rissen die Werkstatttüre auf. Wir fuhren herum und Valentin schnauzte sie an:
„Wir kommen doch schon. Herrschaft."

Der Samstagabend bei den Runggaldiers war geprägt von lachenden, rotbackigen Gesichtern, vollen Mägen und Gesang nach viel Südtiroler Obstler bei den Erwachsenen. Opi hatte Alex heimlich ein bis zwei

Stamperl Schnaps mittrinken lassen, so dass er ungewohnt laut mitgrölte. Valentin und ich zogen uns ans Kaminfeuer zurück. Wir saßen eng beieinander und starrten schweigend in das prasselnde Feuer, ich genoss es, ihn so nahe zu spüren, auch wenn meine Gedanken immer wieder zu Olli schweiften und ich ihn mir herbeisehnte. Nach einer Weile zeigte Valentin in die Glut.

„Schaug, ein Teiferl."

Tatsächlich, da war eine fast niedliche Teufelsfratze zu sehen. Ich stieß ihn sanft in die Seite und deutete auf die andere Seite.

„Und hier das Engerl dazu."

So entdeckten wir abwechselnd in der Glut Gesichter, Fratzen, Tiere ... es verband uns irgendwie und weckte eine stille Freude. Der Abend ging viel zu schnell vorbei. Ich hätte ewig bei ihm sitzen können. Aber das Feuer brannte nieder, die Erwachsenen wurden schnapsselig müde und wir mussten ins Bett. Valentin raunte mir zu: „Komm nachher noch mal kurz runter in die Werkstatt ..."

Ich putzte mir die Zähne, zog meinen Pyjama an, legte mich brav ins Bett und musste nicht lange warten, bis der leicht angetrunkene Alexander fest schlief. Dann schlich ich mich hinunter – mit lautem Herzklopfen, das drohte das ganze Haus zu wecken. Neugier, Abenteuerlust, Aufregung. Und auch dieses Bauchgrummeln. Die Werkstatt war dunkel, aber nicht ganz, das Mondlicht schien durch die vielen Fenster und verzauberte die Statuenwelt in ein Schattenspiel. Ich entdeckte Valentin an seiner Werkband. Er arbeitete an unserem Eichkätzchen. Als er mich sah, strahlte er über's ganze Gesicht. Mein Herzschlag beruhigte sich dadurch gar nicht.

„Warte noch kurz.", meinte er und schnitzte weiter. Dann schaute er mich an.

„Mach die Augen zu und schaug dir's an.", flüsterte er, nahm meine Hand und legte das Eichkätzchen sanft hinein. Ich erzitterte innerlich und war sonderbar berührt von so viel Zartheit – in seinen Händen, in seiner Stimme, in unserem Werkstück. Ich spürte die Konturen, jede Holzfaser, die sanften Spuren, die unser Schnitzen hinterlassen hatte, streichelte den Pelz, fühlte die Äuglein, Ohren, den Schwanz. Es fühlte sich wunderbar an. Und ich spürte Valentins Atem, seine unmittelbare Nähe, seinen Blick.

„Es ist wunderschön.", sagte ich und schlug die Augen auf.

Er stand direkt vor mir, sein Handrücken strich mir unsicher über die Wange.

„Du auch."

Fast entsetzt schaute ich ihn an.

„Es gehört dir. Dein erstes Handwerksstück."

„Unseres.", flüsterte ich, fast heiser. Mein Herz schlug nicht mehr, es raste.

„Gut' Nacht. Schlaf gut.", er beugte sich herunter, fast automatisch schlossen sich meine Augen und ich spürte seine weichen Lippen auf den meinen. Das

Bauchgrummeln war zu einem Rumpeln angewachsen und ich hatte den Eindruck, meine Organe schlugen Purzelbäume. Die Zeit stand still.

Ich weiß nicht mehr, wie ich ins Bett geschwebt bin, aber ich weiß noch ganz genau, was für ein Gefühlschaos dann herrschte, so dass ich ein ganze Weile brauchte, bis ich einschlafen konnte.
Gleich nach dem Frühstück, bei dem Valentin still neben mir saß, brach meine Familie auf. Wir wollten auf der Heimfahrt ja noch Paps in München besuchen. Die Runggaldiers wünschten uns viel Kraft und drückten uns alle. Valentin stand etwas abseits und wartete auf mich. Er sah mich ernst an, fast flehend und umarmte mich, wobei ich ihn auch ganz fest drückte.
„Kommst du wieder?"
„Ganz sicher."
„Damit du mich ned vergisst. Ich hab' die andere Hälfte." Er steckte mir etwas in meine Jackentasche und lief ins Haus.
Im Auto starrte ich aus dem Fenster, damit niemand mitbekam, dass ich feuchte Augen hatte. Nach einer Weile holte ich möglichst unauffällig das kleine Geschenk aus der Jackentasche, wo ich es bis dahin fest in meiner Faust umschlossen gehalten hatte. Ich löste das Tüchlein und fand eine walnussgroße Geodenhälfte mit blasslila Amethyst-Kristallen im Inneren.

XII
Andere Welten

„Ich lernte begreifen, daß Liebe ein Sein ist, eine Liebe wie diese jedenfalls. Eine solche Liebe bedarf keiner Zukunft, sie braucht nichts zu erwarten, zu erbitten, zu hoffen. Sie hat in jedem Augenblicke, wessen sie bedarf, denn sie braucht nichts als sich selbst." Luise Rinser

Sie standen vor der angelehnten Zimmertür, er nahm sie mit einem tiefen Seufzer in die Arme, sie schmiegte sich an ihn. Er roch so gut, sie mochte sein Aftershave, aber auch seinen ganz individuellen Geruch und Geschmack, ihre Körper fügten sich trotz des Größenunterschieds perfekt ineinander wie zwei Puzzleteile, die ein großes Ganzes vervollständigen. Und doch war ihr klar, dass dies keine Zukunft hatte. Sie musste ihn schützen.
„James Kamau ...", diesmal hielt sie seine Hände fest und beugte sich weit nach hinten, um seinen Küssen lachend zu entfliehen. „James, wir müssen reden."
„Müssen wir das? Ich hätte eine bessere Idee ..."
Mühelos löste er ihre „Fesseln" und hob sie hoch, so dass ihre Gesichter auf Augenhöhe waren. Seine Pupillen waren geweitet und kaum mehr von der dunkelbraunen Iris zu unterscheiden, so dass sie den Eindruck hatte, in einen tiefen dunklen Teich zu blicken. Er schloss seine Lider und liebkoste zunächst behutsam mit seiner Zunge ihre Lippen, bevor er sie forsch

öffnete und ihre Vernunft mit seiner Woge der Leidenschaft einfach wegspülte, während er sie zurück ins Wohnzimmer trug und sie auf die Couch legte. Sie brannte vor sehnsüchtiger Begierde, und als er sich auf sie legte, öffnete sich ihm alles bereitwillig, ihre Schenkel, ihre Lippen – oben und unten. Seine Küsse wanderten über ihren Hals nach unten und sie wusste, sobald sie ihre Brüste erreichten und entblößten, wäre es gänzlich um sie geschehen – dann gäbe es kein Halten mehr. Also kramte sie die Reste ihres Verstandes zusammen und nahm sein Gesicht in ihre Hände, kurz bevor er ihre sich nach ihm sehnenden, hart gewordenen Brustwarzen erforschen konnte. Wie in Trance blickte er sie heftig atmend an.

„James, bitte, nein. Ich werde dir wehtun."

„Waas?", schnaubte er lachend, „Sicherlich nicht. Wie denn?"

Sie hatte den Bann gebrochen, er richtete sich auf und liebkoste ihre Hände, während er sie fragend anblickte.

„Nicht da ...", sie deutete auf seine Hose, „... da." Und sie legte ihre Hand auf sein Herz und blickte ihn mit zusammengepressten Lippen flehend an. Sein Lachen verschwand aus seinem Gesicht und seine Küsse versiegten.

„Ja, das wirst du, Victoria. Denn du hast es schon längst erobert, dieses Herz.", er strich ihr sanft eine Locke aus dem Gesicht. „Ich bin mir bewusst, auf was ich mich da einlasse. Schon nach unserem ersten

Blickkontakt vor der Botschaft war es um mich geschehen und mein Herz ...", er legte seine Hand auf ihre oberhalb seines Herzens, „... lenkte meine Schritte zu dir, während mein Verstand vergeblich lamentierte. Dann hätte ich einfach in mein Auto steigen können und nach Hause fahren, stattdessen trieb ich mich – den Botschaftsausgang nicht aus den Augen lassend – auf der Baustelle herum und wartete auf euch. Frage nicht, was da oben für Diskussionen geführt wurden.", lachend deutete er auf seine Stirn. „Aber kaum sah ich euch auf den Parkplatz gehen, übernahm das hier wieder", er drückte ihre Hand fest auf sein Herz. „Wie ferngesteuert. Wie in der Pubertät.", er schüttelte über sich selbst den Kopf. „Ich dachte, ich bin zu alt für solche Gefühle bzw. ich könnte damit nun abgebrühter umgehen. Tja, falsch gedacht. Ich hatte meine Chancen, Victoria. Auch nachdem ich euch heimgebracht hatte, kämpfte ich mit mir und die Vernunft schalt mich einen einfältigen Idioten, als ich ständig auf's Handy sah, ob du schon eine SMS gesendet hättest. Nach einer Woche fortwährender Gefechte zwischen Herz und Hirn war ich so weit, dich vergessen zu wollen und stürzte mich mehr denn je in meine Arbeit. Aber die Sehnsucht siegte. Ich hab dich nicht aus meinem Herz, und auch nicht aus meinen Gedanken verbannen können. Du hast mich nicht angerufen, mich nicht ermuntert, abgesehen von deinem wunderbaren Humor, der schon ein bisschen an Flirten grenzt, ...", schelmisch

grinste er sie an „... lagen die Karten von Anfang an offen auf dem Tisch: Du bist verheiratet – hoffentlich glücklich verheiratet ... aber das schätze ich, sonst würdet ihr das hier mit der Adoption wohl nicht durchstehen. Du hast zwei Kinder, die auf ihren Papa warten und du auf deinen Mann ...", bei den letzten Sätzen hatte er seinen Blick gesenkt und starrte auf ihre Hand in der seinen. Nach einer Pause sagte er: „Ja, ich weiß, auf was ich mich einlasse. Es ist meine Entscheidung. Schon einmal ist ein Stück da drinnen zerbrochen und ich glaubte, das Kapitel sei für mich nun erledigt. Ich habe seit Susan mit keiner Frau mehr geschlafen. Und jetzt kommst du – wie ein Wirbelwind und fegst die Scherben weg und versorgst die dunklen Kammern mit frischer, stürmischer Luft – und ich genieße es, Victoria. Jede Minute mit dir. We may only have tonight, but 'til the morning sun, you're mine, all mine."
Bei den letzten, leise gesungenen Worten hauchte er ihr Küsse auf die Hand, über den Arm bis zu ihrer Halsbeuge, die er auch mit seiner Zunge liebkoste. Viktoria stieß einen lustvollen Seufzer aus und gab sich ihm und ihrer Leidenschaft hin.

Sie fanden ihren ganz eigenen „rhythm of love", ihre eigene, ganz besondere Welt – für niemanden sonst zugänglich und frei von Gedanken an die Vergangenheit, an (k)eine Zukunft, einzig geschaffen für die

Gegenwart, den Moment; sie liebten sich mit einer Hingabe, als gebe es nur diese eine Nacht für sie.

Irgendwann war sie aufgestanden, hatte den tief Schlafenden liebevoll zugedeckt, in der Küche summend das Fläschchen von Moses ausgewaschen, abgetrocknet und diesmal nur mit Milchpulver vorbereitet. Das Wasser in der Thermos würde gegen 3.00 die richtige Trinktemperatur haben. Sie stellte beides auf das Nachtkästchen, genoss jede Minute unter der Dusche als puren Luxus und kuschelte sich neben Moses in ihr Bett. Sie wollte jetzt nicht nachdenken. Nur schlafen. Und nach einer Weile gelang es ihr auch.

Am nächsten Morgen wurden Moses und sie von Zippys Gesang geweckt. Das frühmorgendliche Fläschchen gegen halb vier hatte sie dem Kleinen problemlos im Bett sitzend geben können und beide waren danach händchenhaltend schnell wieder eingeschlafen.
„Oh, schon fast 7.00 Uhr, guten Morgen, meine Lieben. Sasa?"
„Fit!", krähte Zipporah im Bettchen stehend, ihr die kleinen Arme entgegenstreckend.
Sie hob sie lachend hoch und setzte sie auf ihr Töpfchen neben dem Bett. Im Heim wachte Vicki meist gegen 6.00 Uhr auf – das Babygeschrei in der nursery und die sich laut unterhaltenden Mädchen aus dem

Schlafsaal nebenan, die sich spätestens um 6.30 auf den Schulweg machten, verhinderten erfolgreich ein Ausschlafen. Die Ruhe hier war ungewohnt und sie tat so gut.

Frisch gewickelt und angezogen betraten sie kurz darauf die Küche, wo Mary am Omelettbraten war und sie freudig begrüßte; der Tisch war schon gedeckt, eine Schale mit aufgeschnittenem Obst, dampfender Uji, geröstete Toastscheiben und sogar ein Marmeladenglas lösten wahre Begeisterungsstürme von Mama Moses und Zippy aus, die Mary lachend als eine Kleinigkeit abtat. Da war eine Herzlichkeit und Wärme zu spüren, man musste sich einfach wohlfühlen. Vicki spähte verstohlen ins Wohnzimmer, während sie Moses' Flasche vorbereitete, aber die Couch war leer, die Decke ordentlich zusammengefaltet.

„Yuko wapi James?“, als hätte Zippy ihre Gedanken erraten, fragte auch sie nach ihm.

„Ohje, so früh am Morgen, noch dazu am Wochenende wirst du den Morgenmuffel noch nicht antreffen. Aber vielleicht wollt ihr ihn wecken?“, zwinkernd deutete Mary auf die Gartentür.

„Ndio!“, jubelte Zippy und zog ihre Mama mitsamt Moses an der Hand hinaus.

Vicki warf Mary über die Schulter einen fragenden Blick zu, doch diese nickte beruhigend und meinte: „Keine Scheu, er will doch den Tag mit euch verbringen. Weckt ihn ruhig.“

Die Terrassentür zu James' Appartement war nur angelehnt und Zippy riss sich los und stürmte „Ja-a-mes!!" rufend zur kleinen Treppe.
„Acha! Stopp!" Vickis Befehlston ließ sie an der untersten Stufe anhalten.
„Ich bin gleich fertig!", ein lachender, frisch geduschter James erschien oben auf der Galerie, nur mit einem Handtuch umwickelt.
„Guten Morgen, ihr Lieben! Zippy, was meinst du, soll ich so zum Frühstück kommen oder etwas anziehen?", fragte er sie grinsend.
Zipporah antwortete in ihrer altklugen Art auf Kiswahili und er musste laut loslachen.
„Nein, junge Dame, ich bin mir tatsächlich nicht ganz sicher, ob deine Mama mich lieber angezogen sieht.", dabei sah er so unverschämt grinsend auf Viktoria herab, dass sie natürlich über und über rot wurde.
„Lakini! Vaa nguo, breakfast!", befehligte die kleine Zipporah die Treppe hoch, den Ton ihrer Mama perfekt nachahmend.
„Ok, ich ziehe mich schnell an und komme.", schmunzelnd verschwand er hinter der Schrankwand.
„Unaweza kwenda sasa. Nitakuja na James.", bemerkte Zippy schnippisch.
„Ihr sollt schon mal vorgehen. Sie kommt mit mir nach!", übersetzte James lachend von oben.
„Das Letztere habe ich verstanden. Sie ist der Hammer.", kopfschüttelnd wandte sich Viktoria zur Tür und sah aus den Augenwinkeln, dass die Kleine sofort

hochklettern wollte. Sie erwischte sie gerade noch am Fuß, schüttelte bestimmt und mit hochgezogenen Augenbrauen den Kopf und führte sie an einer Hand vorsichtig die drei Stufen wieder herunter.
„Subiri hapa! Warte hier! Tufanye hivi?! Verstanden?"
„Ndio.", kleinlaut setzte sich Zippy auf den Boden vor der Treppe.

Sie genossen ein herrliches, opulentes Frühstück auf der Terrasse, Mary fütterte die kleine Zippy und verwöhnte sie alle – kulinarisch und durch ihre Herzlichkeit. Als ihr Handy klingelte, blickte sie auf das Display und dann verwundert James an.
„Es ist deine Mutter." Sie nahm den Anruf entgegen. „Ja, natürlich. Ja, er ist schon wach. Nein ... äh ... ja, Moment.", sie reichte ihm den Hörer.
James stand auf und entfernte sich in den Garten, seine Stimme klang barsch, fast unhöflich und er antwortete in kurzen, knappen Sätzen.
Als er wiederkam, berichtete er, sichtlich verärgert, dass ihr gestriger Clubbesuch schon die Runde gemacht habe und seine Eltern nun auch die hübsche Mzungu mit den schwarzen Kindern sehen wollten, sie seien zum Abendessen eingeladen.
„Du bist eine Attraktion. Die wollen sie sich nicht entgehen lassen.", bemerkte er sarkastisch. „Ich habe gesagt, wir hätten andere Pläne. Dann wollten sie herkommen ...", er verdrehte die Augen und seufzte.

„Wir sind jetzt so verblieben, dass ich dich frage, was du möchtest, und dann rufe ich sie nochmal an."
„Oh ...", brachte Vicki nur heraus. Sie war völlig überfordert mit dieser neuen Situation. Mary blickte von einem zum anderen und erbarmte sich ihrer.
„Darf ich einen Vorschlag machen?", fragte sie vorsichtig.
„Ja, klar. Immer doch. Du weißt, wie sie mich jedes Mal ankotzen und durcheinanderbringen. Allein diese Tatsache, nervt mich auch schon wieder.", er stand hinter seinem Stuhl und trommelte mit den Fingern auf die Lehne.
„Pole pole - nun mal langsam, Kamau. Überdenke deine Wortwahl. Es sind Kinder anwesend. Setz dich hin und trink noch eine Tasse Tee."
Folgsam gehorchte er Marys Worten. Fasziniert von der ruhigen Autorität Marys verfolgte Vicki das Geschehen.
„Victoria, wäre es für dich und die Kinder möglich, noch eine Nacht zu bleiben? Dann könntet ihr den Tag so verbringen, wie es Kamau eh für euch geplant hatte und abends eine Stunde bei seinen Eltern vorbeisehen. Die Kinder liefern die perfekte Ausrede, euch möglichst früh wieder aus der Höhle der Löwen zurückzuziehen. Was meint ihr?"
Viktorias Herz schlug Purzelbäume und sie suchte fragend James Augen. Der gehetzte Ausdruck war gänzlich aus seinem Gesicht verschwunden und erfreut drückte er Marys Hand.

„Siehst du, bei mir setzt offensichtlich der Verstand aus, wenn meine Mutter was will, du bleibst cool - deshalb liebe ich dich so. Victoria?" und er sah sie hoffnungsvoll an.
„Ich ... äh ...ich müsste erst fragen.", stotterte sie.
„Oh, natürlich.", Mary tippte sich an die Stirn. „Dein Mann muss Bescheid wissen."
„Äh ... nein. Das auch, aber er hätte gewiss nichts dagegen.", sie vermied es James anzusehen. „Es ist wegen der Kinder. Sie sind noch nicht meine. Ich habe sie nur in Pflege. Ich muss ihren Vormund um Erlaubnis bitten und das mache ich gewiss nicht...", sie schüttelte energisch den Kopf, „... aber die Direktorin, ich könnte Frau Rusch eine SMS schicken."
„Du musst allen Ernstes bei denen um Erlaubnis bitten?", Marys Entrüstung war ehrlich. „Die sollen froh sein, wenn sie jemanden wie dich und deinen Mann gefunden haben, die den Kindern ein richtiges Zuhause schenken und dich auf Händen tragen, anstatt dich wie ein kleines Kind zu behandeln. James hat mir einiges erzählt. Das ist ... das ist einfach lächerlich."
Viktoria liebte diese Frau immer mehr und warf ihr einen dankbaren Blick zu. James begann schon wieder zu planen.
„Ich frage Tom, ob er und seine family noch vorbei schaun könnten, dann isses für mich auch leichter zu ertragen und außerdem freut er sich bestimmt, sein neues „Projekt" persönlich kennenzulernen. Du musst wissen, das mit dem Spenden war ernst

gemeint. Ich habe mit meinem Bruder darüber gesprochen und er war einverstanden. Die Teeplantage wirft einiges ab und an Weihnachten wird eine relativ ansehnliche Summe jedes Jahr einem Kinderheim gespendet. Frau Rusch kann gar nichts dagegen haben, dass du den neuen Sponsor bezirzt."

Mary kümmerte sich um die beiden Kleinen, während James und Vicki sich zum Telefonieren ins Wohnzimmer zurückzogen. Kaum waren sie aus dem Blickfeld der Terrasse verschwunden, zog er sie an sich und küsste sie zärtlich.

„Guten Morgen, my love."

„James, ist es für dich wirklich in Ordnung? Noch eine Nacht? Soll, nein darf, ich dir das antun?"

„Sag mal, hast du mir gestern nicht zugehört? Ich zerberste vor Glück, weil ich noch eine Nacht mit dir geschenkt bekomme." Und er drückte sie ganz fest an sich. „Ich musste mich vorhin am Tisch so zusammenreißen. Mary wird es eh bald merken ... aber noch etwas ... ganz schnell ..." und er sah Richtung Terrasse „Vor allem ich habe gestern geredet – das bewirkt der Wein bei mir, so sorry ... Ich bin gegen 5.00 Uhr wach geworden und hab in euer Zimmer gesehen, bitte verzeih mir, ich konnte nicht widerstehen, was für ein wunderbarer Anblick, dich neben Moses friedlich schlafend zu sehen ... und dann lag ich lange wach in meinem Bett und machte mir schreckliche Vorwürfe, es ging nur um mich ... aber wie geht es dir bei dem Ganzen?"

Lächelnd sah sie zu ihm auf.
„Jetzt nur so viel: Ich bin darin gut – im Lieben von Menschen. Ich habe ein sehr großes Herz – und du hast darin gerade eine Suite bezogen."
Sie schlang ihre Arme um seinen Hals und zog den glückselig strahlenden James zu einem innigen Kuss an sich.

Die Telefonate waren schnell und erfolgreich erledigt. Viktoria und James räumten und spülten ab, etwas, das völlig untypisch für kenianische Männer war, wie Mary Viktoria aufklärte, während sie bereits vielversprechende Lunchpakete schnürte. Da hätten ihn die Engländer gründlich verdorben oder vielmehr perfekt erzogen, bemerkte sie lachend. Moses lag auf einer Decke auf dem Boden und verfolgte zufrieden am Schnulli nuckelnd den Wirbelwind Zipporah, die zwischen den drei Erwachsenen hüpfte und sang. James hatte ein großes Geheimnis aus ihrem Ausflugsziel gemacht, Viktoria solle sich überraschen lassen. Als sie dann nach gut eineinhalb Stunden – die beiden Kleinen hatten die meiste Zeit über geschlafen – vor dem Karen Blixen Museum am westlichen Randgebiet Nairobis standen, konnte sie ihr Glück kaum fassen. Hier hatte für sie alles begonnen. Ihre Sehnsucht nach Afrika hatte ihren Ursprung in diesem Haus, das sie freilich nur aus dem Film kannte.

„James, ist das wirklich das „echte“ Haus? Im Film lag es weit außerhalb der Stadt – ‚am Fuße der Ngong Berge‘“, zitierte sie aus dem Film.
„Naja, das war 1920. Seitdem ist Nairobi etwas gewachsen … die Ngong ‚Berge‘ sind auch eher Hügel, vielleicht sehen wir sie nachher noch.“
Glückselig wanderte sie über das Gelände und durch das Haus, während Zipporah Mamas Begeisterung nur wenig nachvollziehen konnte und von James mit Keksen zum Weitergehen bestochen wurde. Nur eine Viertelstunde davon entfernt befand sich das Giraffe Centre, das nun alle gleichermaßen faszinierte. Man durfte die Giraffen sogar füttern. Zippy hatte enormen Respekt vor den riesigen Tieren und ließ Vickis Hand nicht mehr los. Auf dem Giraffe nature trail, gleich an das Centre anschließend, suchten sie sich ein gemütliches Plätzchen für das köstliche Picknick. Diesmal achtete Viktoria darauf, dass Zipporah nicht alles durcheinander und zu viel in sich hineinstopfte. Beständig, aber vergeblich, hielten sie Ausschau nach wilden Giraffen, die dort öfter vorbei spazieren sollten, was dem Picknick einen Touch von Abenteuer verlieh. Der Höhepunkt des Ausflugs stellte für die Kleine jedoch das Elephant Orphanage dar, das schon auf dem Rückweg lag. Sie verfolgten gebannt die Fütterung der kleinen Elefanten-Waisen mit riesigen Milchflaschen, was Zippy nachhaltig beeindruckte und sie bestürmte James auf der Heimfahrt mit zahlreichen Fragen, bis sie es Moses gleich tat und

erschöpft einschlief. Dankbar und glücklich drückte Vicki James einen Kuss auf die Wange und sie hielten sich an den Händen, bis sie auf den Farmweg einbogen.

Wieder in Ingolstadt erfasste uns der Alltag in all seiner Härte auf's Neue. Aber das verlängerte Wochenende in Südtirol hatte uns gezeigt, dass die Welt außerhalb unseres gegenwärtigen Leidenskosmos schön sein konnte - auch für uns. Mam wirkte wieder stabiler, ihre Eltern blieben auch noch zwei Tage bei uns und halfen, wo sie konnten. Die rheinländische Frohnatur der beiden tat uns Dreien sehr gut – es wehte plötzlich ein anderes Lüftchen in unserem Haus und vieles erschien leichter. Auch wenn wir wegen Tschernobyl nicht viel draußen sein durften, obwohl herrlichstes Frühsommerwetter war, sank die Laune kaum, denn die beiden ließen sich immer irgendetwas Lustiges für drinnen einfallen. Am lustigsten war es Dienstagabends, als Opi einen Hitparadenabend vorschlug und Paps große Schallplattensammlung ins Visier nahm. Jeder suchte sich drei bis vier Songs von verschiedenen Bands oder Sängern aus, stellte sie kurz vor und daraus wählten wir unsere eigenen Topten-Hits, die dann in umgekehrter Reihenfolge abgespielt und mitgesungen wurden. Unsere Topten war eine lustige Zusammenstellung von unterschiedlichsten Musikstücken, querbeet wählten drei Generationen aus den verschiedenen Genres und

Alex steuerte noch ein paar ganz aktuelle Plattenhits bei. So hatten wir Klassisches wie Bachs Air-Suite (Omi) oder das Adagio von Mozarts Klarinettenkonzert A-Dur (Mama, sicher wegen „Jenseits von Afrika"), deutsche Schlager wie Peter Maffays „Sonne in der Nacht" (Opi), natürlich Beatles „Help!" (ich), aber auch Jazz-Stücke von Miles Davis (Opi) oder „Misty" (ich) und einige aktuelle Songs wie Queens „Bohemian Rhapsody" oder „Don't you" von den Simple Minds, die Alex beisteuerte. Sieger mit den meisten Stimmen wurde „Why worry" von den Dire Straits. Die Platte „Brothers in Arms" kam von Alex, doch der Song berührte uns alle fünf.

Am Mittwochmorgen, bevor wir uns auf dem Weg zur Schule machten, hieß es von den beiden Großeltern Abschied nehmen und es war uns richtig schwer ums Herz. Als dann mittags Alexander mit der Botschaft von seinem Physiklehrer kam, dass die radioaktive Wolke, die Europa überzog, dafür gesorgt hatte, dass gerade in den südlichen Alpenregionen vor dem 1. Mai der Regen stark verstrahlt war, schien die Leichtigkeit endgültig dahin. Das, was Herr Haller als Trost gemeint hatte, dass es die Menschen hier in Ingolstadt vielleicht gar nicht so stark erwischt hätte, war für unsere Familie ein Schlag ins Gesicht. Die radioaktive Strahlung, dieser unsichtbare, nicht fassbare Feind, schlich sich in unser aller Leben und verbreitete stille Panik. Alexander hatte plötzlich große Angst, dass das Kopfweh und die Appetitlosigkeit, die er am Sonntag

den ganzen Tag über hatte, doch nicht von den beiden Schnäpsen gekommen war, sondern Zeichen einer angehenden Strahlenkrankheit. Wir telefonierten mit Onkel Rudi, ob wir jetzt verstrahlt seien und Paps damit schaden könnten. Er beruhigte uns erst mal und kam am Abend nach seinen Hausbesuchen vorbei. Als wir schon an der Haustür Distanz wahren wollten, weil wir uns ja verseucht wähnten, drückte er uns alle erstmal ganz fest und nahm uns damit die erste Angst. Am Brotzeittisch fragte er uns, wie oft und wie lange wir vergangenes Wochenende denn im Freien gewesen seien. Unsere Berichte machten ihn schon etwas nachdenklich und vorsichtig meinte er:
„Habt ihr denn die Radioberichte nicht gehört?"
Wir schüttelten schuldbewusst den Kopf.
„Rudi, wir waren irgendwie weit weg von allem und ..."
„... das war auch gut so!", Onkel Rudi tätschelte Mamas Hand.
„Das hat euch absolut gut getan und das hattet ihr auch bitter nötig. Die psychische Stabilität ist jetzt so wichtig, bei dem, was ihr grad durchmacht. Alex hat zwar recht, erste Symptome einer Strahlenkrankheit sind tatsächlich Kopfschmerzen, Übelkeit und Erbrechen, aber warum hattest die dann nur du, Alex, obwohl Friederike und du genau denselben Weg über denselben Zeitraum gegangen seid? Da ist der Schnaps die logischere Antwort. - Leidet irgendjemand hier an Appetitlosigkeit?" und er sah schmunzelnd auf unsere vollen Teller.

Wir schüttelten alle drei energisch den Kopf.
„Das wäre das nächste Symptom neben Übermüdung, die bei euch aus einem anderen Grund sicher vorliegt. - Nein, ihr Lieben. Ich sehe hier keinen Grund zur akuten Besorgnis. Und ansteckend ist das Ganze sowieso nicht, also euren Papa schadet ihr nicht. Ich war ja am Samstag in München, zusammen mit Oma und Opa und habe auch mit einem Arzt gesprochen, Leo macht sich erstaunlich gut nach dieser Mammut-OP und angesichts dessen, was ihm jetzt alles fehlt ... er ist wirklich ein Steh-auf-Männchen. Unglaublich, der Kerl. Ich denke, nächste Woche darf er heim."

Mary erwartete sie bereits; als sie ihre glücklichen Gesichter sah und Zipporah bei Tee und ‚Biskits' gar nicht aufhören konnte, ihr von all den Wundern, die sie heute gesehen hatte zu erzählen, strahlte auch sie über das ganze Gesicht. Sie hatte ihre Kleider von gestern alle gewaschen, getrocknet und sogar gebügelt, so war Viktoria die Sorge los, was sie Moses und Zippy am Abend anziehen sollte. Sie bedankte sich überschwänglich, betrachtete allerdings ihren Folklore-Wickelrock etwas skeptisch. Mary entging dieser Blick nicht und sie spürte wohl auch Vickis Nervosität. Sie überließ James die beiden Kinder unter dem Vorwand, Viktoria ihr Haus zeigen zu wollen, das ‚ihr' Kamau für sie gebaut hatte. Es war ein kleines, wunderschönes englisches Cottage mit drei

Zimmern und kleiner Küche und sehr kleinem Bad keine fünf Minuten vom Haupthaus entfernt. Viktoria fühlte sich dort sofort wohl und bewunderte auch Marys Gespür für die schlichte, praktische Einrichtung, die so ganz anders war als das, was sie bislang in den kenianischen, kleinen Hütten im Vorbeigehen erspäht hatte. Kein plüschiges, kitschiges Sofa, mit durchsichtiger Schutzfolie überzogen, keine dieser riesigen Polstersessel, die jeden Raum erdrückten und keine stillosen Plastikgartenstühle. Stattdessen fand sie die filigranen, schwarzen Eisenmöbel mit dezent farbigen Kissen wieder, die auch dem Farmhaus einen besonderen Stil gaben. Mary nahm das Lob gerne an und meinte schmunzelnd, Kindererziehung verlaufe immer in zwei Richtungen: Man meine immer, die Eltern erzögen die Kinder und prägten deren Werte, Ansichten und Geschmack, aber in vielerlei Hinsicht sei es ein gegenseitiges sich Bereichern und voneinander Lernen.

„Ich weiß, dass du nervös bist und unsicher, was den heutigen Abend angeht. Das musst du nicht, liebe Viktoria. Du bist eine starke Persönlichkeit, die von innen heraus leuchtet, das wird den oberflächlichen Luxusglanz dort weit überstrahlen."

So ein wundervolles Kompliment ließ Vicki erröten und sie blickte verlegen zu Boden.

„Aber ich weiß auch, dass Kleider Leute machen und unser Auftreten prägen. Du hast gestern mein Kleid bewundert. Ich habe eines im Schrank, das ich schon

lange nicht mehr getragen habe, und ich glaube, wir haben eine ähnliche Figur. Also wenn du möchtest, ich leihe es dir gerne."
Viktoria blickte auf und schüttelte ungläubig den Kopf.
„Mary, du bist einfach unglaublich. Woher wusstest du ...?"
„Komm mit!", lachte diese. Sie wählte einen Traum in Sommernachtsblau mit lindgrünem Blättermuster. Das Oberteil war figurnah geschnitten, zwei Stoffbahnen verjüngten sich von der Taille nach oben, überkreuzten sich beim Dekolleté und wurden im Nacken gebunden, so dass die Schultern frei blieben und sich ein tiefer V-förmiger Rückenausschnitt ergab. Der Rock war knielang und weitschwingend, kombiniert mit einer breiteren Schärpe um die Taille, die hinten mit Bändern gebunden wurde und so individuell angepasst werden konnte. Viktoria sollte es gleich probieren, sie habe es schon lange nicht mehr getragen, aber das sei ihre Farbe, sie habe sofort an dieses Kleid gedacht, als ihr die Idee kam, meinte Mary lächelnd und ließ sie allein. Vicki zog ihre kurze Hose und das dunkelblaue T-Shirt aus und schlüpfte in den Kleidertraum. Alles passte wie angegossen, und als sie aus dem Cottage trat, schlug Mary ihre Hände an ihre Wangen und rief:
„Joseph, schau dir mal unsere weiße African queen an – ist sie nicht bezaubernd?"

Joseph wusch sich gerade die Hände und lugte um das Hauseck.
„Wunderschön!", sagte er und grinste „Das hattest du schon lange nicht mehr an, meine Liebe."
Zwinkernd legte er den Arm um seine Frau, die sich aber gleich wieder löste und geschäftig nach einem passenden Haarband suchte. Sie fand ein blaues, löste Vickis Haarspange und band es ihr ins Haar.
„Entzückend!", jubilierte sie und zog die strahlende Viktoria mit sich zurück zum Farmhaus. James hatte Moses auf dem Arm und spielte mit Zipporah Ball. Diesmal war es Zippy, die den Ball fing und nicht mehr spielte, als sie ihre Mama kommen sah.
„Mama! Wewe ni princess! James, look!", und sie rannte zu Vicki, die sie lachend auf ihre Hüfte hob.
James drehte sich um, näherte sich langsam und sie konnte es ihm ansehen, wie sehr er mit sich kämpfte, um seine Gefühle nicht offenzulegen. Deshalb drehte sie sich lachend mit ihrer Kleinen um die eigene Achse und meinte:
„Voilà – nimmst du mich so mit?"
Jetzt hatte er sich wieder gefangen und meinte:
„Das wird sie umhauen. Mary, du bist ein Genie!" und etwas zu überschwänglich packte er seine Herzensmama um die Taille und hob sie hoch. Diese protestierte laut und warf – wieder auf dem Boden landend – Viktoria einen vielsagenden Blick zu. Vicki erwiderte ihn und von da ab war ihr klar, dass diese Frau Bescheid wusste.

Gegen halb sechs brachen sie auf. Auch die beiden Kleinen waren frisch herausgeputzt. Viktoria hatte sich sogar noch eine Dusche genehmigen dürfen, denn Mary nahm ihr die beiden Kinder ab. Sie hatten beschlossen, den halbstündigen Fußweg mitten durch die Teeplantage zu nehmen, um gleich noch ein bisschen Bewegung zu haben und heimwärts bei Dunkelheit würde sie sicher irgendein Chauffeur oder Tom fahren. James trug Moses und hatte Vickis kleinen Rucksack um eine Schulter gehängt, an ihm sah er aus wie ein Spielzeug; Zippy lief die Hälfte der Strecke plaudernd an Vickis Hand, dann wollte sie getragen werden und so tauschten sie, James übernahm die schwerere Zippy und Viktoria Moses. Je näher sie dem imposanten, in Weiß weithin leuchtenden Bau, der stolz über der Plantage thronte, kamen, desto stiller wurden sie. Die Stimmung hob sich kaum, als sie einen gut 3m hohen mit Stacheldraht umwickelten, elektrischen Sicherheitszaun durch ein Gittertor passierten, begrüßt von Wachmännern in Uniform mit umhängenden Maschinenpistolen.
Eine breite Treppe führte von der Zufahrtsstraße unterhalb zu einem von korinthischen Säulen umrahmten, halbkreisförmigen Eingangsbereich, der auch für vorfahrende Autos geeignet war, wie man es sonst nur von größeren Luxushotels kannte. Oberhalb des Vorbaus prangte eine Art Balkon und Viktorias reiche Phantasie stellte sich die zum Volk hoheitsvoll

winkende Queen persönlich dort oben vor. Sie erkannte beim Näherkommen ein paar schicke Stehtische mit Gläsern. Das zweistöckige Hauptgebäude hatte rechts und links einstöckige Flügel mit jeweils vier palastartigen, hohen, vergitterten Sprossenfenstern. Und ihr war die Kawamwaki Farm schon luxuriös erschienen! Im Vergleich zu dieser pompösen Zurschaustellung von Macht und Reichtum wirkte die Farm wie eine armselige Slumhütte und die Arbeitersiedlungen, die sie in der Ferne gesehen hatten, wie Rattenlöcher. Viktoria konnte keine Bewunderung aufbringen, sondern fühlte sich – wie übrigens auch in europäischen Gefilden vor solchen modernen Palästen – abgestoßen. Derlei Pomp war ihr zutiefst zuwider und ihr stark ausgeprägter Gerechtigkeitssinn zeigte Alarmstufe ROT an. Sie wusste, sie musste sich zusammenreißen, denn ihre Mimik verriet wie immer ihre Gedanken. Welch ein Glück, dass James jetzt voranging und ihr Gesicht nicht sehen konnte. Als hätte er ihre Gedanken erraten, hob er die still gewordene, vor dem großen Gebäude ehrfürchtig erstarrte Zipporah auf die Erde und drehte sich zu ihr um.
„Willkommen in meiner Welt der Gegensätze. Die Show kann beginnen."
Wie in den Luxushotels standen oben vor dem zweiflügeligen Eingangsportal bereits junge Diener in knallroter, fast kitschiger Livree. James ging entschlossen auf sie zu und schüttelte ihnen die Hand, er

kannte sie beim Namen und erkundigte sich nach ihren Eltern und Geschwistern. Als Viktoria an der Reihe war, mit der eingeschüchterten Zippy an der Hand, wollten sie sich verneigen, doch auch sie nahm ihre Hand und begrüßte sie auf Swahili. Sie grinsten beide und öffneten ihnen die Flügeltüren.
Viktoria erwartete nun James Eltern, doch wieder kam ein älterer, diesmal in schwarz gekleideter Butler auf sie zu. James begrüßte ihn herzlich und legte ihm jovial die linke Hand an die Schulter, auch hier fragte er detailliert nach der Familie, bevor er entschuldigend Viktoria mit den Kindern vorstellte, die etwas verloren in der großen Eingangshalle mit der riesigen filmreifen Treppe standen. George, wie James den älteren, feinen Herrn nannte, wollte sie oben anmelden, doch James klopfte ihm auf die Schulter und meinte lachend, er wüsste den Weg, der alte Herr solle sich die vielen Treppenstufen sparen. Er nahm Zippy auf den Arm und ließ Viktoria und Moses galant den Vortritt. Zig alte Filme kamen Vicki in den Sinn und sie fühlte sich ein wenig wie Grace Kelly in „Die oberen Zehntausend“ oder Vivien Leigh in „Vom Winde verweht“, wie sie amüsiert feststellte, als sie die vornehme Treppe emporstieg. Oben angelangt, musste sie erstmal Atem holen. James zischte böse in ihr Ohr:
„Die Hexe hat uns sicherlich schon lange gesehen oder gehört, aber sie spielt wieder Theater.“

„James, nicht, Vorsicht!“, Vicki warf Zippy, die eh schon so verängstigt wirkte, ein beruhigendes Lächeln zu und drückte ihre Hand ganz fest.
„Mutter, Dad, wo versteckt ihr euch?“
James betrat den Salon, dessen Terrassentüren weit zum großen Balkon geöffnet waren.
„James! Warum hat euch George denn nicht angemeldet? Die Sitten in diesem Haus ...“
Da hatte sie ihren Auftritt, seine Mutter: Eine zierliche, hoch gewachsene Person, in elegantem roséfarbenen Kostüm, farblich passenden Pumps, mit glattem, bobähnlichen Haar, kam von der Terrasse in den Salon geeilt; in ihren feinen Gesichtszügen spiegelten sich unverkennbar die von James wider.
„Mutter, George muss doch nicht die Treppen hoch, um deinen eigenen Sohn in seinem Elternhaus anzumelden, oder?“, unterbrach er sie und rebellierte schon mit dem ersten Satz.
„Komm her, mein großer Sohn“, überging sie seine rhetorische Frage und küsste ihn rechts auf die Wange, bedacht darauf, der auf seinem linken Arm getragenen Zipporah nicht zu nahe zu kommen.
‚Vielleicht wollte sie sie nicht noch mehr verschrecken.“, dachte Viktoria.
„Mit was seid ihr denn gekommen? Ich habe gar kein Auto vorfahren hören. Ich hoffe, ihr hattet eine angenehme Anreise. Und nun stell mir deine entzückende Freundin vor.“, sie wandte sich ununterbrochen plaudernd Viktoria zu.

„Ich bin Viktoria Heilmann. Freut mich, Sie kennenlernen zu dürfen, Miss Gitoma.“, sie streckte ihr die Hand hin. Etwas pikiert nahm diese Viktorias Hand.
„Oh, wie erfrischend natürlich! Und ganz im African Style. Wie hübsch, Victoria!“
Die Kinder ignorierte sie gänzlich.
„Und das sind Zipporah und Moses, Mutter.“, James ließ ihr das natürlich nicht durchgehen.
„Ach, wie niedlich.“, das Lächeln gefror der Dame im Gesicht und sie vermied es, die beiden zu berühren.
‚Das ist es. Waisen sind Aussätzige. Hier ist es deutlich zu spüren. Wahrscheinlich hat sie Angst, dass sie HIV positiv sind …‘, dachte Vicki und beschloss ihrem Bauchgefühl zu folgen und diese Frau nicht zu mögen.
„Wir sind übrigens zu Fuß da. War ein netter Spaziergang durch die Plantage. Wo sind denn Dad und Tom?“, fragte James, sich auf der Terrasse umsehend.
„Ach, die sind wieder zu lange im Büro. Ich lasse sie rufen. Kate, Toms Frau, sollte auch schon da sein … man kann sich heutzutage auf nichts mehr verlassen, nicht wahr?“ und ohne eine Antwort abzuwarten, redete sie einfach weiter, während sie einer Bediensteten ein Zeichen gab, die daraufhin mit einem Tablett mit verschiedenen Aperitif-Gläsern kam.
„Wie kann man Sie nur durch die Teeplantage schleppen. Entschuldigen Sie, Viktoria, mein Sohn hat offensichtlich keine Manieren. Zurück fährt Sie natürlich unser Chauffeur. Es ist ohnehin viel zu gefährlich.

Nehmen Sie sich doch einen Aperitif, bitte. Martini, Campari auf Eis, Champagner? Manchmal verstehe ich James einfach nicht. Man kann den Arbeitern nicht trauen, wissen Sie. Heutzutage ...", sie hätte gewiss noch Stunden weiter so reden können, um ein echtes Gespräch zu vermeiden. Darin war sie offensichtlich geübt. Zipporah jedoch gab James unmissverständlich zu verstehen, dass sie mal für kleine Mädchen musste, und er unterbrach seine Mutter wieder rüde.
„Mutter, die kleine Dame hier hat ein dringendes Bedürfnis." Er hob Zippy auf den Boden und nahm Vicki den Kleinen ab, wobei Moses etwas das Gesicht verzog, auch ihm behagte es hier augenscheinlich gar nicht. Viktoria gab ihm einen beruhigenden Kuss auf die Stirn und den umhängenden Schnulli in den Mund und ließ sich von dem Mädchen, das ihnen die Aperitifs gereicht hatte, die Toilette zeigen. ‚Glänzender Marmor und goldene Armaturen? Hier haben sie aber komplett übertrieben ...!', dachte Viktoria verärgert und bugsierte die Kleine in Richtung Toilettenschüssel.
Als sie sich wieder dem Salon näherten, hörte sie eine weitere männliche Stimme mit derbem Spott über James und Moses reden:
„... und hast ja doch noch was zuwege gebracht, Sohn, aber ein bisschen mickrig.", dröhnendes Lachen prallte ihr entgegen, als sie wütend in den Salon trat.

„Guten Tag, Mr. Gitoma. Ich nehme an, Sie sprechen gerade über meinen Sohn? Mickrig, ja? Die Umstände, die dieser kleine Mann vorfand, als er in diese ungerechte Welt purzelte, ließen es leider nicht anders zu, dass er erst jetzt an Gewicht zulegt."
Den Satz ‚Und größer als sie wird er allemal werden.', unterdrückte sie gerade noch so, aber ihr abschätziger Blick, den sie dem untersetzten, beleibten Herrn vor ihr zuwarf, sprach Bände.
„Oho, eine angriffslustige Löwenmutter verteidigt ihr Junges. Welch' ein couragierter Auftritt, Victoria! Ich darf sie doch so nennen?", und mit dem aalglatten, aber trotzdem gewinnenden Lächeln eines Siegertypen nahm er ihre Hand und hauchte galant einen Handkuss darauf.
„Leo Mburu Gitoma, aber nennen Sie mich Leo. Verzeihen Sie den rauen Umgangston, den ich mit meinen beiden Söhnen pflege, aber ich habe Sie nicht kommen sehen. Ich werde mich bemühen, nun ganz der Gentleman zu sein, der ihr Sohn sicherlich auch wird, wenn er groß ist."
‚Das hoffe ich ganz inständig NICHT.', dachte Viktoria, nahm das charmant vorgetragene Friedensangebot aber an und zwang sich zu einer Spur eines Lächelns. Sie war bei dem Namen Leo kurz zusammengezuckt – der Kurzname ihres Vaters – aber außer dieser Gemeinsamkeit fand sie keine zwischen den beiden Vätern. Achselzuckend blickte sie James in die Augen und aus ihnen leuchtete so viel Liebe und Respekt, ja,

Anerkennung, wobei seine Mundwinkel auch Belustigung erkennen ließen. Währendessen hatte sich sein Vater etwas nach vorne gebeugt, soweit es seine beachtliche Körperfülle zuließ und er fragte Zipporah, die sich nun an das Bein ihrer Mama klammerte:
„Und wen haben wir denn da? Eine kleine Prinzessin? Verrätst du mir deinen Namen?"
Zippy blickte fragend zu Viktoria hoch. „Jina lako nani?", fragte sie sie auf Swahili nach ihrem Namen. Die Kleine war mit den nichtssagenden, englischen Höflichkeitsfloskeln dieses Mannes komplett überfordert und gewohnt, dass man klar ausdrückte, was man von ihr wollte. Aber immerhin nahm er sie wahr.
„Zipporah Maua.", sagte sie mit einem kurzen, skeptischen Blick zu dem Mann vor ihr und dann wieder zu ihrer Mama hochschauend:
„Mama, nina njaa na kiu."
Und wieder polterte ihnen ein tiefes Lachen entgegen. „Schon ganz die Mama, kommt gleich zum Punkt.", er zwinkerte angriffslustig in Richtung Viktoria, während er sich zu seiner Frau umwandte. „Wo bleiben unsere Manieren, Frau? Das Kind hat nichts zu essen und zu trinken."
James hatte lachend ein Glas Orangensaft organisiert, das er Zippy reichte.
„Komm mit nach draußen, Zippy, da gibt es ein paar Häppchen ... chakula kitamu.", er nahm ihr das Glas wieder ab, nachdem sie einen großen Schluck

getrunken hatte, gab es Viktoria, nicht ohne den Augenblick zu nutzen und diese anzustrahlen und führte die Kleine an der Hand und Moses auf dem Arm nach draußen. Erst jetzt löste sich eine bislang unbemerkt gebliebene Gestalt von der Terrassentür und kam Viktoria sympathisch lächelnd entgegen.
„Ich bin Tom, James Bruder, entschuldige, dass ich mich zunächst im Hintergrund hielt.", er reichte ihr die Hand. „Aber diese ungewöhnliche Szene wollte ich nicht stören und habe sie überaus genossen.", fügte er etwas leiser hinzu. Die anderen waren bereits auf der Terrasse. „Es ist äußerst selten, dass sich jemand traut, meinem Vater Paroli zu bieten. Respekt, Victoria. Willkommen in der Höhle des Löwen - seien Sie vorsichtig, er ist ein Raubtier!", zwinkernd ließ er ihr den Vortritt durch die Terrassentüre.
„Ich auch, wie Sie gehört haben.", erwiderte Viktoria lächelnd, aber sie nahm die Warnung durchaus ernst. Tom war nicht so hochgewachsen wie James, dennoch eine attraktive, Respekt einflößende Erscheinung mit dem etwas rundlichen Gesicht seines Vaters, aber seinen Augen fehlte dessen Eiseskälte.
Auf der Terrasse luden an der Wandseite bequeme, moderne Loungemöbel zum Verweilen ein; das Familienoberhaupt hatte sich schon in einem Sessel gemütlich niedergelassen, nicht ohne vorher von den Stehtischen ein paar Häppchen zu naschen. Das war nun wieder die Bühne seiner Mutter.

„Oh, entschuldigt bitte, natürlich haben wir eine Kleinigkeit vorbereitet, bitte sehr," sie deutete auf die silbernen Platten auf den Stehtischen: „Zunächst, quasi als Amuse-Bouche etwas Kaviar auf Blinis, Lachsröllchen und Truffle arancini. Bitte greift zu."
James seufzte frustriert, denn die Platten waren für Zipporah unerreichbar, was seine Mutter offenbar nicht wahrnahm, denn sie referierte ungerührt weiter über das geplante französische Menü, das sie erwartete. Viktoria stieß zu ihm, nahm ihm Rucksack und Moses ab, gesellte sich zu Leo und kramte in ihrem Rucksack nach Moses' Fläschchen und der Thermos, denn der kleine Mann wurde langsam quengelig. James nahm kurzerhand eine der Platten und balancierte sie einhändig zu einem der kleinen Tischchen neben Viktoria. Seine Mutter registrierte es missbilligend aus den Augenwinkeln, was er mit einem trotzigen Blick konterte und begann, Zippy mit einem Trüffelbällchen zu füttern.
„Also wenn ihr dann soweit wärt, könnten wir mit der Soupe au Pistou beginnen?"
„Um Himmels willen, Mutter, jetzt stress doch nicht so. Wir haben doch keine Gesellschaft hier, das ist Familie.", bemerkte James genervt.
„Kate bringt erst die Kinder ins Bett, Mum, und der kleine Mann hier hat auch noch Vorrang.", Tom deutete auf Moses, der nun zufrieden sein Fläschchen hielt und gierig saugte. „Setz dich doch zu uns. Klingt vielversprechend, was du alles arrangiert hast.",

diplomatisch versuchte er die Wogen zu glätten und die Spannung, die zwischen James und seinen Eltern spürbar war, etwas abzubauen.
„Ich sehe mal nach, inwieweit sich alles nach EUREN Wünschen aufschieben lässt.“, sie verließ die Terrasse.
„Sie kann nicht aus ihrer Haut raus.“, erklärte Tom achselzuckend.
„Und sie kann Kinder nicht ausstehen, q.e.d.“, ergänzte James spitz.
„Ich denke nicht, dass wir Victoria mit unseren Familiendiskussionen belasten wollen, oder Jungs?“, dieser scharfe Ton Leos duldete keinen Widerspruch und die Frage war sowieso rhetorisch formuliert. „Mich würde vielmehr interessieren, ...“, fuhr das Familienoberhaupt mit einer sanfteren Stimme fort und wandte den Blick Viktoria zu, „... was Sie uns über das „Projekt“ erzählen können, das James an mich und Tom vergangenen Montag so plötzlich und innig herangetragen hat.“
Auch hier bedurfte es keiner großen Sensibilität, um den Seitenhieb in Richtung seines jüngeren Sohnes zu spüren. Viktoria beeilte sich zu antworten, da sie aus den Augenwinkeln sah, dass James schon wieder verbal am Aufrüsten war. Jetzt ging es um „ihre“ Heimkinder, die Löwenmutter in ihr fuhr in dieser veränderten Situation jedoch keine Krallen aus, sondern begann zu schnurren und umschmeichelte das Alpha-Tier gekonnt. Sie erzählte von dem gepflegten

Heimareal, der praktischen Anlage und dem nur mit kenianischen Angestellten, gut organisierten Heimbetrieb mit einem Heimverwalter, der Kikuyu war, gab charmant ein paar lustige Anekdoten ihrer Eingewöhnungszeit von sich und schwärmte von den wissbegierigen und gut erzogenen Kindern, bevor sie die beengte Situation in der nursery ansprach und auf die Adoptionssituation zu sprechen kam. Nebenbei zog sie Zippy ein kleines Jäckchen an, da es langsam frisch wurde, achtete darauf, dass diese nicht zu viel in sich hineinstopfte und entlockte dem satten Moses das notwendige Aufstoßen, wobei sie sich schelmisch für sein Benehmen entschuldigte. Als James Mutter wieder auf die Terrasse zurückkehrte, fand sie eine lockere, entspannte Atmosphäre vor und drei feixende Männer, die sich gerade überboten mit Storys aus den kenianischen Beamtenstuben, um Viktoria zu beweisen, dass Beamtensturheit eine international bekannte Wesensart dieser Berufsgruppe sei, ja eventuell sogar ein Einstellungskriterium, wie Leo lauthals betonte.
Kate stieß erst beim zweiten Gang zu der nach drinnen verlegten Tischrunde. Sie wirkte auf Viktoria etwas angespannt, aber durchaus sympathisch, vor allem, da sie sich – natürlich mit Vickis Erlaubnis - sofort den kleinen Moses schnappte und mit ihm flirtete, dieser aber lieber bei seiner Mama auf dem Arm sein wollte. Viktoria nutzte die Chance und erklärte Leo, dass dies eben auch der Vorteil des neuartigen

Adoptionskonzepts der „Kisiwa" sei: Das Kind oder die Kinder bauten schon in Kenia eine Bindung zu den Müttern in spe auf und die oft sehr problematische Eingewöhnungszeit im europäischen Heimatland sei dadurch hoffentlich leichter. Natürlich musste sie sich nun auch unverblümte Fragen von Leo zu ihrer persönlichen finanziellen Situation gefallen lassen, aber bevor James wieder den empörten Ritter spielen konnte, legte sie direkt und offen ihre teils prekäre Finanzlage auf den Tisch; sie schämte sich nicht dafür. Warum auch? Armsein sei keine Schande und Glück hänge ihrer Meinung nach nicht mit Geld zusammen. Sie hatte das Gefühl, dass Leo ihre Ehrlichkeit beeindruckte. Auch Tom und Kate stellten einige Fragen, wobei Kate eher an Viktorias persönlichem Schicksal interessiert schien, während Tom die Heimsituation im Allgemeinen durchleuchtete.

Die „Soupe au Pistou" hatte sich als schmackhafte Gemüsesuppe herausgestellt, die Zippy auf dem Schoß von James genoss – sie hatten sich einen Teller geteilt. Vicki hatte James in einem unbeobachteten Moment, als Leo das Gespräch an sich gerissen hatte, leise gefragt, was denn „Böff" sei, das als zweiter Gang kommen solle, und James meinte trocken „Boeuf bourguignon" sei einfach Rindereintopf, aber französisch klinge es halt besser. Die kleine Zipporah war schließlich nach ein paar Bissen „Böff" auf James Schoß eingeschlafen und er hatte sie vorsichtig auf

die Couch im Eck gelegt. Auch Moses wurde etwas quengelig und musste von Viktoria im Raum umhergetragen werden, so dass sie James einen fragenden Blick zuwarf. Er verstand und verabschiedete sich ohne Umschweife, den brüskierten Blick seiner Mutter fast genießend, denn die Kinder müssten ins Bett.
„Aber die Creme brûlée lassen wir uns nicht entgehen!", meinte James lachend. „Wir gehen noch an der Küche vorbei und nehmen welche mit. Fährt uns Stephen?"
„Ach, ich kann euch doch fahren. Uns tut allen ein Päuschen vor dem Dessert ganz gut, oder Mum? Ich bin in 20 Minuten wieder da.", beschloss Tom und sprang auf.
Die Verabschiedung verlief relativ schnell, da Moses nun wirklich unleidig wurde und seine Stimmgewalt das Haus erfüllte. Bis zur Treppe, hatte er sich aber dank Schnulli und gesummtem Wiegenlied wieder beruhigt. Zippy hingegen war nicht wach zu kriegen und James trug sie schlafend nach unten. Er bat George, ob er nicht eine Schüssel Creme brûlée in der Küche für sie abstauben könne und George eilte verständig lächelnd von dannen. Bis Tom das Auto vorgefahren hatte und Viktoria samt Kinder auf der Rücksitzbank verstaut waren, kam schon einer der Jungs im roten Livree mit einer Box angerannt und reichte sie grinsend an James auf dem Beifahrersitz.
Die Autofahrt war sehr kurzweilig, da James und Tom gehörig über ihre Eltern ablästerten und sich kaum

mehr halten konnten vor Lachen über diverse Reaktionen. Viktoria nutzte die Zeit, um Olli das abendliche SMS zu senden, er wartete sicher schon: „Mein Liebster.Was für ein Tag.So viel erlebt.Müssen morgen tel.Bleib nochmal auf der Farm.Kids schlafen schon.Völlig erledigt.I.l.D.Bis morgen.V“

Als sie nach knapp zehn Minuten vor dem Farmhaus standen, nahm Tom Viktorias Hand und drückte sie ganz fest.

„Sie gefallen mir, Victoria. Wir müssen uns unbedingt bald wiedersehen. Unsere beiden Töchter sind etwas älter, aber die Sechsjährige würde sich trotzdem gut mit Zipporah verstehen. Schlafen Sie gut!“

XIII
Liebesernst

„Angesichts der Schwere der Sünde antwortet Gott mit der Fülle der Vergebung. Die Barmherzigkeit wird immer größer sein als jede Sünde, und niemand wird der Liebe Gottes, der verzeiht, eine Grenze setzen können." Franziskus von Assisi

Südtirol hatte mich nicht nur wegen Tschernobyls Strahlen in eine gewisse Panik versetzt, auch Valentins Strahlen und vor allem sein Kuss verfolgten mich bis in meine Träume. Die körperlichen Regungen, die die Erinnerung auslöste, trugen zu dem Gefühlschaos nicht unerheblich bei. Ich war mit meinen Gedanken und Emotionen allein. Mam wollte ich damit nicht behelligen – sie hatte wirklich andere Probleme, Alex – nein, er war ein Junge. Tammi – sie war diese Woche noch nicht in der Schule erschienen und davor so komisch gewesen. Ich vermisste sie unglaublich, war aber zu beleidigt, sie anzurufen. Oma – na, DIE Antwort konnte ich mir denken, sie würde mich nach Sodom und Gomorrha schicken. Also redete ich mit mir selbst. Abwechselnd verherrlichte und verfluchte ich den Aufruhr in mir: Ich ließ ich mich in dieses neue Schwelgen hineinfallen und kostete das Sehnen nach körperlicher Nähe aus, spürte dem Kuss und Tumult in mir genussvoll nach – im nächsten Augenblick verteufelte ich die „sündigen" Gefühle und Gedanken, fühlte mich als Betrügerin, als hätte ich „meinen" Olli hintergangen.

Denn bei all dem Durcheinander war ich mir über eines im Klaren: So sehr ich das Zusammensein mit Valentin genossen hatte, so sehr er mir auch ans Herz gewachsen war mit seiner lieben, zärtlichen Art, so wenig konnte er Olli verdrängen. Ich stellte mir beständig den großen, dunkelhaarigen Jungen vor - bei den gleichen Handlungen - und mein Herz spielte verrückt. Im Radio hörte ich immer wieder die Songs „Tausendmal du" und „Ohne dich" von der Band Münchener Freiheit – sie hatten meine Sehnsucht in Töne gefasst.
Außerdem fehlte mir mein Paps so ungemein. Seine lustigen Erzählungen beim Essen, unser Singen, sein inniges Klavierspiel, das Kuscheln, seine Begeisterung, wenn er irgendeine neue Gruppe oder Musik entdeckt hatte – das Haus wirkte irgendwie leer ohne ihn, er fehlte überall. Wenigstens würde er bald heimkommen. Aber ein wenig hatte ich sogar davor Angst, denn ich sah ja im Krankenhaus, wie schwach er noch war, wie zerbrechlich.
Ich betete viel. Abends wenn ich bei all den Gefühlen, die mich bestürmten, nicht mehr Aus noch Ein wusste, dann wandte ich mich an IHN und hoffte, er würde alles zum Guten wenden.

Am Freitag kam Tammi wieder in die Schule. Als ich sie sah, vergaß ich sofort all meinen Stolz und Groll. Sie sah furchtbar aus.
„Tammi, was hast du denn gehabt?"

„Ach, nix Schlimmes. Ein bisschen Fieber." Ihre Stimme war schwach, leise, lustlos.
„Du siehst aber gar nicht gut aus. Geht es wieder?"
„Daheim halte ich es nicht mehr aus. Bin froh, wieder da zu sein. --- Vicki ...?"
„Tammi, was ist denn?"
„Ähem ... wie geht es deinem Paps?"
„Geht schon, er kommt wahrscheinlich nächste Woche heim."
„Das ist gut. Dann traue ich mich, es dir zu sagen."
Ich schaute sie mit großen Augen fragend an und mir schwante Übles.
„Wir wandern aus. Nach Kanada. Im Juli bin ich weg."
Ich sah sie nur an, wollte lachen, aber ihre Traurigkeit verbot es. Es war ihr Ernst.
„Tammi? Du spinnst wohl. Das ... das stimmt doch nicht?"
Sie nickte nur.
„Ja, wie kommt ihr denn darauf? Davon war doch noch nie die Rede? Seit wann ... ?"
„Ich habe keine Ahnung seit wann meine Eltern das planen. Wohl schon länger. Is mir auch egal, ich wurde jedenfalls nicht gefragt. Ich wurde vor vollendete Tatsachen gestellt. Sie haben mir's vor zwei Wochen gesagt."
Wir standen vor unserem Klassenzimmer. Ich sah sie an, sah ihr Elend, ihre Verzweiflung, die sofort zu meiner wurde. Wie sollte ich es ohne meine Tammi aushalten? Wie sollte ich überhaupt ohne meine Tammi hier

überleben? Wir machten einfach ALLES zusammen. Die letzten beiden Wochen ohne sie hatten mir einen Vorgeschmack gegeben ... es war furchtbar. Und sie? Wir blickten uns in die Augen und konnten unsere Gefühle gespiegelt erkennen. Eine Mitschülerin rempelte uns an. Zwei andere kamen lachend aus dem Klassenzimmer und stockten, als sie uns beide sahen.
„Was ist denn mit euch los?“, als wir nicht antworteten, zuckten sie mit den Schultern, kicherten blöd und liefen weiter.
Uns war so furchtbar elend zumute und wir fühlten uns hier so fremd, so falsch, wie sollten wir jetzt auf unsere Plätze und Mathe machen? Alles schien auf einmal sinnlos.
Herr Demmelmeier kam, sah uns, sah mich und riss die Augen auf.
„Viktoria, was ist mit deinem Vater?“
„Oh, ähem, wird schon. Er kommt vielleicht nächste Woche heim.“, fast tonlos, wie ein Automat ratterte ich die Antwort runter.
„Was ist dann los mit euch zwei? Irgendwas stimmt doch nicht?“
Ich sah Tammi fragend an. Sie nickte, holte tief Luft und sagte:
„Herr Demmelmeier, ich ...meine Familie wandert aus. Nach Kanada. Ich habe es Vicki gerade gesagt. Wir können jetzt nicht Mathe machen. Dürfen wir runter in den Pausenhof?“

„Oh nein ... das auch noch. Ich mein, super für dich, Tamara, ... oder wohl nicht? ... Ist ok, geht runter, aber bleibt auf dem Schulgelände. Und kommt bitte wieder – spätestens am Ende der Stunde, damit ich weiß, dass ihr in Ordnung seid."

„Machen wir."

Ich nickte nur apathisch, mir hatte es die Sprache verschlagen. Dafür liebte ich meine Tammi. Sie packte an, sie wusste immer, was am besten war. Sie fasste mich an der Hand und zog mich die Treppen runter und ins Freie. Da standen wir erstmal, es gongte, einige Nachzügler rannten an uns vorbei. Wieder das Gefühl, völlig aus der Welt gefallen zu sein. Um nicht am Lehrerzimmer vorbei zu müssen, wählten wir den Gang am Musiksaal entlang Richtung Kloster. Früher war unser Gymnasium eine Klosterschule gewesen, jetzt waren wir eine kirchliche Schule und es waren nur noch drei Klosterschwestern im Schulbetrieb: die Direktorin Sr. Paula, eine Religionslehrerin und die Hausmeisterin. Nun also in den Klostergarten – eigentlich verbotenes Terrain. Wir hatten uns schon mal reingeschlichen, Tammi und ich, in einer Mittagspause. Schwester Innozentia hatte uns damals lauthals schimpfend wieder hinausgeschmissen. Aber jetzt war uns das egal. In dem geometrisch angelegten Garten, der im Frühjahr viel frisch geharkte Erde aufwies und dazwischen Maiglöckchen, schon fast verblühte Vergissmeinnicht und Grün von kommenden Staudenpflanzen und Kräutern, befand sich mittendrin ein runder Miniatur-Pavillon.

Dorthin lenkten wir in geheimem Einverständnis unsere Schritte. Es war der perfekte Ort für diesen Moment. Wir schlüpften durch die winzige Tür ins Innere und setzten uns auf die halbrunde Holzbank gegenüber der kleinen Marienstatue. Tammi erzählte, die Worte sprudelten aus ihr heraus, wie wenn ein Staudamm gebrochen wäre. Ihr Vater wollte wohl schon immer nach Kanada. Ihre Mutter dachte, dieser Traum würde sich verlieren mit Familie und Kindern, aber jetzt hatte er die Schnauze voll von seiner Firma, sich in Edmonton beworben und ein lukratives Stellenangebot mit Wohnung bekommen. Tammis Mutter war sehr skeptisch, hatte aber eingewilligt, Tammis größere Schwestern hingegen machten ein großes Gezeter und die älteste, die schon 19 war, wollte auf keinen Fall mit. Tammi meinte, dass jeden Abend diskutiert wurde und es fast immer in großes Geschrei und Türenknallen ausartete. Sie gestand ein, dass sie Kanada einerseits als großes Abenteuer empfand und ihr Vater sie auch mit der Aussicht auf ein eigenes Pferd köderte, aber andererseits konnte sie sich ein Leben ohne mich nicht vorstellen und wollte auch nicht so weit weg – aber sie meinte, die Entscheidung sei gefallen. Ihr Vater werde schon Anfang Juli mit seinem neuen Job anfangen und für die Familie die Wohnung herrichten. Sie kämen dann am 18. Juli nach. Ich war sprachlos und ließ einfach nur den Kopf hängen. Sie legte ihren Arm um meine Schultern und so saßen wir eine Weile schweigend da.

„Ich weiß nicht, wie ich es hier ohne dich aushalten soll, Tammi. Ich weiß es echt nicht. Aber irgendwie wird es schon gehen. Unsere Freundschaft ist so dicke, die wird schon halten."
„Wir werden uns ganz viel Briefe schreiben."
„Ja, das machen wir."

Mary hatte auf sie gewartet und bot ihre Hilfe mit den schlafenden Kindern an, was Viktoria gerne annahm. Schmunzelnd hörte sie James begeisterte Erzählung von Viktorias Auftritt, während sie der schlafenden Zippy im großen Bett vorsichtig Schuhe und Jäckchen auszog und Vicki Moses noch einmal frische Windeln anlegte. Immer wieder musste Mary mit dem Zeigefinger seine Lautstärke drosseln.
„... und dabei hast du mit deiner Begrüßung gleich vier Affronts begangen!", leise schnaubend lachte er Vicki aus.
„Wie was? Formvollendet höflich hab' ich sie begrüßt!!", kam leiser Protest aus dem Bad.
„Von wegen!", prustete er und wieder musste er an sich halten, um nicht lauter zu werden. „Erstens hast du dich selbst vorgestellt, anstatt dies mir zu überlassen, zweitens hast du ‚Miss' statt ‚Misses' verwendet und ihr damit den verheirateten Status aberkannt ..." und wieder schnaubte er amüsiert, „...drittens: Gitoma ist gar nicht ihr Nachname, sondern Dads, sie trägt ja weiterhin den ihres Vaters, aber das kannst

du ja nun wirklich nicht wissen und viertens, Mary, du wirst es lieben, streckte sie ihr einfach die Hand hin, die ungewaschene, unhygienische Hand, mit der sie vorher sicher gerade Moses den Hintern sauber gemacht hat ..." zur Bestätigung streckte Viktoria ihre Hand aus der Badtür, "statt Küsschen Küsschen zu geben, wie sich das bei ihrer Schickimicki-Gesellschaft gehört. Durchgefallen, MISS Heilmann, und zwar mit Pauken und Trompeten!"
Mary scheuchte den prustenden James Kopf schüttelnd, aber mit einem breiten Grinsen aus dem Zimmer. Schnell hatten die beiden Frauen die todmüden Kinder in ihre Schlafsäcke gesteckt, Zippy ins Gitterbettchen gehoben und schlichen sich leise hinaus.
„Wie hat es dir dort gefallen, Victoria?", fragte Mary im Gang.
„Ich fühlte mich in einer vollkommen anderen Welt oder besser auf einem anderen Planeten. Mary, das ist so was von weit weg von dem, was ich kenne. Und seine Mutter ist wirklich ... wie soll ich sagen ... kinderscheu?"
„Du musst wissen, Victoria, dass sie es nicht leicht hatte. Sie kommt aus relativ armen Verhältnissen, ist nicht gerade die Hellste, verzeih', aber das ist nun mal so, steht völlig im Schatten dieses dominanten Mannes und musste ihre Kinder an mich abgeben – ja, das hat ER so gewollt. Sie haben mich als Mama gesehen und auch so gerufen – die wenigen Momente bei ihr im Haus schrien sie meist nach mir. Was glaubst du,

wie sich eine Mutter da fühlt? Mir tat sie oft furchtbar leid."

Viktoria schämte sich sofort für ihre wieder mal voreilig getroffene Einordnung eines Menschen. Wieder lehrte sie das Leben, dass der erste Eindruck eben nur ein Eindruck ist und niemals ausreichend für die Beurteilung einer Person. Das hatte nichts mit Sympathie und „jemanden riechen können" zu tun. Manche Menschen mochte man sofort, und wenn man sie dann näher kennen lernte, bestätigte sich das Bauchgefühl gar nicht. Andere steckte man von Anfang an in eine Schublade und gab ihnen gar keine Chance wieder herauszukommen und andere Facetten von ihnen zu entdecken. Die meisten be- oder verurteilte man nach ihrem Äußeren und dem ersten Eindruck – ohne ihre persönliche Geschichte oder die Ursachen ihres Verhaltens zu erforschen.

James hatte schon eine Flasche Wein geöffnet und holte drei Gläser aus der Vitrine.

„Für mich nicht mehr, Kamau. Danke.", Mary schüttelte den Kopf.

„Aber, Mary, die Story, wie sie Dad begrüßt hat, ist ja noch besser ..."

„Kamau, ich bin müde und außerdem bin ich mir sicher, dass Joseph deine Story auch hören möchte. Morgen ist Sonntag, da kann er mit uns frühstücken. ... Gehst du zur Kirche, Victoria?", fragte sie wie beiläufig, doch ihr Blick war forschend.

„Ja, der Sonntag in St. Francis ist mein Highlight der Woche.", Viktoria hielt dem Blick stand.
„Katholisch? Mhm. Und morgen?", hakte Mary nach.
„Ich mache es von den Kindern abhängig ... und James natürlich. Wann er uns heimfahren kann. Geht ihr?"
„Normalerweise zur Frühmesse, jeden Morgen um 6.30. Da ist sonst niemand wach. Außer wir haben kleine Kinder da ...", und jetzt eroberte wieder das warme Lächeln ihr vorher ernstes Gesicht.
„Vielleicht fahren wir morgen zusammen um 10.00 nach St. Francis?", schlug Vicki vor. „James?" Der hatte ihnen offenbar nicht zugehört und war am CD-Player. Mary nahm Vickis Hand in ihre beiden Hände und sagte leise.
„Lass es gut sein. Das entscheiden wir morgen beim Frühstück. Pass auf meinen Kamau auf. Er ist schon einmal fast zerbrochen. Ich liebe ihn zu sehr."
Viktoria schluckte und nickte ernsthaft.
„God is great ...", sagte sie mit fester Stimme und Mary antwortete seufzend:
„... all the time."

James war immer noch ziemlich aufgedreht – er erinnerte sie an Alex, der konnte sich auch so diebisch über etwas freuen und sich in amüsante Kleinigkeiten hineinsteigern. Das war ansteckend. Sie vermisste ihren Bruder. Und wie. Als sie ihr abendliches „Fläschchen-Vorbereitungsritual" beendet hatte, trat James hinter sie und küsste sie auf den Hinterkopf.

„Ich hoffe mal, du kannst jetzt mein Problem mit meinen Erzeugern besser verstehen. Ich finde es gelinde gesagt abstoßend, wie man sich mit so viel Luxus umgeben kann und neben dran verhungern die Menschen. Es gab eine Zeit, da hab' ich das Haus nicht mehr betreten und jeglichen Kontakt abgebrochen."
„Ja, es ist absolut nachvollziehbar, James. Ich verstehe dich da sehr gut. Und trotzdem sind es deine Eltern."
„Das hat Mary auch gesagt und mich wieder dazu gebracht, ab und zu hinzugehen. Ich weiß nicht, wie Tom das macht. Aber er war schon immer der Diplomatischere von uns beiden. Er gestaltet die Plantage langsam um. Wenn er mal ganz das Sagen hat, wird es anders, da bin ich mir sicher. - Komm mal mit, ich möchte dir etwas zeigen, es ist ... eine Art Geheimnis, nur Joseph und Mary wissen davon. Dieses Haus ist so gebaut, dass es familientauglich ist. Lass dich überraschen."
Er nahm die Flasche Wein, die zwei leeren Gläser und drückte ihr eine CD in die rechte Hand, die linke ergriff er und zog sie mit sich. Sie gingen ans Ende des Ganges, vorbei an ihrem Zimmer und er öffnete die Türe, die nach draußen führte.
„James, die Kinder ..." Ein Kuss verschloss ihre Lippen.
„Vertrau mir."
Sie gingen in sein Appartement, er stellte Flasche und Gläser ab und legte die CD dazu. Dann führte er sie zu

einer verborgenen Tür neben einem Regal – sie konnte sich an das kleine Bücherregal erinnern, aber nicht an die Tür - ohne Knauf? Fragend blickte sie ihn an. Wieder nahm er sie bei der Hand und führte sie zurück, sorgfältig die beiden Türen hinter sich abschließend. Langsam dämmerte es ihr. Sie schlichen in ihr Zimmer und er schloss auch diese Türe. Dahinter war eine Art Garderobe – so groß wie eine Tür ... auf Taillenhöhe waren runde Knöpfe angebracht, die sie für Haken für Kinderjacken gehalten hatte. Er drehte den ganz rechts und die Tür öffnete sich zu seinem Appartement. Er grinste sie an und sie schüttelte lächelnd den Kopf. Leise traten sie in sein Reich, die Tür hinter sich angelehnt lassend.
„Ist das wieder der magische Tropfen von gestern?“, fragte sie schelmisch, als er die Gläser füllte.
„Ja.“, grinste er zurück. „Aber das einzig Magische bist du hier.“
Und endlich fanden sich ihre Lippen wieder, durften sie wieder voneinander kosten – und in dem Kuss war die Sehnsucht des ganzen Tages spürbar. Sie knöpfte vorsichtig sein Hemd auf, als sie drei Knöpfe gelöst hatte, streifte er es sich ungeduldig über seinen Kopf und stöhnte, als sie seine Brustwarzen küsste. Wieder fanden sich ihre Lippen und ohne sich voneinander zu lösen, schob er sie zielsicher Richtung Treppe, wobei er das Band um ihre Taille löste und sie sich den Rock abstreifte. Auf der ersten Stufe angelangt zog sie sich das Oberteil, das er in ihrem

Nacken geöffnet hatte über den Kopf und er küsste ihre Halsbeuge und ihr Dekolleté, während er vergeblich in ihrem Rücken den BH-Verschluss suchte. Sie musste lächeln, schob ihn kurz von sich und öffnete den trägerlosen BH vorne. Er schob sie schwer atmend rückwärts eine Stufe höher und liebkoste ihre Brüste, mit jeder Stufe, die sie erklomm, rückten seine Küsse tiefer. Bis er ihr Höschen abstreifte und in ihren Schenkeln versank. Sie zog ihn zu sich hoch und schob ihn nun ihrerseits Stufe um Stufe höher, während ihre Lippen und Zungenspitze seinen Körper entlangstreiften und schließlich am kleinen James haften blieben, den die beiden Hände schon von Hosen befreit hatten. Als sie endlich oben im Bett landeten, brannten sie beide vor Sehnsucht, sich ineinander zu spüren. Wie von selbst verschmolzen ihre Körper zu einem. Sie waren froh um das große Bett. Ohne Worte, ohne dass es einer Absprache bedurft hätte – völlig natürlich schien es, dass sie sich drehten und so jeder einmal den Rhythmus, die Intensität bestimmen konnte, mit der sie sich als eine Einheit bewegten und zum Höhepunkt führten.

Nach der körperlichen war die emotionale Liebeslust noch lange nicht befriedigt und sie konnten sich nicht voneinander lösen, lagen, schwer atmend, seitlich einander zugewandt, die freien Hände ineinander verschlungen und in den Augen des jeweils anderen versunken. James fand als erster seine Stimme wieder.

„Victoria, I love you. Mehr als alles … ich finde keine Worte dafür …"
„Dafür gibt es auch keine. Es ist … etwas Göttliches.", hauchte sie.
Er richtete sich abrupt auf.
„Victoria, genau DAS verstehe ich nicht. Wie kannst du so etwas sagen? Es ist gegen jede christliche Moralvorstellung, was wir hier zulassen. Gott wird das kaum gutheißen und dein Mann sowieso nicht."
Jetzt waren sie da, der Zweifel und die Verzweiflung.
‚So früh schon.', dachte Vicki traurig und vergrub ihr Gesicht in sein Kissen.
Erschrocken über ihre Reaktion, beugte er sich zu ihr und überschüttete ihr Haar mit Küssen.
„Victoria, entschuldige. Nein … Es tut mir so leid. Ich … ich weiß einfach nicht, wie ich das einordnen soll."
Sie drehte sich zu ihm und beruhigte ihn erstmal durch einen innigen Kuss, in den sie all ihre Liebe legte. Dann setzte sie sich auf.
„Ich versuche dir, meine Sicht zu erklären. Du hast heute Morgen gesagt, du möchtest wissen, wie es mir dabei geht – und ich habe dir eine längere Geschichte prophezeit."
Er nickte, gab ihr einen kurzen Kuss, stand auf, verschwand hinter seiner Schrankwand und kam mit einer Boxershort bekleidet und einem weißen T-Shirt in der Hand wieder.
„Komm mit runter. Wir haben noch Creme Brûlée, das wird das Bittere versüßen. Für dich, my love.", er

reichte ihr das T-Shirt. „Auch wenn ich dich lieber so ansehe.“, dabei küsste er noch einmal ihre Brüste, bevor sie unter dem T-Shirt verschwanden.
„Zu viele Fenster da unten.“, zwinkerte er ihr zu. Sie schlichen über ihren Geheimgang in die Küche, Vicki nahm gleich Moses Fläschchen und die Thermos mit und er holte die Box aus dem Kühlschrank. Sie machten es sich mit zwei der vier Creme-Schüsselchen, dem Wein, einer flackernden Kerze unter einem großen Glas und leiser Musik von der CD, die er extra mitgenommen hatte, auf seiner weichen Polsterlandschaft gemütlich.
„Eigentlich habe ich keinen Hunger, aber ich muss ja diese Creme versuchen, nach der du ja süchtig zu sein scheinst.“
„Du hast noch nie eine Creme brûlée probiert? Wie hast die die letzten Jahre überlebt?“, schmunzelnd schob er ihr einen Löffel in den Mund und sie verstand ihn sofort. Ohne weiter zu zögern, griff sie nach dem zweiten Schälchen, durchstieß das knusprige, flambierte Karamelhäutchen und fand darunter diese cremige Verführung mit dezentem Vanille-Aroma.
„Mhm ...“, schwärmte sie und er lachte leise.
„Du bist ja schnell zu überzeugen.“
„Mit was Süßem? – Immer.“, dabei beugte sie sich zu ihm und gab ihm einen cremigen Kuss, den er genussvoll erwiderte.

Als die Schüsselchen leer waren, schmiegte sie sich seufzend in seine Armbeuge. Wo sollte sie anfangen ... Sie lauschte dem Song, der gerade lief. „This is a place where your mind can escape all the problems today and go far, far away ... Welcome to mystery."
„Ok, welcome to my mystery.", startete sie tief durchatmend. „Ich habe schon früh, sehr früh, zu früh, die große Liebe kennen gelernt. Als ich meinen Olli lieben lernte, war ich 12 Jahre alt." Sie hörte ein Schnauben hinter sich, drehte sich zu ihm um und schüttelte ob seines ironischen Gesichtsausdrucks missbilligend den Kopf, verhinderte mit einem Kuss seine böse Bemerkung und fuhr trotzig fort. „Nicht, was du Schlimmer denkst!! Ich war erst 12! Er war 16 ..."
„Also das macht es jetzt nicht besser ...", grinste er anzüglich.
„Oh nein, ich muss anders anfangen.", da begann der nächste Song und sie gab es erstmal auf: „Rhythm of love" ... er zog sie hoch und sie tanzten, während er leise die Strophen sang und sie die zweite Stimme mitsummte, den Refrain konnte sie schon textlich mitsingen: „We may only have tonight, but 'til the morning sun, you're mine, all mine, play the music low and sway to the rhythm of love."
Sie küsste ihn und drückte ihn an sich, er löste sich aber wieder von ihr und zog sie zurück auf die Couch.
„Es ist die zweite Nacht mit dir, die mir geschenkt wird. Am liebsten würde ich dich einfach nur lieben, lieben, lieben, bis uns alles weh tut.", er küsste sie

leidenschaftlich. Tief durchatmend, fuhr er fort „Aber ich möchte deine Geschichte hören. Wie hältst du das aus? Wer oder was bin ich für dich? Eine Affäre? Ein Pausenclown? Fühl nur ICH das ... das für mich so Einzigartige dieser so frischen und doch so unglaublich intensiven Liebe?“

„Nein, das ist beidseitig. Es ist ... ja unglaublich intensiv. Und was ganz Besonderes, und du bist einzigartig, aber das andere ... nicht.“ Sie sah ihn flehend, entschuldigend an. „James, du musst jetzt durch einiges durch. Sorry. Aber du hattest die Wahl ...“

„Ja, my choice. Jetzt raus mit der Sprache. Also du hattest auch mit anderen so ... eine Verbindung ... und so fantastischen Sex?“ Sie nickte und blickte zu Boden.

„Himmel, Victoria ... mit wie vielen Männern hast du denn schon geschlafen?“ Sie lächelte ihn mit all ihrer dahinschwindenden Unschuld verschmitzt an.

„Also schon mit ein paar – früher halt, als Studentin. Aber so besonders, mit so viel Gefühl, war es nur mit zweien – du bist der dritte.“

Er sah sie ungläubig an, trank sein Glas aus und schenkte sich nach.

„Und dein Mann? Während – vor ...?“

„Olli ist einer dieser drei Menschen, die ich als große Liebe bezeichnen würde. Aber wie ich schon sagte, ich muss etwas weiter ausholen, damit dein ungläubiger Blick wieder verschwindet.“

Sie nahm einen großen Schluck Wein.

„Ich wuchs sehr behütet auf und hatte schon als Kind diesen Traum einer großen Liebe, auf die man warten muss. Wahrscheinlich durch viele alte, kitschige Filme geprägt, aber sicher auch durch meine Eltern, die sich sehr liebten und füreinander bestimmt schienen – bis zu jenem tragischen Frühjahr, als sich meine heile Welt auf den Kopf stellte. - Vor allem meine Oma hat mir klare, strikte Moralvorstellungen eingeprägt, die meine kleine Welt in Schwarz-Weiß, Gut- Böse einteilten. Ich las sehr viel und mit 12, als ich auch noch meine beste Freundin verlor, waren teilweise Bücher die einzige Welt, in der ich lebte, in der Realität litt ich. In der alten Schulbibliothek fand ich die fünfbändige Reihe aus den 60ern über acht Mädchen im Alter von 11-16. Drei der Mädchen gründeten einen „Treubund" und hielten zusammen – gingen durch dick und dünn, auch als sie sich verliebten. Für mich damals ein absolutes Ideal. „Treue" war ein wichtiges Stichwort. Treu in der Freundschaft. Treu in der Liebe. Sich aufsparen – auf den Einen. Jungfrau bleiben. Sex nur in der Ehe. Keusch bleiben. Rein bleiben. Selbstbefriedigung – ein No go. Da hat man später beim Sex große Probleme! ... Den eigenen Körper erforschen, annehmen, lieben lernen – unvorstellbar. Und überhaupt LUST – allein das Wort zu denken – schon sündig." Sie nahm nochmal einen großen Schluck Wein. James schenkte ihr nach. „Und dann Olli. Mit 12 ... da war dieses unglaubliche Gefühl zum ersten Mal – natürlich nichts Körperliches, einmal hielt er mich im Arm, als ich weinte, das war's. Und doch wussten wir beide ab diesem Jahr, dass wir etwas ganz Besonderes erlebt hatten – erleben durften. Ich nun also mit diesem Gefühl, mit dieser Idealvorstellung der EINEN großen Liebe und war 12! Jeder Gedanke an einen anderen Jungen, jedes Händchenhalten, jeder unschuldige Kuss hatte ein immens schlechtes Gewissen zur Folge. Du musst wissen, Olli verschwand nach diesem Wochenende und nur einem Tag, ein Jahr später, für vier ganze Jahre aus meinem Leben, er wohnte 500km weit weg. Natürlich verliebte ich mich ständig, natürlich fand ich auch andere Jungs toll und einige auch mich, natürlich war ich keine Heilige, sondern auch noch mit einem leidenschaftlichen Temperament ausgestattet und einer musikalischen Sensibilität ... der richtige Song zur richtigen Zeit und ich schmolz und schmelze dahin.", sie sah ihn achselzuckend an und er küsste sie zärtlich. „Meine Erziehung, meine ‚Tugend'", sie schnaubte verächtlich bei dem Wort, „mein ganzes Wertegefüge waren darauf ausgerichtet, meine Unschuld zu bewahren, auf den EINEN zu warten und was dazwischen passierte, wem ich nicht widerstehen konnte, verschaffte mir kurze glückliche Augenblicke und dann nächtelange Hirndiskussionen, peinigte mich, ließ mich als ‚Sünderin' und schwach fühlen, machte mich klein. Und wir sprechen hier von Küssen, James, Umarmungen, Tänzen – nicht mehr. Und dann – mit 17, 1992, wieder Krankheit, Tod und

niemand, der da war und mich hielt und das Fallen aufhielt. Denn so wie ich liebe – bedingungslos, leidenschaftlich und mit völliger Hingabe, so leide ich auch. Abgründe taten sich auf. Und meine große Liebe blieb ein Traumbild, das immer mehr verschwamm. Meine Familie stürzte mit mir ab. Mein Glaube – der einzige Halt. Und dann war da jemand, der endlich meinem Olli ebenbürtig schien und die Sehnsucht nach ihm verdrängte und meinen 17-jährigen Körper in Flammen aufgehen ließ. Durch ihn lernte ich erst, meinen Körper in seiner ganzen Unvollkommenheit, mich selbst in meiner Lust nach Zärtlichkeit anzunehmen. Ganze fünf Monate lang, dann stand Olli vor mir – und sang ...", ihr Blick glitt in weite Ferne und James wagte nicht, sie mit einer Frage zu stören. Sie schien gerade weit weg. Nach einer Weile blickte sie ihn an und fuhr fort:
„Ich trage immer noch sehr viele für dich wahrscheinlich zu idealistische, ja utopische Ideen in mir, mein Innenleben ist sehr kompliziert, doch es wird getragen von einem unheimlich starken, sturmerprobten Glauben an einen Gott, dessen oberstes Gebot „Liebe" heißt.
Die Liebe ist eine Himmelsmacht, sie macht den Himmel auf Erden spürbar – das ist meine absolute Überzeugung. ---
Moralisch gesehen war ich eindeutig untreu – des Öfteren. – Aber für mich ist EINES ganz klar: Ich habe mich für Olli entschieden – schon mit 12 - ihm immer

die Treue gehalten und werde versuchen, bis zu meinem/seinen Tod für ihn da zu sein und ihn zu lieben. Aber mein Herz wird nie ihm allein gehören. Gott wohnt darin - überall, und Mam und mein Paps – immer noch und Alex und Tammi und meine Zippy und mein Moses und nun auch du, James Kamau.“, sie küsste ihn sanft auf die Wange. „Und für jeden empfinde ich eine andere Art von Liebe, die der Liebe zu Olli nichts wegnehmen kann und die auch gar nichts damit zu tun hat. Mein Herz hat Platz für lauter verschiedenfarbige und unterschiedlich ausgestattete Zimmer. ---

Ich habe Jahre versucht, meine Gefühle zu analysieren, zu ordnen, zu gängeln. Aber Liebe lässt sich nicht kontrollieren und in kein Schema pressen und auch nicht durch kirchliche Gebote maßregeln. Das Einzige, was mich mein Leben diesbezüglich lehrte, ist, dass man mehr als einen Menschen so lieben kann, wie wir uns lieben und das, ohne dem anderen irgendetwas wegzunehmen oder vorzuenthalten.

Das hat auch nichts mit Sex zu tun. Ich hatte in meinem Leben nur einmal mit einem Jungen etwas, das ich Sex nennen würde. Es war furchtbar. So was Technisches. Ständig Anweisungen, wie ich mich bewegen soll, welche Beinstellung, was ich mit meinen Händen berühren sollte. Als müssten wir ein Zirkel-Training nach dem Kamasutra durchlaufen. Das ist Sport, ritualisierte Sex-Technik. Und überhaupt nicht vergleichbar, mit dem, was ich mit Olli und dir

erleben durfte/darf. Da ist so viel Sensibilität, Übereinstimmung und auch Kreativität - ohne den Zwang originell sein zu müssen."
Sie nahm wieder einen Schluck des köstlichen Weines und sah ihn an, ein wenig ängstlich, wie er wohl ihre Geschichte und ihre schon ziemlich skurillen Ansichten aufnehmen würde. Er blickte sie an, wieder versank sie in diesen großen schwarzen Tiefen, dann zog er sie an sich, nahm sie in den Arm und küsste ihre Stirn, während er den Song leise mitsang, der gerade lief: „These are the wonders of the younger.".
Der nächste und wie sie mittlerweile wusste, letzte Song der magischen CD erklang: „Give me more loving than I've ever had ...I'm so glad I've found you ... There's only one thing to do ... three words for you ... I love you."
Er zog sie hoch und singend zur Treppe und sie sang mit „There's only one way to say ... those three words, that's what I'll do ... I love you ..."
Sie versanken dieses Mal sofort ineinander mit einer neuen Vertrautheit, einer Bedingungslosigkeit. James drang in sie ein, sie umklammerte ihn und verstärkte seinen Druck mit ihren Beinen. Als Viktoria oben war, hatte sie das Gefühl auf ihm zu schweben, sie streckte Arme und Beine von sich, hob ihren Kopf nach oben und wurde nur von seinem Glied in sich getragen, wie auf Meereswogen ... als sie abzurutschen drohte, hielt er sie an den Hüften fest, dankbar suchte sie seine Lippen und ertrank in seinen Küssen. Sie zog

ihre Beine an und ihn küssend hoch. Sein Kopf versank zwischen ihren Brüsten und er trieb sie mit seinen Liebkosungen ihrer Brustwarzen fast in den Wahnsinn. Ihr Rhythmus wurde schneller und noch einmal drehten sie sich, bis James stöhnend auf sie niedersank. Aber er bemerkte, dass sie noch nicht so weit war und führte sie sensibel mit seinen Fingern und seiner Zunge zum Höhepunkt. Glückselig lagen sie nebeneinander, einfach nur mit Atmen beschäftigt.
Die Verzweiflung war verschwunden, Viktoria hatte sie besiegt und dieser fröhliche, perfekte Song.

„James, wieviel Uhr ist es eigentlich?“, fragte sie ihn nach einer Weile.
„Äh ... keine Ahnung, Moment ...“
„Wegen Moses. Ich glaube, er ist längst überfällig. Aber ich habe irgendwie jegliches Zeitgefühl verloren – mit dir.“ Sie drückte ihm sanft einen Kuss auf die Schulter, er suchte seine Uhr. „Wir hören ihn schon hier oben, oder?“
„Ja, ich denke schon. Es ist fast Mitternacht.“
„Oh, ... ich schau mal lieber. Aber es war auch anstrengend für den kleinen Mann heute.“
„Für den großen auch.“, er blitzte sie verschmitzt an.
„Darf ich mitkommen?“
„Wenn du nicht so gehst ...“, lachend warf sie ihm seine Short zu, die auf dem Boden lag.

Sie schlichen ins „Kinderzimmer“ und fanden beide Kinder schlafend vor. Trotzdem ging sie in die Küche und bereitete das Fläschchen. James ließ sie nicht aus den Augen und schlang, wenn und wo auch immer es ging, seine Arme um sie, was sie Kopf schüttelnd duldete, aber in Wahrheit genoss. Als sie wieder im Zimmer waren, legte sie sich ins Bett neben den Kleinen und bedeutete James, sich dazu zu kuscheln. Es dauerte auch nicht lange, da sahen sie zwei große Kinderaugen fordernd an. Sie setzte sich auf, hob ihn zu sich und wollte ihm das Fläschchen geben, aber James hielt es schon und sah ihr fragend in die Augen. Sie nickte ihm schmunzelnd zu und flüsterte „Probier’s. Gerne.“

Vorsichtig reichte sie ihm Moses, dessen Augen nun noch größer wurden, aber bevor er protestieren konnte, hatte er schon das Fläschchen im Mund. Vicki gluckste leise.

‚Er sieht ihn fast verliebt an. Gott, es ist so ungerecht, dass dieser Mann keine Kinder zeugen kann! Er wäre so ein liebevoller Papa.‘

„Du bist ein Naturtalent!“, flüstert sie ihm ins Ohr und drückt ihm einen zärtlichen Kuss auf die Wange. Skeptisch lächelnd strahlt er sie an. Als die Flasche leer ist, will er ihr Moses wieder reichen, aber sie schüttelt den Kopf und legt ihm ein Spucktuch über die Schulter. Er nimmt die Herausforderung an, steht auf und hievt Moses über die Schulter, so, wie er es bei ihr schon gesehen hat. Unter den wachsamen, liebenden Augen von Mama Moses geht er im Zimmer auf und ab, aber nichts passiert. Da steht sie auf, nimmt James‘ Hand und massiert damit dem Kleinen sanft den Rücken. Das bringt den erwünschten Erfolg. Leise summend wiegt er Moses in den Schlaf und legt ihn in sein ‚Nest‘ ins große Bett, noch einige Minuten verweilt er einfach vor dem Bett und sieht zu, wie das Nuckeln am Schnulli immer weniger wird und der Schlaf den Kleinen in die Welt der Träume gleiten lässt.

Wieder im Appartement setzten sie sich auf die Couch und genehmigten sich noch einen Schluck Wein. Er nahm sie in den Arm und sie schwiegen beide.

„Wenn man dieses kleine Bündel Leben im Arm hält ... es ist ... ein unbeschreibliches Gefühl.“, setzte er nach einer Weile an. „Das ist auch Liebe. Du hast vollkommen recht. Und was für eine.“, überwältigt schwieg er erneut.

„Glaub mir, es ist so: Wenn sich Menschen der Liebe öffnen, entfaltet sich das Göttliche in ihnen.“, sie wandte sich ihm zu und küsste ihn kurz, doch das ließ er nicht zu, fordernd öffnete er ihre Lippen und sie vergaßen sich in einem langen Kuss. Vicki schlang beide Arme um diesen Menschen, der nun ganz in ihr Herz und ihre Gedanken eingezogen war und sie blickten in die tanzende Flamme vor ihnen.

„Mary weiß Bescheid.“, zerstörte Viktoria irgendwann die Stille. James seufzte tief.
„Bist du sicher? Jetzt schon?“
„Ich bin mir absolut sicher. Sie hat mich gebeten, dich nicht zu verletzen…“
„Was hat sie?“, James sah sie ungläubig, fast schockiert an.
„Also nicht wortwörtlich. Aber sie meinte, ich solle auf dich aufpassen, sie hätte dich schon mal … zerbrochen erlebt. Sie liebt dich sehr, James und sie durchschaut dich – sie ist deine Herzensmama. Und mal ehrlich, James, bei dem Affentanz, den du wegen des zugegeben wirklich wunderschönen Kleides aufgeführt hast, … etwas too much ...“
„Victoria – ich hab‘ mich total zusammengerissen – du sahst einfach umwerfend aus und am liebsten hätte ich DICH durch die Luft gewirbelt und …“
„Übersprunghandlung – klassische Konditionierung!!“, feixte sie lachend.
„Und jetzt?“, völlig hilflos sah er sie an.
„Jetzt sind wir schon im Morgen angelangt.“, diesmal seufzte sie tief. „So schön romantisch und überzeugend meine Theorie von der göttlichen Liebesmacht und -kraft auch klingen mag, sie in der Realität zu leben, ist ein Drahtseilakt in 100 m Höhe – ohne Netz.“, sie schlug die Hände vor's Gesicht.
„Ich habe dich in mein Herz gelassen, Victoria. Daran können wir jetzt nichts mehr ändern.“

„Ja, aber Mary hat recht. Du wirst fallen. Und ich werde nicht da sein können, um dich aufzufangen.“, verzweifelt blickte sie ihn an. Sie schwiegen. Plötzlich stand er auf und ging zum üppigen CD-Regal. „Ich glaub, ich hab‘ da was. Hör mal rein. ‚Lucky‘ von Jason Mraz ...“

Do you hear me? I'm talking to you
Across the water across the deep blue ocean
Under the open sky, oh my, baby, I'm trying
Boy, I hear you in my dreams
I feel your whisper across the sea
I keep you with me in my heart
You make it easier when life gets hard

Lucky I'm in love with my best friend
Lucky to have been where I have been
Lucky to be coming home again

They don't know how long it takes
Waiting for a love like this
Every time we say goodbye
I wish we had one more kiss
I'll wait for you, I promise you, I will

I'm lucky I'm in love with my best friend ...

And so I'm sailing through the sea
To an island where we'll meet
You'll hear the music fill the air
I'll put a flower in your hair
Through the breezes, through the trees
Move so pretty you're all I see

As the world keeps spinning round
You hold me right here right now ...

Er hatte sie schon bei den ersten Klängen zum Tanz aufgefordert, konzentriert lauschte sie, sich in seinen Armen wiegend, dem Text.
„Oh, James – wundervoll!! Nochmal, bitte. Ich hab‘ nicht alles verstanden.“, bettelte sie und er drückte lachend auf „repeat“. „Ja, das ist es! Schau mal, wir sind nicht die Einzigen ... und wie glücklich die klingen ...!“, da war sie wieder die sich kindlich naiv freuende Vicki, so eine Musik hatte diese Wirkung auf sie – auf sie beide, wie sie feststellte, denn James strahlte sie ebenfalls an. Beim dritten Mal summten sie und beim vierten Mal sangen sie schon ein paar Textzeilen mit und spielten die Liebesgeschichte wie auf einer Bühne nach. Lachend drückte er schließlich auf STOPP. Viktoria stand am Fenster und sah in die Ferne. Er trat hinter sie und schlang seine Arme um sie.
„Wollen wir das versuchen?“, fragte er. „Klingt doch einfach?“, sein ironischer Unterton ließ sie lächeln.
„Ja, James, vielleicht finden wir ab und zu ein ‚home‘ für unsere Liebe, für uns beide, eine Insel, wo wir unsere Liebe leben können. Aber reicht dir das?“
„Victoria,“, er drehte sie zu sich um und blickte sie ernst an „ich habe viel vor hier. Ich habe nicht nur einen fordernden, Zeit raubenden Beruf, sondern ich habe so viele Visionen ... nur ein paar kennst du

schon und da stehe ich erst am Anfang. Ich möchte hier was verändern. Mein Leben wird angefüllt sein ... ich werde es anfüllen ... mit sinnvoller Beschäftigung ... mit Kindern. Du hast mir gezeigt, dass es nicht die eigenen sein müssen – so viele brauchen hier Zuwendung, nicht nur finanziell, und Hilfe und ... Liebe. Und es ist ein Geschenk, wenn ich jemanden weiß, der mich dabei unterstützt, mit dem ich meine Pläne und Ideen teilen kann – und das geht bald immer leichter, über Emails ... zu Hause hast du doch gewiss Email-Zugang?", sie nickte. „Wir können auch über die große Distanz in Kontakt bleiben. Und die kleinen Zeit-Inseln, die wir uns irgendwie schaffen müssen, auf denen wir unsere Liebe leben dürfen – die werden uns für alles andere entschädigen."

Er küsste sie und drückte sie so fest, dass sie nach Luft japste.

„Du bist ein Geschenk, Victoria. Dich lieben zu dürfen und diese Liebe erwidert zu wissen – welch' eine Glückseligkeit!"

„Und Mary?", bohrte sie unbarmherzig nach.

„Ja, Mary ...", er atmete tief durch. „Meine Herzensmama muss ich wohl über meinen, unseren Herzenswunsch irgendwann aufklären. Das wird nicht einfach."

„Für uns beide wird das nicht einfach ...", bemerkte sie mit einem tiefen Seufzer. „Aber sonst braucht es auch keiner zu wissen, James. Wir versuchen es für uns zu behalten – vor all den anderen, ja?"

Er nickte. Und nach einer Pause, in der jeder seinen Gedanken nachhing:

„Ich hätte auch einen Song für dich – er geht mir nicht mehr aus dem Kopf, seit ich dich kenne – meine Liebeserklärung an dich. Er erschien vor ein paar Jahren und gefiel mir auf Anhieb und jetzt weiß ich, warum. Jetzt kenne ich den Engel, der darin beschrieben wird. Aber den Song wirst du nicht da haben ... „Like a star", von irgendeiner Corinne Irgendwas ... wenn ich mir nur die Namen merken würde ...", sie schüttelte beschämt den Kopf.

„Sagt mir nichts, aber das finde ich raus. Ich organisiere es mir diese Woche über den Music Store. Wie geht er?"

„Äh ... wer?"

„Der Song ...", er lachte und küsste ihr Haar.

„Ohh ... ich probier's mal: „Just like a star across my sky, just like an angel off the page – you have appeared to my life, feel like I'll never be the same, just like a song in my heart, just like oil on my hands, honor to love you ..."

Ihre warme tiefe Soul-Stimme verstummte und er presste sie an sich.

„Oh my love ..." Er küsste sie mit einer neuen Innerlichkeit; in einer Woge aus tiefer Leidenschaft versanken sie noch einmal ineinander, sich aneinander klammernd, in sich einsaugend, die Leichtigkeit der vorhergehenden Liebesakte schien verschwunden. Aus dem Liebes-Spiel war etwas Ernstes geworden.

Epilog

„Letztlich gibt es für alles, was wir tun, immer mehrere Gründe – die, von denen wir wissen, und die, von denen wir ahnen. Und die, von denen wir nichts wissen. Und letztere sind womöglich die stärksten und die triftigsten." Judith Hermann

Als ich 2013 relativ spontan beschloss, einen fiktiven Roman zu schreiben, in dem die Protagonistin meine Erfahrungen bei der Adoption kenianischer Kinder nacherlebt, hätte ich nicht geglaubt, dass weitere zehn Jahre ins Land ziehen, bis sich das träumerische Unterfangen tatsächlich realisieren lässt.

Ermutigt von meinem Mann, guten Freunden und den neueren autofiktionalen Werken Judith Herrmanns und Lena Goreliks, nahm ich mir also 2023 ein Jahr Auszeit und zog mich mehrere Monate auf „meine Insel" zurück.

Entstanden ist nun ein Liebesroman, der die herkömmlichen christlichen Moralvorstellungen, das klassische Weltbild der „westlichen" Gesellschaft und diverse Sprüche wie beispielsweise „Blut ist dicker als Wasser" in Frage stellt.

Mein Dank gilt v. a. Gabi Z., die mich - nach den ersten 100 Seiten unsicher geworden - trotz vieler kritischer (berechtigter) Anmerkungen motivierte weiterzuschreiben. Danke auch an Verena und Mechtild für die hilfreichen Korrekturen. Ein großes Dankeschön an meine Familie, die mich ziehen ließ und im alltäglichen Hamsterrad alleine ihre Runden drehte, meine Mutter, die tapfer ohne mich gegen den Krebs weiterkämpfte und meine beiden Großen, die mir die Erlaubnis gaben, über ihre Adoption zu schreiben.

Mein Traum erfüllte sich nur zum Teil durch das Schreiben, mein Traum wird ein Stück weit Wirklichkeit durch viele Leser, die sich nicht nur in die von mir kreierte Welt entführen und verzaubern lassen, sondern ins Grübeln und Nachdenken kommen.
Mein Traum wird weitergelebt, wenn unser 2005 gegründeter Verein „Hand in Hand für Kenia e. V." auch in Zukunft viele Unterstützende findet, mit denen wir den EINE-Welt-Gedanken tatkräftig zu verwirklichen suchen! (www.4kenya.info)
Mein Traum wäre vollkommen, wenn diese literarische Begegnung, wie sie die schottische Schriftstellerin Kennedy im abschließenden Zitat so wundervoll beschreibt, zum Handeln verführen würde – in LIEBE. Denn SIE ist alles, was zählt.

„Der Leser und das Buch, der Schriftsteller und das Buch – sie begegnen einander wie Hände über den Raum hinweg, heißen einander willkommen, wie in einer Umarmung. Stimme mit Stimme verwoben, Körper synchronisiert mit Körper, begegnen sie einander wie in einem Kuss."
(A. L. Kennedy in ihrer Eröffnungsrede der Buch Wien im November 2023)

Playlist "Autumn's spring":

	Stück/Song	Szene
1	Filmmusik "Emma" Main Title	Beschreibung Haus-Garten
	I had a compass ... Filmmusik "Jenseits von Afrika"	Viktoria in Kenya
2	Michelle, Yellow Submarine, Here comes the sun, Hey Jude - The Beatles u.a.	Nachtwanderung mi Olli u. Alex
3	Scavengers of the deep – Hans Zimmer	Schockzustand
	Morgenstimmung – Peer Gynt	Frühlingserwachen
	Frühling – Claudius Mach	
	Comptine D'un Autre Été – R. O. Charles	
4	Mad World – Gary Jules	Ohnmacht
	I hear a symphony – Cody Fry	Verliebt
	Hymn for the weekend – Coldplay	
5	Blackbird, Yesterday – The Beatles u.a.	Radlausflug
	Landslide – Fleetwood Mac	
	Sailing – Christopher Cross	
	Impromptu in D-Moll - Schubert	Leo am Klavier
	Land of Anaka – Geoffrey Oryema	Viktoria in Nairobi (James)
6	When the Saints go marchin' in – Dixieland Band	Probe im Stadttheat
	Misty – Ella Fitzgerald	
	Nishike Mkono	St. Francis
	Go tell it on the mountain - Eurobrass	Herz-Jesu-Kirche

7	Tennessee, Filmmusik "Pearl Harbour" – Hans Zimmer	Viktoria in Kenia am Ende
	Help! Yesterday– The Beatles u.a.	Vicki ohne Mama
	Schafe können sicher weiden – J.S. Bach	Picknick in den Teeplantagen
8	Ständchen S.560 Schwanengesang No. 4 – Franz Schubert	Paps hat Krebs
	Help – instrumental	
	If I know a song of Africa, Karen's theme III – John Barry	Morgenstimmung in Kenia
	Mozarts Klarinettenkonzert A-Dur, K.622: 2. Adagio (Jenseits von Afrika)	Kino mit Mam
	Lay your worry down – Milow	Drama um Zippy
9	Suite – Rachel Portman (Filmmusik 'Mona Lisa smile')	Engel Rose und James
	Kanon in D - Pachelbel	und Erna Kupfer
10	Almerisch Landlerisch – Herbert Pixner	Auszeit in Südtirol
	Like a star – Corinne Bailey Rae	James' Einladung
	Wamkelekile – Hot Water	Auf der Farm
11	Hewale – Now United	Abend im Club
	Contradiction – Man in the ocean	James' Leben und
	Rhythm of love, 1,2,3,4 – Plain White T's	Liebesbekenntnis
	Anna, Sommernachtswalzer - Herbert Pixner	Bei Runggaldiers
12	Air Suite – Bach	Liebesnacht mit James
	Safari / Jenseits von Afrika – John Barry	Ausflug mit den Kids
	African Sunrise – Mapa	

	Sonne in der Nacht – Peter Maffay, Bohemian Rapsody – Queens, Don't you – Simple Minds, Why worry – Dire Straits	Top ten Familie Krug
	Clocks – Coldplay	Besuch bei James' El-tern
13	Tausendmal du – Münchner Freiheit Ohne dich – Münchner Freiheit	Vickis Sehnsucht 19
	Welcome to mystery, Wonders of the younger – Plain White T's Lucky – Jason Mraz, Colbie Caillat	Bei James

Zeitfracht Medien GmbH
Ferdinand-Jühlke-Straße 7,
99095 - DE, Erfurt
produktsicherheit@zeitfracht.de

FSC
www.fsc.org
MIX
Papier | Fördert
gute Waldnutzung
FSC® C083411

Druck:
CPI Druckdienstleistungen GmbH
im Auftrag der
Zeitfracht Medien GmbH
Ein Unternehmen der Zeitfracht - Gruppe
Ferdinand-Jühlke-Str. 7
99095 Erfurt